D1334904

La calèche

Du même auteur
aux Éditions J'ai lu

AU TEMPS OÙ LA JOCONDE PARLAIT
N° 3443

L'EMPEREUR
N° 4186

LES DÎNERS DE CALPURNIA
N° 4539

LA FONTAINIÈRE DU ROY
N° 5204

LES OMBRELLES DE VERSAILLES
N° 5530

LES CHEVAUX DE SAINT-MARC
N° 6192

LE PRINTEMPS DES CATHÉDRALES
N° 6960

DEMOISELLES DES LUMIÈRES
N° 7587

LA CHEVAUCHÉE DU FLAMAND
N° 8313

249, FAUBOURG SAINT-ANTOINE
N° 8464

MOI, MILANOLLO, FILS DE STRADIVARIUS
N° 8767

LE JEUNE HOMME EN CULOTTE DE GOLF
N° 9061

JEAN
DIWO

La calèche

ROMAN

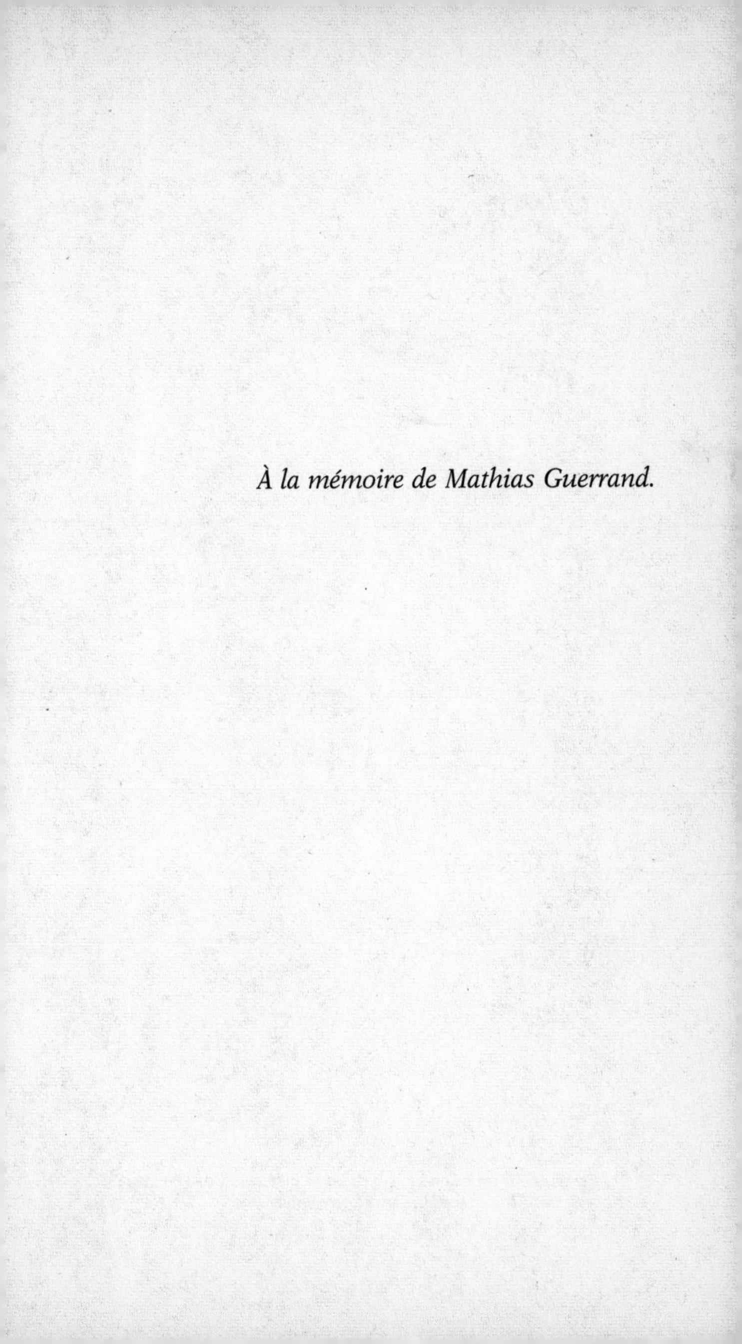

À la mémoire de Mathias Guerrand.

Avant-propos

Ce roman se situe dans la lignée des *Dames du Faubourg,* saga des ouvriers du bois dans le faubourg Saint-Antoine. Il s'agit cette fois des artistes du cuir, cette autre matière noble et sensuelle qui peut se métamorphoser sous le geste et l'outil en selle d'équitation, en modèles haute couture ou en chefs-d'œuvre de maroquinerie. Dans ce domaine du cuir à fleur de peau, le nom de Hermès sort naturellement du chapeau. Si rien ne nous est inconnu de sa notoriété dans l'univers contemporain du luxe, les témoignages sont quasi inexistants en ce qui concerne la période des débuts, celle de la naissance en 1804 d'une dynastie issue du talent, de l'audace, de la volonté d'un homme : Thierry Hermès.

L'envie me vint de faire revivre cette figure mystérieuse et emblématique. La famille ne put me fournir que quelques points de repère, quatre copies d'actes d'état civil, pour étayer ce roman des gens du cuir. Avec en toile de fond la tapisserie sauvage et lumineuse du XIXe siècle, ses gloires, ses barricades, son génie qui ouvre dans la fureur les fondements du monde moderne.

Moderne, Thierry, artisan inspiré, le sera à toutes les époques de sa vie. Jusqu'au soir où, mission accomplie, M. Hermès laissera en héritage les clés d'une réussite exceptionnelle.

CHAPITRE I

L'atelier d'un ébéniste respire la sciure et la colle, on y marche sur un lit de copeaux ; celui d'un artiste peintre sent l'huile et la térébenthine. L'atelier du sellier est, lui, net comme un bureau de sous-préfet, il flaire le cuir qui rappelle l'odeur fade du réséda. Celui de maître Dietrich Hermès était le modèle du genre. Deux solides établis meublaient le local. Le premier était l'établi d'arçonnier où il travaillait les arçons, charpentes des selles, le second l'établi de sellier proprement dit, destiné au mesurage, à la coupe des peaux et à l'assemblage des différentes pièces. Il était garni de tiroirs contenant les boucles et autres accessoires. Sur les murs proches qui formaient l'un des angles du local étaient accrochés, dans un ordre méthodique, des outils aux noms de couturières, comme la cornette courbe ou dentelée, la rosette, sorte de gros clou évidé, la lissette, un instrument en os servant à lisser et à unir les surfaces collées.

Dietrich était fier de son atelier dallé comme une église, blanchi à la chaux comme une laiterie. Il le faisait visiter à l'exemple d'un conservateur de musée et montrait le creux de sa main en disant : « Vous voyez, c'est le cal de l'alêne, la marque d'identité des maîtres selliers. »

Il s'attardait surtout sur les panneaux muraux où brillaient les viroles et les lames des outils en citant, avec une satisfaction non cachée, le couteau à bomber, l'alêne à brédir, le poinçon de sellier, les mandrins.

Il terminait en montrant les manches de buis de différents instruments. « Ce sont de vieux amis. La main du sellier les a patinés, doucis, caressés et, regardez, ils n'attendent que le geste prompt et précis de l'ouvrier qui leur fera mordre le cuir. À fleur de peau ! »

Lorsque, ce matin-là, les cloches de l'église Saint-Joseph de Crefeld sonnèrent six heures, Dietrich était déjà au travail.

Était-il bourrelier, sellier, harnacheur ? Pour lui, ces métiers n'en faisaient qu'un. Il était homme du cuir. Ses clients comme ses voisins et ses amis appelaient affectueusement « maître » cet habile artisan d'origine française dont les aïeux, des Cévenols huguenots, s'étaient réfugiés en Allemagne après la révocation de l'édit de Nantes. D'abord émigrée en Prusse, la famille était depuis deux générations établie au bord du Rhin, à Crefeld, bourgade accueillante voisine de Cologne.

Pour l'heure, le maître mettait la dernière main à une paire de brides destinées à la maison von der Leyen, riche détentrice du monopole industriel et commercial sur la soie. M. Otto, le chef de famille, était grand amateur de chevaux et son haras constituait une bonne part de la clientèle de Dietrich, l'autre étant celle des laboureurs voisins et des possesseurs de voitures à cheval. C'est évidemment pour Otto von der Leyen qu'il exécutait les pièces de sellerie et d'attelage les plus raffinées, les plus chères, celles qu'il prenait plaisir à créer dans les meilleurs cuirs venus de France ou d'Angleterre.

*
* *

Dans le silence du petit matin égayé parfois du chant du coq, Dietrich, content de lui et de la vie, courait donc au cordonnet de soie les montants de porte-mors des deux anglo-arabes qu'Otto von der Leyen venait d'acheter quand un enfant déboula de l'escalier et se précipita sur lui, renversant au passage la jarre dans laquelle chauffait la colle forte destinée à la réparation de harnais de labour.

Dietrich n'eut que le temps de tirer l'aiguille de côté pour éviter que le bambin ne se crève un œil. Seule une goutte de sang perla sur sa joue, comme pour témoigner du danger auquel il venait d'échapper.

Bouleversé, tremblant, le sellier lâcha l'ouvrage pour étreindre son fils. Il aurait voulu être sévère mais, les larmes aux yeux, il ne sut que l'embrasser et lui expliquer que l'atelier était un lieu magique mais rempli d'objets redoutables...

Ce discours ne parut pas avoir beaucoup d'effet sur le gamin de quatre ans qui pleurait en répétant :

— Je voulais seulement te dire que nous devons aujourd'hui aller voir Napoléon. Tu me l'as promis !

Non, Dietrich n'avait pas oublié Napoléon :

— Tu mériterais d'être consigné à la maison mais nous irons tous acclamer l'Empereur qui n'arrivera en ville que dans l'après-midi. Tu as donc encore le temps de dormir. Va vite te recoucher. Et dis à maman, si elle est réveillée, mais elle l'est sûrement après ton exploit, que je vais monter déjeuner.

Ce n'était pas une blague. Napoléon était bel bien attendu ce 11 septembre 1804 dans le petit bourg perdu de Westphalie où l'on vivait comme dans un cocon du tissage de la soie et, pour la famille de maître Hermès, du harnachement des chevaux.

— Tiens, voilà ton frère, ajouta Dietrich. Il est en retard comme d'habitude et il va devoir mettre les aiguillées doubles pour finir les guides du prince.

Leyen n'était pas prince, mais il n'était pas fâché quand Dietrich l'appelait « mon prince ».

— C'est facile, disait ce dernier, de faire plaisir aux gens ! Et puis, une selle de prince se paie plus cher que celle d'un laboureur.

Burckhardt avait dix ans de plus que son frère et était l'apprenti du maître qui, pour être un bon père, n'en était pas moins un patron exigeant.

— Tu es en retard mais tu arrives bien pour continuer à coudre les porte-mors que j'ai abandonnés lorsque Petit Thierry – ainsi appelait-on le benjamin qui portait, en français, le même prénom que son père –, tombé dans l'escalier, a dévalé jusqu'à moi et manqué de se crever un œil sur mon alêne.

— Bien, père, dit Burckhardt, fataliste. Mais n'oublie pas qu'il faut se préparer pour aller applaudir Napoléon.

— Et alors ? Tu ne penses pas que nous allons cesser de travailler tout un jour pour être à quatre heures à la sous-préfecture ? Il n'y a que moi qui vais arrêter pour me mettre en tenue et participer aux répétitions de la Garde d'honneur.

La Garde d'honneur, c'était tout une histoire plus pittoresque que politique qui agitait la rive gauche du Rhin depuis que Napoléon, encore Premier consul, l'avait intégrée à la France pour en faire quatre nouveaux départements : Ruhr, Sarre, Rhin et Moselle et Mont-Tonnerre.

Les Hermès, devenus allemands sous Louis XIV, retrouvaient donc sous Napoléon, comme tous les émigrés établis dans la région, leur nationalité française. Ils n'avaient d'ailleurs jamais oublié leur origine et les générations qui s'étaient suivies à travers les chemins de l'Empire germanique avaient réussi, grâce à une suite de relayeurs vigilants, à conserver dans leur parler certains mots de la langue des ancêtres. Ainsi, chez les Hermès, Anne, la maman, fille d'un pasteur luthérien, parlait encore une langue où, miraculeusement, survivaient des traces d'intonations cévenoles. Elle veillait à ce que tout le monde utilise à table ce dialecte familial qui rappelait les origines de la famille. Le père, moins doué mais aussi attaché à ses racines, se piquait de glisser quelques mots français dans ses conversations avec Otto von der Leyen qui, lui, parlait couramment la langue dont l'usage se répandait depuis l'annexion des départements de la rive gauche du Rhin. Il n'était d'ailleurs pratiquement question dans leurs rapports que de la bonne manière de harnacher les chevaux, de Fritz Mingue, l'éperonnier de Cologne qui forgeait les meilleurs mors, ou du prix abusif des cuirs anglais, ces irremplaçables peaux de taureaux tannées à Bristol.

*

* *

Le père monta jusqu'au logis où Petit Thierry pleurnichait dans les bras de sa mère. Anne ne savait rien de ce qui s'était passé à l'atelier. Elle l'apprit en consolant l'enfant et en soignant l'égratignure qu'il s'était faite en tombant.

— Je ne peux pourtant pas, dit-elle à son mari, attacher ce petit diable qui est attiré par l'atelier comme une abeille par sa ruche. L'odeur du cuir sans doute, tu en feras un bon sellier ! En attendant, il va aller à l'école dès la prochaine année scolaire.

— Et, quand il aura dix ans, je lui donnerai, le soir, ses premières leçons de taille et de couture. Ce sera sa récompense.

— En attendant, n'oublie pas Napoléon ! Pendant que tu iras chercher le cheval que Leyen te prête, je vais repasser ta tenue de garde d'honneur.

— Pense aux galons dorés ! ajouta Dietrich en remplissant son bol de lait. Tu vois, ma belle, je suis plutôt fier d'avoir été désigné brigadier par le commandant Bling. C'est un brave, tu sais, il a été blessé à Marengo. Il a aussi représenté la ville au sacre à Notre-Dame de Paris. La réception à Crefeld sera plus simple mais c'est tout de même quelque chose d'accueillir l'Empereur dans notre modeste bourgade. Et l'impératrice !

— Oui, c'est vraiment un grand jour ! Pour Napoléon bien sûr, mais surtout pour te voir caracoler sur ton beau cheval.

— C'est bête, mais dans mon uniforme de brigadier je ne serai pas le moins fier des quinze gardes qui rendront les honneurs à l'Empereur. Il faudra aussi te préparer et habiller les enfants. À propos, dis à Burckhardt qu'il abandonne le travail que je lui ai donné et qu'il aille se laver.

Soudain, son visage s'attrista. Ses yeux humides cherchèrent le regard de sa femme et, dans un geste qui ne lui était pas familier dans la vie quotidienne, il la prit dans ses bras :

— Tu vois, Anne, tout ce branle-bas pour la venue de l'Empereur et cette mascarade des gardes – qui m'aurait rendu furieux si je n'y avais pas été convié – me font tout d'un coup penser à Henri. Je ne peux m'empêcher de l'imaginer traînant son sabre ou poussant le canon dans les lointains camps où Napoléon triomphe. Souvent, hélas, au prix de nombreuses victimes.

— Moi aussi j'y songe, murmura Anne. La dernière fois que nous avons eu de ses nouvelles, il était dans l'armée de Moreau qui venait de remporter la bataille de Hohenlinden. Où se trouve maintenant notre pauvre Henri ?

Henri, c'était l'aîné de la famille. Dès les premiers jours qui avaient suivi l'annexion des quatre départements de la rive gauche du Rhin, il s'était enrôlé dans l'armée du conquérant qui lui avait rendu la nationalité française. Au début, il avait pu donner de ses nouvelles par de rares lettres qui mettaient trois mois pour parvenir à la famille. Puis la mouvance des armées napoléoniennes, sans doute, espaça la correspondance. Et aujourd'hui, alors que Crefeld en fête s'apprêtait à recevoir l'Empereur, cela faisait plus d'un an que la famille n'avait plus de courrier du grenadier Henri Hermès, brigadier au 120e régiment de ligne.

*
* *

Le choix de l'uniforme des gardes d'honneur avait donné lieu, à Crefeld, comme dans toutes les villes importantes des départements du Rhin, à de longues discussions. Finalement, le conseil de la ville avait opté pour un habit chamois coupé comme celui des anciens chevaliers français, collet et parements blancs, pantalon blanc, bottines de cuir galonnées d'or.

Des bandoulières noires et un panache à la Henri IV complétaient l'habit d'apparat qu'allaient arborer sans vergogne, devant l'un des plus célèbres guerriers de l'histoire, les soldats de fantaisie de Crefeld. À commencer par Dietrich qui n'avait jamais foulé un champ de bataille et qui dit en admirant son uniforme étalé sur le lit :

— Considéré comme officier, j'ai droit au collet et parements brodés d'or ! Tu te rends compte, ma femme ?

— Je me rends compte surtout que c'est beaucoup de tracas et beaucoup d'argent dépensé pour voir passer Napoléon. Mais tu travailles assez pour t'offrir cette petite récréation. J'aime mieux te regarder jouer au soldat sur la place de la Préfecture que de te savoir traîner la patte dans un régiment impérial !

Dietrich éclata de rire :

— Tu as raison. Mais je te fais remarquer que tu t'es fait confectionner une belle robe de soie pour m'accompagner à la réception de monsieur le sous-préfet.

— Bon. Disons que cette invitation me flatte aussi. Napoléon et Joséphine y seront ?

— Peut-être. On ne sait pas combien de temps l'Empereur va s'arrêter à Crefeld. Il doit ensuite gagner le château de La Haye pour y passer la nuit. Le lendemain, il ira visiter la place forte de Venloo. Partout, de Cologne à Mayence, en passant par Coblence, il sera reçu triomphalement par les gardes d'honneur locaux qui ont, comme nous, choisi leur uniforme. Le nôtre est paraît-il l'un des plus élégants. Peut-être grâce aux accessoires en cuir de Russie tannés à l'huile de bouleau, un procédé de mon invention. Tu me parlais d'argent, mais les gains réalisés sur les fournitures des gardes diminuent singulièrement mes frais de tailleur !

Dietrich n'eut que le temps d'aller chercher Beau Noir. Le devant de sa tête, tout blanc, procurait au cheval de M. Otto un cachet particulier. Il l'avait acheté au baron von Furth, de Kempen, qui, n'ayant pas d'activité industrielle, souffrait de la réorganisation économique napoléonienne. Le coup de fouet donné par le gouvernement impérial à l'activité assoupie des pays rhénans, le zèle de ses envoyés particuliers et politiques et le volontarisme du Premier consul, puis de l'Empereur, profitaient surtout aux entreprises industrielles des quatre départements et ruinaient les nobles inactifs.

À Crefeld, textile, coton et soie l'emportaient. Encore au stade de l'artisanat, le travail du cuir croissait, en même temps que le nombre des voitures à chevaux.

La Gazette de Cologne écrivait à ce sujet : « L'usage du carrosse et des voitures de transport n'est pas encore suffisamment fréquent dans nos régions, contrairement à la France. Mais l'élan est donné et la demande est de plus en plus importante... »

C'est ce besoin de matériel d'attelage, de selles et de harnais qui avait fait le succès de Dietrich et entraîné l'ouverture de plusieurs ateliers de bourrellerie et de tannage dans les bourgades voisines.

Les grandes villes de la Ruhr attiraient la main-d'œuvre dans les usines métallurgiques ou textiles. Sans, hélas ! se préoccuper d'un fléau qui allait de pair avec l'industrialisation et faisait frémir Dietrich de colère : le travail des enfants. Un collègue, Pierrefeu, le sellier d'Aix-la-Chapelle, respecté dans la profession, venait de lui dire lors d'une réunion des gardes d'honneur que, dans la fabrique d'épingles de Jecker, 90 % des travailleurs étaient des enfants de cinq à douze ans !

L'industrie sucrière était aussi une création napoléonienne. À partir de 1802, des raffineries s'étaient installées dans la Ruhr. Celle de Cologne, la plus importante, produisait 500 000 kg de sucre par an. Elle utilisait quatre voitures et huit chevaux. Une aubaine pour Dietrich qui avait fourni les harnachements ; pour satisfaire cette commande, il avait même dû se faire prêter un ouvrier par son confrère Pierrefeu. Il avait bien songé à engager quelques compagnons, mais il craignait que ce développement n'entraîne trop de difficultés administratives et ne nuise à la perfection de l'ouvrage artisanal qui avait fait son succès.

Il répétait à son fils Burckhardt :

— Le « cousu-sellier » de la maison est unique et les connaisseurs ne s'y trompent pas. Ils savent reconnaître l'excellence et acceptent de la payer. Je préfère continuer de travailler en famille. Avec toi, encore apprenti mais meilleur que bien des compagnons certifiés. Je pense aussi à ton frère qui ne songe qu'à tripoter les alênes et à caresser les peaux. Je crois qu'il y a chez nous de beaux jours en perspective !

*

* *

À midi, Dietrich, le chef orné d'un panache blanc et éperonné d'acier, mit pied à l'étrier.

— Sois à deux heures devant la préfecture avec les enfants, recommanda-t-il à Anne. Vous pouvez commencer à vous apprêter. Tiens, Burckhardt, passe-moi le fusil.

Portés en bandoulière, les fusils des gardes d'honneur tranchaient par leur archaïsme sur les uniformes éclatants de neuf. Pas question de leur faire tirer une salve d'honneur, ces armes rouillées de batailles oubliées venaient des caves de la sous-préfecture et celle de Dietrich devait dater de la guerre de Succession d'Espagne. Crosse noircie par la poudre, canon tordu, le fusil du brigadier n'avait de brillant que sa bretelle de cuir fauve cousue au petit point.

N'eût été Beau Noir, élancé et fringant, on aurait pu dire que le brigadier Dietrich avait quelque chose de Don Quichotte. Mais personne ne songea à se moquer quand il lâcha les rênes et que son cheval l'emporta en direction du champ de manœuvres où, dans un impressionnant déploiement de drapeaux, se rassemblait la Garde d'honneur.

CHAPITRE II

Le commandant Bling, qui montait un alezan de bonne figure, était un cavalier émérite. Lui ne portait pas un vieux fusil mais un sabre de cavalerie glissé dans le fourreau de cuir grenu que lui avait offert Dietrich. Il s'exerçait à le dégainer et faisait de grands moulinets pour tenter d'aligner ses gardes le long d'une ligne blanche tracée au milieu du terrain de manœuvres. Ce n'était pas chose facile. Les chevaux, pour la plupart de solides percherons habitués au labour ou au trait, se sentaient perdus dans ce rassemblement bigarré où Beau Noir faisait figure de seigneur.

*
* *

À l'heure où la compagnie des gardes se préparait dans la poussière des piétinements et des ruades, le convoi impérial s'apprêtait à quitter la petite ville de Neuss où il avait fait halte en venant d'Aix-la-Chapelle.

En général, on mettait huit chevaux à la voiture de l'Empereur, mais, cette fois, on repartait avec six car le cheval porteur de l'avant était blessé à une patte arrière et il eût été trop long d'aller chercher à la fin du convoi une autre bête. Agacé, l'Empereur commanda qu'on lui selle tout de suite l'un de ses chevaux « du rang de Sa Majesté ». Ils étaient une centaine répartie en brigades, des animaux le plus souvent arabes, toujours entiers, sélectionnés dans les haras impériaux de Saint-Cloud, de Normandie ou du Limousin.

Lorsque l'Empereur voyageait en berline, deux ou trois de ces montures nerveuses, qu'il appréciait comme des compagnons fidèles et indispensables, suivaient dans une voiture spéciale capitonnée et tirée par un attelage de quatre solides bretons.

Quelques-uns des chevaux dits « du rang de Sa Majesté » atteignaient la célébrité, soit parce qu'ils étaient favoris de l'Empereur, soit parce qu'il les avait montés lors d'une grande bataille. C'est lors de la campagne d'Égypte que Bonaparte découvrit la race arabe qui eut désormais sa préférence. Un cheik mamelouk, El Bekri, lui avait offert ce splendide cheval de robe blanche avec son palefrenier habituel, le mamelouk Roustam qui devait jouer un rôle dans l'histoire napoléonienne : il ne quittera plus l'Empereur et veillera sur lui jour et nuit durant quinze ans.

Si Napoléon avait suivi son envie d'abandonner le convoi pour galoper – il ne connaissait que le galop –, il serait entré seul à Crefeld, en avance sur sa suite. Mais son épouse intervint et lui dit qu'il serait raisonnable qu'il arrivât en sa compagnie, et celle de la Garde impériale, dans une cité qui s'apprêtait à l'accueillir avec éclat. L'Empereur qui ne détestait pas, parfois, montrer qu'il pouvait suivre l'avis de Joséphine acquiesça et monta dans la berline.

C'était une voiture imposante, une Ehrier construite pour les longs parcours et que, par précaution, deux sous-officiers charrons suivaient à l'arrière, avec des cochers remplaçants.

Garnie à l'intérieur de cuir de Cordoue et tapissée de velours, elle offrait au milieu un bureau à tiroirs en ébène de Macassar et, sur les parois, une pendule compte-secondes, une lorgnette d'approche et deux lanternes.

L'Empereur était calé au fond de ce carrosse, à la fois voiture de guerre et d'apparat, près de Joséphine qu'il lui plaisait d'instruire sur toutes choses qui se présentaient.

La berline Ehrier, aux énormes roues arrière récemment sortie de la fabrique de Stuttgart, en était une et il expliqua à l'impératrice que son inventeur, un Provençal natif d'Orange, était établi à Berlin, d'où le nom de la voiture. Joséphine ne prenait qu'un intérêt relatif à ce récit et pensait surtout à une autre voiture où avaient pris place Mlle Avrillon, sa première femme de chambre, Colin, le chef d'office, et Roustam, le mamelouk de l'Empereur. Cette voiture de première suite contenait ses linges et ses robes ainsi qu'une caisse marquée « vaisselle » qui, elle, renfermait les bijoux et diamants du couple impérial. Or ce lourd carrosse à seulement deux vitres à l'avant, qui devait suivre de très près celui de Leurs Majestés, avait disparu. Joséphine ne l'apercevait plus dans le miroir extérieur. Elle fit remarquer cette absence à l'Empereur et lui demanda de s'arrêter.

— Regardez l'heure, ma chère. J'ai juste le temps, en roulant un peu plus vite, de tenir l'ordre de marche et d'arriver à trois heures chez ces braves gens de Crefeld.

— Mais les habits ? Et les bijoux ?

Cette remarque mit l'Empereur de bonne humeur. Il éclata de rire :

— Ils ont simplement brisé une roue et versé dans le fossé, voilà tout. Quant aux bijoux, craignez-vous que des brigands de grands chemins osent détrousser l'Empereur ? Voilà qui ferait la joie de mes amis, Russes et Autrichiens ! Pour vos robes, celle que vous portez fera très bien l'affaire. Moi, je mettrai le chapeau neuf qui est dans la voiture.

On était à quatre lieues de Crefeld quand le mamelouk Roustam, monté sur Conquérant, l'un des chevaux les plus rapides du « rang de Sa Majesté », se plaça à hauteur de la berline et fit signe de ralentir : il prit dans les sacoches deux paquets qu'il tendit à Joséphine. Déjà, le cocher des chevaux de derrière jouait du fouet et relançait l'attelage.

L'Empereur regarda sa femme ouvrir les paquets. L'un contenait du linge et une robe de taffetas, l'autre une chemise et « le café de l'Empereur » avec son nécessaire dont tout le monde savait qu'il ne pouvait se passer. Une lettre de Mlle Avrillon, visiblement écrite à la hâte, disait à sa maîtresse qu'un postillon avait fait monter une roue du carrosse sur une borne et que la voiture avait été jetée de côté. Par bonheur, personne n'avait été blessé. Seule la voiture était endommagée et devait faire le reste du chemin à faible allure. « J'essaye de trouver un autre véhicule afin de me retrouver le plus vite possible au service de Sa Majesté. »

*

* *

À l'entrée de la ville, sous un soleil brûlant, la Garde d'honneur de Crefeld attendait l'arrivée du cortège impérial. La plupart des montures, habituées aux travaux des champs, supportaient la chaleur mais le distingué Beau Noir s'énervait, piaffait, secouait la tête – ce qui n'est jamais bon signe chez un cheval –, à tel point que Dietrich avait du mal à se maintenir sur la belle selle de cuir fauve qu'il avait fabriquée pour l'anglo-arabe du « prince » Otto. Finalement, il était descendu et avait conduit sa monture à l'ombre d'un orme où il avait jeté quelques poignées d'avoine prudemment emportées.

Soudain, un ordre bref réveilla Beau Noir qui s'était endormi et se secoua en hennissant : « À mon commandement ! La Garde d'honneur en selle et alignée de chaque côté de la route. L'arrivée de l'Empereur est annoncée. Le brigadier commandera la colonne de droite et moi celle de gauche. »

C'était un peu vexant pour le capitaine Wermann et le lieutenant Pecresse, mais le commandant Bling voulait que les deux chevaux de tête qui encadreraient la voiture impériale aient de l'allure. Bling savait la passion de l'Empereur pour les chevaux et qu'avant de s'intéresser aux habitants de Crefeld l'acclamant, son regard se porterait sur l'avant-main des animaux qui trotteraient de chaque côté de sa voiture. Beau Noir et son alezan feraient tout de même meilleur effet que les costauds de labour du reste de la cavalerie.

Un envoyé de Bling était revenu en expliquant que l'Empereur devait à cette heure traverser Germershein et qu'il serait là dans moins de dix minutes. Bling lança encore quelques ordres que personne n'écouta, l'attention de chacun restant fixée sur le petit nuage blanc qui grossissait à l'horizon et d'où allait surgir le grand homme.

Tout se passa comme le commandant l'avait prévu. Bling avait mis ses deux lignes au pas, puis au trot quand la berline impériale arrivait à la hauteur des hommes de tête : lui-même et Dietrich. Celui-ci eut le privilège de voir se découper dans l'ouverture de la fenêtre, à moins d'un mètre, le visage de Napoléon.

L'Empereur avait baissé sa vitre, regardait avec un sourire peut-être amusé l'uniforme fantaisiste de la garde de Crefeld, et lança à Dietrich, qui avait bien du mal à tenir Beau Noir tourmenté par la proximité de l'attelage et de la lourde berline :

— Monsieur, vous avez un beau cheval et un harnachement d'une rare qualité. L'Empereur souhaiterait avoir son écurie personnelle aussi bien équipée.

Dietrich rougit sous son plumet. Saisi par l'émotion, il tira alors un peu trop sur la rêne, ce qui ne plut pas à Beau Noir qui fit un écart et faillit entraîner son cavalier dans le fossé. L'incident mit fin à la conversation : l'ami des chevaux se coiffa de son bicorne noir et redevint Napoléon. Il fit signe à Dietrich de s'éloigner pour pouvoir saluer la foule de plus en plus dense à mesure qu'on approchait du centre de la ville. Bling, lui, n'eut droit qu'à un furtif sourire de Joséphine recroquevillée dans ses coussins.

La garde encadra tant bien que mal, au petit trot, les premières voitures de la procession impériale jusqu'à la Grand-Place où monsieur le sous-préfet, en grande tenue, et le maire, ceint de l'écharpe tricolore, attendaient en bas du perron de la sous-préfecture de vivre la plus belle journée de leur vie. En quelques minutes, le salon d'honneur fut plein d'uniformes, de costumes du dimanche, de robes bouffantes venus admirer l'Empereur, sa gracieuse épouse au bras, suivi de son aide de camp, le général Caffarelli, et du mamelouk Roustam qui regardait dans tous les sens pour chercher dans la foule un individu susceptible de vouloir attenter aux jours de son maître. Le maire et le sous-préfet avaient déjà leur discours à la main quand Napoléon, qui détestait perdre de temps, coupa leur élan en les mitraillant de questions sur l'économie du district, la négociation en cours concernant la navigation sur le Rhin, la propagation de la langue française dans les campagnes, le commerce avec l'étranger et aussi les ressources industrielles de la ville et de la région.

L'Empereur aimait faire des découvertes. À Aix-la-Chapelle, il avait été surpris d'apprendre que deux fabriques occupaient, à côté des draperies de Van Houteem, une place très importante dans l'activité de la ville : la fabrique d'aiguilles de Gustave Passiot qui fournissait toutes les couturières d'Europe et celle de Fritz Jecker, le roi des épingles. Piqué par la curiosité, il avait tenu à visiter ces deux manufactures. À Crefeld, c'est l'industrie de la soie qui intéressa l'Empereur. Quand il apprit que le grand soyeux de la région était un noble qui possédait quatre cents métiers, il déclara que c'était cette entreprise locale qu'il visiterait avant de prendre congé de Crefeld et de ses aimables habitants. Cela n'étonna ni le sous-préfet ni le maire car l'écuyer de l'Empereur, le baron de Mesgrigny, préparateur du voyage, était passé à Crefeld quelques semaines plus tôt et avait prévu une rencontre avec von der Leyen.

Dietrich – était-ce un hasard ? – se trouvait chez le « prince » pour rendre Beau Noir quand on annonça l'arrivée de la berline impériale.

— Restez donc, mon ami, lui dit le maître alors qu'il s'apprêtait à rentrer le cheval à l'écurie. Ce n'est pas tous les jours qu'on a l'occasion de rencontrer Napoléon. Et celui-ci ne manquera pas de remarquer Beau Noir. Arrangez-vous pour le maintenir sous son regard.

L'Empereur parut écouter poliment Leyen lui expliquer que la soie, plus que le coton, faisait la richesse de Crefeld, que tous les habitants plantaient des mûriers dans leur jardin et que lui-même était fier d'avoir doublé la production de son exploitation depuis le rattachement à la France des départements de la rive gauche du Rhin. Mais Leyen avait eu raison : son cheval intéressait plus l'Empereur que les vers à soie. Durant son discours, Napoléon n'avait pas quitté de l'œil Beau Noir que Dietrich commençait à bouchonner.

— Quel magnifique cheval ! dit d'un coup l'Empereur, c'est un anglo-arabe, n'est-ce pas ? Je l'avais remarqué en arrivant lorsqu'il trottait à deux pas de la fenêtre de ma voiture. J'ai eu, il y a longtemps, un cheval qui, comme le vôtre, « buvait dans son blanc ».

C'était là un langage de connaisseur. Leyen et Dietrich apprécièrent en échangeant un regard. Mais l'Empereur continuait :

— Autant que le cheval, la selle et la bride sont d'une qualité rare. J'aimerais connaître l'ouvrier qui les a faites.

Otto von der Leyen sourit en montrant Dietrich :

— Il est devant vous, Votre Altesse. C'est M. Hermès, dont les ancêtres, Français protestants, sont venus se réfugier en Allemagne au moment de la révocation de l'édit de Nantes. Le plus habile sellier du pays, sans aucun doute !

L'Empereur, alors, s'avança et satisfit l'envie qui le démangeait depuis un moment : caresser le nez blanc de Beau Noir. Celui-ci, qui reconnaissait les amis, remercia par un hennissement et Napoléon se tourna vers Dietrich :

— Félicitations, monsieur. J'ai un profond respect pour les artisans dont certains, comme vous, sont de véritables artistes. Je m'attache à leur protection et au développement de leurs activités. Trois grandes expositions ont déjà eu lieu depuis les débuts du Consulat. La dernière, dans la cour du Louvre, a rassemblé cinq cent quarante exposants. La selle de M. von der Leyen vous aurait sûrement valu un beau succès.

L'Empereur et l'homme de la soie échangèrent encore quelques propos sur les bienfaits du rattachement et le maître de l'Europe rappela Dietrich qui, toujours engoncé dans sa tenue de garde d'honneur, s'apprêtait à rentrer sur sa propre monture, un modeste et robuste frison.

— Monsieur, dit l'Empereur, avant de quitter votre accueillante et active cité, je vais décorer quelques-uns de ceux qui l'illustrent par leur courage, leur esprit créatif et leur dévouement à la patrie. Tout à l'heure, soyez présent à la sous-préfecture. Il me plaît d'honorer un représentant exemplaire des artisans qui participent à l'enrichissement des départements du Rhin. Je vous décorerai de la Légion d'honneur avec trois autres citoyens dignes de louange, dont M. von der Leyen.

Ne cachant ni sa surprise ni son émotion, Dietrich se redressa, droit comme s'il était à cheval, et répondit comme il le fallait :

— Je ne sais comment remercier Son Altesse. Moi, modeste travailleur du cuir, recevoir des mains impériales la récompense de la Nation est une surprise divine que je ne mérite pas mais qui me comble de fierté.

Le discours du sellier de Crefeld n'était pas plus pompeux ni obséquieux que ceux que l'Empereur avait l'habitude d'entendre. Napoléon esquissa un sourire, fit signe à son aide de camp, le général Caffarelli, qui lui ouvrit la porte de sa berline. Les fouets claquèrent et l'attelage à six chevaux arracha la voiture impériale du paisible domaine de la soie.

— Eh bien, maître Dietrich, grinça von der Leyen, l'air un peu pincé, pour une surprise, c'est une surprise ! J'avais été prévenu que je serais décoré mais, en ce qui vous concerne, l'Empereur a dû prendre sa décision sur l'instant !

— C'est la selle, mon prince ! Et votre Beau Noir qui la porte si fièrement. L'Empereur a aussi, je pense, de l'estime pour les artisans.

Leyen approuva mais Dietrich lut sur sa mine que le riche soyeux n'était pas tellement heureux de partager avec un ouvrier les honneurs de l'Empire, cette prestigieuse médaille au ruban rouge créé sous le Consulat deux ans plus tôt. Le bruit avait du reste couru, jusqu'à Crefeld, rapporté par une femme de chambre, que le Premier consul aurait dit alors à Joséphine : « C'est avec ces hochets que l'on mène les hommes. »

*
* *

La cérémonie fut courte. L'Empereur avait hâte de reprendre la route, mais il sacrifia solennellement au rite de la remise des décorations. La salle des fêtes de la sous-préfecture était comble et Anne, ayant renvoyé les enfants à la maison, regardait, attendrie, son mari sanglé dans sa vareuse de garde d'honneur, qui, avec les trois autres élus en jaquette, attendait l'arrivée de l'Empereur.

Il y avait, à côté de von der Leyen, Charles Rigal, l'homme du coton, et Rudolf Woerth, qui tenait le marché du bois. « Moi, je n'ai que mes mains ! » pensa Dietrich en observant les représentants du gratin de Crefeld parler entre eux sans lui prêter la moindre attention.

Le silence se fit dans la salle à l'entrée d'un général porteur d'un coussin de velours bleu où étaient posées les quatre médailles. Dietrich apprendrait plus tard qu'il s'agissait du comte de Turenne, premier chambellan et maître de la garde-robe. Napoléon apparut aussitôt en compagnie du général Drouot et du général Corbineau. Il ne perdit pas une seconde et, faisant craquer le parquet, marcha de son pas de soldat vers les promus. Il eut quelques phrases, les mêmes qu'il prononçait à chaque étape de son voyage, pour les trois industriels décorés. Revanche des mains calleuses ou connivence hippique, Napoléon s'arrêta plus longuement devant Dietrich pour prôner l'honneur du travail bien fait et l'éclat du cuir fauve d'une selle conçue comme un objet d'art. Il parla encore des compagnons et du tour de France qu'avait accompli Dietrich, ce qui n'était pas vrai et, finalement, serra la main des promus.

Le public applaudit les nouveaux chevaliers de la Légion d'honneur. De nombreuses voix lancèrent des « Vive l'Empereur » mais celui-ci avait déjà quitté la salle qui se vida aussitôt derrière sa suite.

Chacun voulait assister au départ de la colonne impériale, de ses berlines, ses carrosses et ses cavaliers aux képis hauts de forme et de couleurs. La Garde d'honneur de Crefeld, sans Dietrich, tenta d'escorter la voiture de l'Empereur jusqu'à la sortie de la commune mais elle dut vite céder devant la fougue des attelages impériaux.

*
* *

C'en était fini d'un après-midi historique. Le nuage de poussière soulevé par le convoi à peine retombé, Crefeld retrouva sa sérénité, saluée par un somptueux coucher de soleil sur le Rhin.

Ce n'était pas rien, évidemment, d'avoir vu Napoléon, mais la pièce avait été si courte que beaucoup n'avaient même pas eu le temps d'applaudir le souverain. Alors chacun rentra chez soi, les gardes d'honneur rangèrent leur tenue de gala. Et Bling, le commandant, jeta la sienne sur le lit dans un geste de dépit.

— Pourquoi, dit-il à sa femme, l'Empereur a-t-il décoré Dietrich ? C'est à moi, commandant de la Garde et ancien soldat de la Grande Armée, que revenait cette Légion d'honneur !

Chez les Hermès, en revanche, ce fut la joie. Le père n'en revenait encore pas d'avoir été choisi.

— Vous n'avez pas vu et je le regrette, lança-t-il aux enfants, l'air hautain des riches médaillés ?

Même von der Leyen, j'en mettrais ma main au feu, a trouvé ma nomination inconvenante.

— Sûr, dit Anne, que tu ne t'es pas fait que des amis ! Mais on s'en moque. Au 14 Juillet, c'est toi qui porteras le ruban rouge !

— Papa, la médaille, tu vas la mettre pour travailler ? demanda Petit Thierry.

— Non, mon fils. Elle restera dans l'armoire avec ma veste de garde... Pour le cas où l'Empereur repasserait par ici, ajouta-t-il en riant.

— À moins, papa, répliqua Burckhardt, que je ne lui fasse un beau cadre de cuir anglais pour l'accrocher dans la salle. Nous en profiterions tous.

Chapitre III

Petit Thierry avait été un bon élève à l'école de Crefeld. Il avait appris le français dont l'enseignement était obligatoire dans les quatre nouveaux départements. C'était lui, maintenant, qui entretenait dans la famille le souffle d'une patrie estompée dans les brumes de l'histoire. Le père et la mère suivaient, attendris, le gamin dans ce retour aux sources.

Il n'oubliait pas l'instant où, juché sur les épaules de son frère Burckhardt, il avait aperçu l'Empereur. « Cette seconde me portera bonheur, disait-il. Comme la Légion d'honneur de papa. » Il connaissait les batailles où l'Aigle avait triomphé des Autrichiens, des Russes, des Prussiens. Hohenlinden, Austerlitz, Ratisbonne, Eckmühl, Essling, Wagram... énumérait-il en soulignant sur une carte tous les triomphes de l'Empereur. Dans son inventaire héroïque, il n'oubliait jamais le grand frère Henri qu'il n'avait pas connu mais qu'il associait à la gloire de l'Empire.

Il avait maintenant douze ans et, depuis sa dixième année, réalisait son rêve : chaque jour, après la classe, en récompense de ses succès scolaires, il avait le droit de retrouver dans l'atelier son père et son frère Burckhardt. Jusqu'au souper, il les regardait travailler, choisissait avec eux la peau de porc anglais s'il s'agissait de confectionner une selle de qualité ou celle d'une vachette des Alpes pour un travail courant.

Dietrich retrouvait le bonheur qu'il avait éprouvé naguère en enseignant à l'aîné ce qu'il appelait le « noble métier du cuir ». Il parlait avec une délicatesse quasi religieuse de la douceur au toucher du grain qui distinguait le bon cuir ; il discourait sur les coutures à surjets ou le point arrière...

Il disait au jeune garçon :

— Je te souhaite, si tu fais ce métier, d'avoir souvent à travailler les peaux les plus belles, celles qu'on a plaisir à caresser avant de les transformer à l'outil selon ses goûts et son talent.

Le petit écoutait avec ferveur et n'oubliait pas le jour où il avait réussi à coudre lui-même une bonne longueur de trait et en avait été félicité par ces paroles du maître : « Tu seras un homme du cuir, mon fils ! »

Homme du cuir, Burckhardt, le grand frère, ne l'était pas vraiment. Il était, certes, un bon sellier mais il trouvait le métier ingrat, sentiment qu'entretenait Greta, la fille du patron de l'auberge, connu aussi comme le plus important marchand de chevaux de la région. Dietrich voyait en Burckhardt son successeur, mais lui ne pensait qu'à épouser Greta et à devenir bientôt le maître de cette auberge, relais des diligences, qui rapportait beaucoup plus d'argent que la modeste entreprise artisanale. Et, d'abord, il aimait cette fille du Rhin qu'il appelait sa « Lorelei » et qui lui rendait son amour.

Dietrich devinait tout cela mais l'idée de voir son aîné quitter la maison pour aller s'établir chez les Muller, fût-ce en successeur du cabaretier, gravement malade, l'attristait. Quel malheur que son autre fils n'eût pas quatre ou cinq ans de plus pour prendre la place de son frère à l'atelier !

*
* *

Ce soir-là, comme presque chaque jour quand Burckhardt partait lutiner Greta au bord du Rhin et que Petit Thierry dormait, Dietrich parlait de l'avenir avec Anne.

— Il est certain que Burckhardt va partir, admettait la mère. Il aime Greta et nous ne pouvons l'empêcher de s'unir aux Muller, des amis et des clients dont nous apprécions la gentillesse et l'honnêteté. Ils ont été, souviens-toi, témoins à notre mariage.

— Je sais tout cela, mais je n'arrive pas à me faire à l'idée que Burckhardt va quitter son tabouret, en face du mien, pour s'occuper de chevaux et servir des cochers ivres.

— Et toi, tu ne t'occupes pas de chevaux ? Tu t'occupes même de ceux de Muller, ton meilleur client avec Leyen.

— Ce n'est pas pareil, je suis un artisan. Façonner une selle, qui plus est remarquée par l'Empereur, n'a rien à voir avec le négoce des Muller, si honorable soit-il.

— Tu as raison. Et je préfère être l'épouse d'un mari partout reconnu comme un maître, un artiste, plutôt que la femme d'un cabaretier maquignon. Mais tu sais bien que Burckhardt, devenu grâce à ton enseignement un bon ouvrier, n'a jamais eu, comme toi, la fibre du cuir dans la paume. Malgré la tristesse de te laisser seul à l'atelier, il épousera la jeune fille qu'il aime et gagnera beaucoup plus que toi, ce qui n'est pas un avantage superflu !

— Bon, entendu, j'irai voir le père Muller qui ne bouge plus guère de son fauteuil mais aura la force de boire un schnaps avec moi et d'accorder la main de sa fille à notre Burckhardt.

*
* *

Plus que le mariage de son frère, les aventures guerrières de Napoléon continuaient de passionner le jeune Thierry. Il s'arrangeait pour lire, chez Mme Geismel, l'épicière qui vendait aussi les journaux, *La Gazette de Crefeld* et *La Gazette de Cologne*. Chaque semaine, en passant pour acheter une friandise ou pour dire bonjour, il avait vite fait de jeter un coup d'œil sur les titres et d'avaler avec un retard assez considérable les triomphes impériaux, l'annexion de la Hollande, le divorce d'avec Joséphine – qui était pourtant bien jolie – et le remariage de Napoléon avec Marie-Louise de Habsbourg, la fille de l'empereur d'Autriche, une nouvelle qu'il n'accueillit pas avec faveur.

L'apprentissage du cuir qu'il poursuivait tous les soirs restait pourtant sa grande préoccupation. Son père répétait partout qu'il était doué et qu'il n'avait jamais vu un garçon faire des progrès aussi rapides. Il suffisait au garçonnet de regarder Dietrich ou son nouveau compagnon, le père Thomas, un vieux de la vieille débauché de la sellerie Gamisch, du village voisin de Thaller, pour pouvoir répéter leurs gestes avec une incroyable précision. S'il était trop petit pour tailler et encuirer un arçon, il connaissait tous les nœuds utilisés dans le métier, les droits, les croisés en « patte-d'oie », et les plats en « couplière ». Certes, il n'était pas assez fort pour s'atteler aux grosses coutures du harnais, celle à deux aiguillées ou de l'« appointure », mais ses petits doigts maniaient avec habileté l'alêne et l'aiguille afin de doubler à points lacés les bords des courroies et des guides. « Dans deux ans, affirmait son père, lorsqu'il aura pris du muscle, il pourra remplacer son frère. »

*
* *

Les débuts de la campagne de Russie avaient fait frémir Petit Thierry. Conduire la Grande Armée aussi loin lui paraissait fantastique. Il guettait l'arrivée des gazettes qui informaient chaque semaine leurs lecteurs de la marche triomphale des soldats de Napoléon jusqu'à Smolensk. « La route de Moscou ouverte à l'Empereur », titraient les journaux en vente, alors que, depuis des semaines, la résistance russe, par un harcèlement permanent, affaiblissait la Grande Armée qui finit tout de même par entrer à Moscou au prix de combats sanglants. Moscou fut la dernière ville que Thierry souligna sur sa carte. La semaine suivante, la presse annonçait l'incendie de la ville déjà vieux de plusieurs semaines et parlait des conditions terribles de distance et de climat qui avaient obligé l'Empereur à ordonner la retraite. Après, les journaux se firent plus discrets. C'est à peine s'ils mentionnèrent, avec un grand retard, le franchissement dramatique de la Bérézina par les rescapés de Ney et de Victor.

La fin de l'héroïque cavalcade napoléonienne peina Thierry qui, cependant, oublia peu à peu son Empereur. Il fêta ses quatorze ans dans la grande salle de l'hôtellerie dirigée maintenant par son frère Burckhardt qui se révélait bon marchand de schnaps, de vin du Rhin et de chevaux, gagnait beaucoup plus d'argent qu'en découpant du cuir et qui avait acheté, pour ses parents, le chalet jouxtant l'atelier et son modeste logement.

Petit Thierry, lui, occupa peu à peu le tabouret en face du père. Les espoirs qu'il avait suscités dans son enfance n'étaient pas vains ; devenu un excellent ouvrier, il pouvait maintenant remplacer son frère dans les tâches courantes.

Chapitre IV

C'est dans l'atelier, alors qu'ils travaillaient tous deux à un harnais posé sur l'établi, que le jeune Thierry lança une phrase plus lourde de conséquences qu'il ne le pensait.

— Je ne voulais pas te le dire tout de suite mais il est mieux, finalement, que tu le saches : un jour, je quitterai Crefeld.

— Qu'est-ce que tu me racontes ? s'emporta son père. Tu veux aussi devenir marchand de vins ? Ta place est ici ; et quand je ne pourrai plus coudre droit un contre-sanglon, tu me remplaceras ; tu seras le maître d'une entreprise florissante. Avec la multiplication des voitures de trait et la mode des chevaux de monte, notre profession sera en pleine expansion. Mais où iras-tu donc ?

— À Paris. Il n'y a qu'à Paris qu'on puisse vivre, aller au théâtre, trotter au bois de Boulogne. Et monter une affaire ambitieuse.

— Et quelle affaire ? Par Éloi, notre saint patron, qu'est-ce que tu peux aller faire à Paris ? Vendre de la soie ? Ou des pots de miel ? Des épingles peut-être ?

— Rien de tout cela, je veux vendre, en France, la seule chose que je sache faire et que tu m'as apprise : des selles et des harnais !

— Ah, bon ! s'adoucit son père. Tu veux rester dans le métier. Je préfère cela. Mais tu crois que l'on t'attend à Paris ? Toi, à peine sorti de l'apprentissage, arrivant d'une ville minuscule dont le seul titre de gloire est que Napoléon s'y est arrêté quelques heures ! ?

— Non, père. Figure-toi que j'ai lu dans un journal français laissé par un client chez Burckhardt que le nombre croissant des voitures crée des encombrements permanents à Paris et que les cabriolets, les calèches, les cavaliers et les chevaux de volée se bousculent sur les Champs-Élysées comme au bois de Boulogne. Et surtout – c'est là où je voulais en venir – qu'il n'y a pas assez de selliers pour satisfaire les besoins de tant d'équipages. Le journaliste faisait cas de la déclaration d'un comte de Villefranche, connu pour ses exploits hippiques, selon laquelle il attendait depuis six mois que son sellier lui livre une selle à son goût et à ses mesures. Eh bien, moi, je leur en ferai des selles ! Magnifiques, en cuir fauve, lissées comme un miroir, cousues à la façon du maître Hermès, pas aussi belles que les tiennes bien sûr, mais presque ! Et d'ici mon lointain départ, j'ai encore le temps d'apprendre et de profiter de ton expérience.

Petit Thierry s'emballa, porté par son rêve. Soudain, il s'arrêta en regardant son père. La tête penchée, le front dans les paumes de ses mains, il pleurait comme un enfant, ses grosses larmes tachant de désolation son ouvrage de cuir neuf. Bouleversé, le garçon se leva, entoura de ses bras le cou du père, du maître, et embrassa son visage mouillé.

— Pardon, papa. Je ne veux pas te rendre malheureux. Tu sais, ce n'est pas demain que je vais quitter la maison. Dans quelques années... Peut-être jamais. Si tu es trop malheureux, je resterai près de toi et de maman.

— Non, mon garçon, tu partiras. Ce n'est pas parce que tu me manqueras que tu ne pourras vivre ta vie comme tu l'entends. Et puis, je ne devrais pas te le dire, mais tu auras peut-être d'autres raisons de quitter Crefeld. Tu sais, j'ai lu beaucoup de choses sur la situation des réfugiés il y a bien longtemps, au moment de l'édit de Nantes. Les artisans français, qui jouissaient d'une grande réputation, furent très bien accueillis par le gouvernement de Frédéric Ier, lequel leur accorda des facilités pour s'installer et être admis dans les maîtrises. Mais, dès l'origine, ces faveurs suscitèrent la jalousie des corporations allemandes. Aujourd'hui encore, les collèges des artisans de Cologne et d'Aix-la-Chapelle ne manquent jamais une occasion de me tracasser. Cela a évidemment cessé lorsque la région est devenue française, mais Napoléon a dû restituer à la Prusse les départements du Rhin et la situation des artisans français d'origine risque de devenir difficile. Ton idée de rejoindre le pays n'est donc sans doute pas mauvaise. J'ai moi-même plusieurs fois songé à quitter l'Allemagne mais les affaires marchaient si bien que j'ai renoncé à tenter l'aventure.

— Pourquoi alors ne partirions-nous pas avec maman à Paris ? Seul, j'aurai sûrement du mal à m'imposer mais toi, tu auras vite fait de mettre ton talent en avant. Rappelle-toi la réaction de l'Empereur quand il a vu la selle de Beau Noir. Les Parisiens qui aiment ou utilisent le cheval seront fous de ton travail.

Un voile traversa les yeux de son père.

— Aujourd'hui, je suis trop vieux, bredouilla-t-il, trop incrusté dans la vie de Crefeld, trop tranquille ici finalement, pour affronter les risques d'un pareil changement. Et aussi il y a ton frère qui, lui, s'est complètement assimilé à la vie locale et qui ne la quittera jamais.

— Comme tout est compliqué, père, lorsqu'on touche un maillon d'une famille comme la nôtre, si solidaire, si unie. Laissons là les rêves, et finissons la besogne !

*
* *

Petit Thierry connaissait Adèle depuis la petite classe. Elle était la fille des Cahuzac, maître et maîtresse d'école. Le père affichait sur les syllabes rocailleuses de son nom une ascendance huguenote alors que sa femme était une pure fille de Rhénanie. Ils avaient conduit Burckhardt et Thierry sur les premiers chemins du savoir et fréquentaient avec un plaisir partagé les Hermès à l'occasion des anniversaires et des fêtes carillonnées.

Ce jour-là, l'Artisanat recevait l'Enseignement. La neige n'avait cessé de tomber dans la journée et les chemins demeuraient difficilement praticables. Burckhardt, sa femme et leur gamin de trois ans n'avaient eu que la rue à traverser, mais les Cahuzac arrivèrent transis à la « nouvelle maison », comme on appelait le chalet offert par Burckhardt à ses parents. Heureusement, un feu de bûcheron brûlait, clair, dans l'imposante cheminée de la grande salle de la maison, la pièce où trônait, dans le cadre de cuir fin, façonné naguère par Burckhardt, la Légion d'honneur du brigadier des gardes. Le pittoresque bataillon sans armes n'avait évidemment pas survécu à l'Empire et il n'en restait dans les armoires du village que des plumets poussiéreux et des uniformes troués par les mites.

Tout le monde, ce soir-là, parlait le français et Cahuzac haussait le ton en essayant de retrouver cet accent des ancêtres qu'il n'avait entendu qu'une fois dans la bouche d'un inspecteur venu visiter les écoles rhénanes au temps de l'Empire. Il parlait fort et aimait les citations, françaises de préférence, ou de Goethe avec lequel il se flattait de correspondre.

Cette fois, il ouvrit la soirée avec Rivarol en montrant d'un grand geste la cheminée crépitante :

— L'homme est le seul animal qui fasse du feu. Ce qui lui a donné l'empire du monde.

On applaudit et chacun trouva sa place autour d'une longue et solide table de noyer construite sur mesure par Frantz, l'un des maîtres ébénistes de Crefeld. Il fallait imaginer son poli ciré sous la nappe de lin brodée, comme les serviettes, aux initiales d'Anne Hermès. Les assiettes de Sarreguemines, vestiges d'une ancienne génération, étaient décorées de scènes illustrant les différents métiers. Celle du bourrelier était évidemment réservée au maître de maison. Quant aux couverts d'argent, Dietrich aimait dire qu'ils avaient été apportés de France par les ancêtres, ce qui était discutable car, sous Louis XIV, la fourchette n'apparaissait que sur quelques tables seigneuriales.

Lorsque tout le monde fut assis et que M. Cahuzac eut félicité son ancien élève pour sa réussite professionnelle, grâce il est vrai aux leçons du meilleur maître sellier, c'est Burckhardt qui eut droit aux applaudissements en annonçant :

— Ce soir, en l'honneur de mon petit frère qui devient grand, nous allons trinquer en buvant du champagne de Dom Pérignon, le saint homme qui a inventé le procédé pour rendre mousseux le vin des vignes d'Épernay. Après, nous dînerons au pommard.

Il s'agissait d'une folie à une époque où l'importation du vin français était interdite, mais Burckhardt coupa court aux exclamations en expliquant que son beau-père avait profité du bref passage des départements du Rhin sous le drapeau français pour faire rentrer dans ses caves des tonnelets des meilleurs vins de Bourgogne et quelques douzaines de bouteilles de champagne.

— J'hésite, confia-t-il, à ouvrir six flacons de meursault 1800, le meilleur vin blanc du monde, de peur de ne plus vouloir goûter à notre vin du Rhin.

Anne, qui pensait plus à son dîner qu'aux vins de Burckhardt, s'absenta pour aller surveiller la cuisson des mets qu'elle avait choisi d'offrir à ses invités. Elle avait à peine entrouvert la porte menant à la cuisine, pièce du four et du fourneau où la famille prenait habituellement ses repas, que les effluves capiteux d'une viande rôtie envahirent la salle. Les invités découvrirent un peu plus tard qu'il s'agissait de deux gigots d'agneau dorés à point fleurant bon le thym, l'ail et une autre épice dont Anne avait le secret. Avant, pour ouvrir l'appétit en dégustant les deux bouteilles de champagne, elle apporta une jolie terrine ancienne. Maître Dietrich souleva le couvercle décoré aux armes de Crefeld et les convives émirent un murmure qui plut à la maîtresse de maison, en voyant apparaître le pâté qui, sous sa croûte rôtie enrobée de gelée blonde, s'offrait à leur gourmandise.

— C'est une recette de chez nous. Je l'ai découverte dans mon livre de cuisine, le Beauvilliers, acheté il y a quelques années chez le libraire d'Aix-la-Chapelle. Voilà donc un pâté de perdrix et de chevreuil fournis par Fritz, le braconnier. Après, vous mangerez les gigots d'agneau, dont vous avez peut-être reconnu le fumet, simplement rôtis, à ma façon. Vous ne pouvez pas savoir le mal que nous avons eu à trouver un paysan consentant à nous vendre un tout jeune agneau ! En fait, Dietrich a échangé deux belles pièces contre l'entretien de trois harnais.

Comme dans toute bonne famille française, on parla beaucoup, ce jour-là, de cuisine et de vins. Cahuzac attendit d'avoir terminé une large tranche de pâté pour raconter qu'il avait, dans sa bibliothèque, un vieux livre acheté dans une vente, *Le Cui-*

sinier gascon, œuvre d'un grand seigneur, amateur de cuisine, le prince de Dombes.

— Ses recettes sont originales et je doute qu'Anne ait envie de les réaliser, commenta-t-il. Je ne vous citerai que ses « yeux de veau farcis au gratin » dans lesquels la prunelle est remplacée par une truffe.

La suite du dîner se déroula dans une amicale gaieté. On constata que le pommard s'accordait fort bien au gigot de lait et, après le dessert, c'est tout émoustillés que les convives s'installèrent autour de la cheminée.

La conversation s'orienta vers les métiers. Dietrich attaqua ses bêtes noires, les jurandes et les corporations prussiennes, et Louise Cahuzac, la seule avec Greta, la femme de Burckhardt, à ne pas être française d'origine, dit combien elle regrettait de ne plus avoir le droit de parler ni d'apprendre le français aux enfants.

— Que ne donnerais-je pour être maîtresse d'école dans un village de France ! déclara-t-elle.

Cahuzac approuva et ajouta :

— Le retour du pays à la Prusse est bien entendu un malheur, mais nous avons tout de même de la chance de vivre à Crefeld, une ville sympathique où nous sommes bien intégrés. Qu'en penses-tu, Petit Thierry ?

— Je suis né au-dessus de l'atelier de papa alors que Napoléon nous avait rattachés à la France. Durant seize ans, j'ai vécu dans cette ville où je connais tout le monde et où tout le monde me connaît. Je peux dire que je me sens autant allemand que français. Ce n'est donc pas pour une question de nationalité que, plus tard, j'irai travailler à Paris !

L'étonnement ne vint pas des Cahuzac mais de leur fille. C'est Adèle qui s'écria, visiblement émue :

— Quoi ? Tu vas partir ? Tu vas quitter Crefeld ?

Comme elle n'arrivait pas à cacher son trouble, le jeune Thierry lui prit les mains et, sans se soucier des autres, s'approcha d'elle en murmurant.

— Mais non, Adèle. Ce n'est qu'un vague projet. C'est vrai que quelque chose me pousse à aller faire des selles et à garnir des calèches de luxe pour les élégants des Champs-Élysées et du bois de Boulogne, mais ce n'est pas demain la veille que je partirai de Crefeld. Pour toi, je serai encore là longtemps, lui glissa-t-il à l'oreille, suffisamment bas pour que personne n'entende.

Personne n'entendit mais tout le monde pensa qu'une idylle s'ébauchait peut-être entre les deux enfants de Crefeld.

La remise des cadeaux mit fin aux discussions sur le souhait de Petit Thierry de s'exiler. Les Cahuzac offrirent au garçon un très beau livre sur l'histoire des quatre départements de la rive gauche du Rhin, œuvre du préfet de Belleyme datant des premières années de l'Empire. Un long paragraphe était consacré à Crefeld, appelée « capitale de la soie ». De son côté, Adèle avait brodé aux initiales du héros de la fête un joli mouchoir de batiste et la famille dévoila un objet mystérieux, assez lourd et enveloppé dans plusieurs couches de papier. Avant d'ouvrir le paquet, Thierry le fit soupeser à Adèle en disant :

— Je me demande bien ce qu'il contient.

Enfin, il débarrassa de son emballage un mors brillant comme de l'argent qu'il reconnut forgé par Fritz Mingue, le fameux éperonnier de Cologne.

Comme il regardait son frère d'un œil dubitatif, celui-ci mit fin au mystère :

— Petit frère, quelque chose va avec ce premier cadeau. À ta place j'irais, malgré le froid, jeter un coup d'œil dans l'écurie.

— Non ? Vous ne m'avez pas offert un cheval ? s'écria Thierry en allant embrasser le père, la mère, Greta sa belle-sœur et Burckhardt qui n'était pas mécontent de son effet. Dans son élan, il déposa aussi un baiser sur la joue de Mme Cahuzac et dit à Adèle :

— Mets ton manteau et viens avec moi découvrir ce cheval tombé du ciel.

Il la prit par la main et l'entraîna vers l'écurie. Il n'y avait qu'une dizaine de mètres à parcourir mais le sol était gelé sous la neige et Adèle glissa les deux pieds en avant. Elle se serait étalée de tout son long, et peut-être blessée, si Thierry ne l'avait retenue et sauvée d'une chute brutale. Ni l'un ni l'autre n'y mirent malice, mais le fait est qu'ils se retrouvèrent enlacés et que seules quelques mèches des cheveux ébouriffés d'Adèle séparèrent leurs visages. Quand ils s'éloignèrent, ne sachant trop quoi se dire, Thierry ouvrit la porte de l'écurie et ils constatèrent, dans la pénombre, que Pierrot, le vieux breton du père, avait à ses côtés un fringant norfolk argenté que le garçon reconnut aussitôt pour l'avoir récemment admiré chez son frère. Il se rappela avoir dit alors : « Plus tard, quand je gagnerai ma vie, je te l'achèterai. » Et Burckhardt avait ri : « Quand père te paiera assez pour acquérir mon norfolk, il y aura longtemps que j'aurai vendu ! »

Et voilà que le beau cheval était là. Et qu'il était « son » cheval !

— Comment le trouves-tu ? demanda-t-il.

La jeune fille ne distingua dans l'obscurité que deux croupes qui bougeaient et se cognaient aux bat-flanc. Comme Thierry lui expliqua qu'il était dangereux de se placer derrière les bêtes dérangées par leur présence, le norfolk décocha une ruade et son sabot droit frôla le visage de son nouveau propriétaire. Adèle poussa un cri.

— Ton beau cheval aurait pu te tuer ! Tu me le montreras demain, de loin de préférence ! En attendant, ramène-moi à la maison, je meurs de froid.

— C'est entendu, nous allons rentrer mais je ne veux pas quitter cette brave bête, un jour comme celui-là, sur un malentendu.

Adèle voulut l'en empêcher mais le téméraire se glissa entre l'animal et le bat-flanc pour aller lui caresser les naseaux fumants et lui parler dans cette langue rare que seuls pratiquent les vrais complices des chevaux. Le norfolk comprit puisqu'il répondit par un hennissement.

— Il s'appellera Clairon ! s'écria Thierry en entraînant Adèle hors de l'écurie.

Comme s'ils revenaient d'un long voyage, de retour à la maison, ils racontèrent en la magnifiant leur aventure, la tempête de neige, la glissade d'Adèle et son sauvetage, la ruade du norfolk et la paix scellée d'une caresse avec son nouveau maître. Ils n'omirent que le baiser volé à la nuit. Tout le monde était fatigué et, la tempête de neige redoublant, les Cahuzac acceptèrent, après un refus de politesse, de passer la nuit dans le chalet.

— Les travaux ne sont pas tout à fait terminés, expliqua Anne, mais si les murs de la chambre d'amis ne sont pas encore revêtus de papier peint, deux bons lits sont prêts à vous accueillir. Il faut simplement allumer le feu dans la cheminée.

Tandis que l'on se souhaitait le bonsoir, Dietrich alla battre le briquet et revint en déclarant :

— Tout feu tout flamme, il fera chaud dans deux minutes !

Un optimisme que ne partagèrent pas les Cahuzac qui, après avoir constaté que les draps étaient humides et qu'il faudrait des heures pour chauffer la pièce, se pelotonnèrent dans des couvertures entre deux fauteuils tirés devant l'âtre. Seule Adèle trouva le sommeil malgré les jurons du maître d'école proférés en allemand mâtiné de gascon pour maudire cette nuit pénible. Aux *Mein Gott !* succédaient des *Diou Biban !* Au diable les bons amis qui, pour vous épargner quelques flocons de neige, vous font dormir dans une glacière !

Le lendemain, le soleil brillait sur les bords du Rhin quand Anne demanda à ses invités :

— Avez-vous bien dormi ?

*
* *

Les jours passaient, la vie continuait à Crefeld malgré l'inquiétude qui, depuis la fin de l'Empire, gagnait peu à peu la population. Les familles ayant accueilli avec trop d'enthousiasme le rattachement des départements du Rhin à la France se faisaient discrètes et ignoraient les propos revanchards de ceux qui l'avaient subi comme une oppression. N'empêche que les métiers à soie tournaient au ralenti, comme les usines d'Aix-la-Chapelle ou de Cologne, et que toutes les familles, même les plus aisées, voyaient leurs ressources diminuer. Von der Leyen lui-même, que l'administration française avait nommé au Corps législatif, faisait le dos rond. Il n'achetait plus de pur-sang anglais et ne commandait plus de riches harnachements. Chez les Hermès, on travaillait surtout désormais pour les paysans et le père jugea prudent de retirer du mur le cadre de sa Légion d'honneur. Quant à la presse locale qui avait, durant des années, célébré la gloire de l'Empire, elle fêtait le retour des Prussiens dans les provinces du Rhin. Pourtant, Burckhardt, voyant passer beaucoup de voyageurs et les entendant parler, affirmait que les grands centres industriels de la rive gauche, redevenus prussiens, souffraient beaucoup de l'invasion du continent par les produits de l'industrie anglaise et que certains en venaient même à regretter l'administration française.

*
* *

Dietrich supportait mal l'ambiance lourde qui régnait maintenant à Crefeld. La raréfaction du travail de luxe qui avait fait sa réputation, la santé précaire de son épouse, le départ quasi certain de Petit Thierry plus que jamais décidé à vivre à Paris, abattaient, décourageaient, attristaient le maître jusque-là gaillard et enjoué. Et cette lettre d'Henri qui n'arrivait pas ! Lui qui avait toujours été de bonne heure à l'atelier, à l'aube le plus souvent pour voir le soleil percer les brumes du Rhin ou la pluie fouetter le champ d'orge du voisin, peinait même à se lever. Il traînait au lit, touchait à peine à la bolée de lait et aux tartines de pain beurré préparées par Anne et, d'un pas lourd, gagnait l'atelier où Petit Thierry était depuis longtemps à l'ouvrage. Ce dernier embrassait son père et essayait, par une gaieté à peine feinte, de l'encourager à reprendre le travail entrepris la veille, la confection d'une selle de luxe, analogue à celles qu'il réalisait naguère pour von der Leyen.

— Il y a des peaux magnifiques au magasin, autant les utiliser pour tailler quelques selles qui trouveront bien un jour un acquéreur. Ce sera l'occasion de me donner à nouveau quelques leçons ! argumentait-il.

Le père avait fini par accepter et retrouver le goût de l'outil, le plus fidèle ami de l'artisan. On le crut guéri, sa selle était même l'une des plus belles qu'il eût faites. « Son chef-d'œuvre », commentait le fils en le regardant caresser, peau à peau, l'habit du cheval inconnu qui en sentirait un jour la douceur sur son dos. Mieux encore, le rétablissement de son mari avait rendu un rayon de santé à Anne, atteinte depuis six mois de phtisie.

Et puis, un soir où Petit Thierry avait rapporté le *Kölnischer Zeitung* dans lequel un chroniqueur se gaussait de la déchéance de l'Empereur, le maître s'écroula sur son assiette, puis roula sur le sol.

Dietrich avait jadis subi des crises d'épilepsie peu graves et oubliées. Mais, cette fois, le mal semblait sérieux. Agité de violentes secousses, la tête du père cognait le pavé et les meubles, sa face était grimaçante, sa bouche écumait. Petit Thierry s'était précipité pour tenter d'immobiliser un père dont les forces semblaient décuplées mais il ne réussit, sur le conseil de sa mère, qu'à lui introduire un mouchoir dans la bouche afin d'éviter que dans une convulsion de la mâchoire il ne se morde la langue. Et là, brusquement, le maître poussa un grand soupir, ses muscles se relâchèrent et il sombra dans un profond sommeil.

— C'est le coma, gémit Anne.

À genoux, tous deux guettèrent le mince frémissement des lèvres, seul signe qui montrât que Dietrich demeurait vivant. Le reste du corps était inerte et raidi.

— Je vais prévenir le médecin, dit Petit Thierry.

Il arrêta l'un de ses voisins qui passait heureusement en charrette devant la maison. C'était Brursrtrer, le charron. Vieil ami, il fouetta son rossard. Le vieux cheval hennit de surprise, peu habitué à des commandements aussi énergiques, et passa au galop quelques minutes avant de reprendre son trot habituel.

Trois quarts d'heure plus tard, Thierry était revenu à la maison après avoir couru comme un fou tout le long du chemin de retour. Il retrouva sa mère et son père sur le sol dans l'état où il les avait laissés :

— Muller n'est pas chez lui, expliqua-t-il, essoufflé et inquiet. Il est à Dorschel, au chevet du père

Harchest qui est, paraît-il, mourant. Sa femme m'a promis de le prévenir dès qu'il rentrera.

— Ce ne sera pas la peine, mon petit. Je suis longtemps restée suspendue au souffle infime de ton pauvre père, haletante de crainte qu'il ne soit le dernier. Et il arriva que survînt le dernier. Le maître ne verra pas, demain matin, le soleil d'automne se lever. Va vite chercher ton frère pour qu'il nous aide. D'ailleurs, pourquoi ne l'as-tu pas prévenu en partant ?

— Je n'ai pensé qu'à courir après la voiture de Brursrter pour qu'il me conduise chez le Dr Muller. Je m'en veux, maman, je m'en veux : Burckhardt aurait peut-être réussi à bouger le père pour qu'il respire mieux...

— Non, mon chéri. Je connais bien cette maladie. Le médecin m'en a souvent parlé. Quand ton père est tombé dans le coma, j'ai su qu'il ne se réveillerait pas. Il ne nous reste qu'à pleurer cet homme merveilleux qui nous a menés, jusqu'à ces jours tragiques, sur le chemin du bonheur. Seuls comptaient pour lui sa famille et son travail. Promets-moi une chose, Thierry, de continuer son œuvre, de rester – ici ou ailleurs – dans le métier qu'il t'a enseigné. Son rêve n'était pas que tu travailles le cuir aussi bien que lui, mais que tu le dépasses dans son art.

— C'est impossible de faire mieux, maman. Mais je te promets de devenir un sellier digne du souvenir de mon père.

*

* *

Portée plus que soutenue par ses deux fils, Anne, très affectée par la mort de son mari et épuisée par une phtisie que le malheur avait réveillée, parvint malgré l'avis du docteur à assister aux obsèques. Ramenée à la maison, elle s'écroula sur son lit et fut saisie d'une longue quinte de toux. Les larmes aux yeux, les deux frères se relayèrent pour la maintenir assise à l'aide de deux oreillers et essuyèrent les filets de sang qui perlaient de sa bouche.

— Après le père, nous allons perdre maman, s'alarma Burckhardt. Il faut prévenir vite le médecin.

— J'y vais, répondit Thierry. Il ne me faut qu'un instant pour seller Clairon.

Le Dr Muller habitait à l'autre bout de la ville. Même en galopant, le jeune homme mit dix bonnes minutes pour arriver.

Le bon docteur, officiant depuis plus de trente ans à Crefeld, était estimé de tous. Mais il s'apprêtait à se retirer afin de se consacrer à sa passion, l'étude des différentes espèces de vers à soie. Cette retraite était la grande crainte de Dietrich qui disait : « Qui va nous soigner quand Muller ne sera plus là ? Je crois que je ne survivrai pas longtemps à son départ. » Il n'avait pas eu à lui survivre. Le médecin eut la force de courir au chevet d'Anne après avoir enterré son mari, victime de cette épilepsie qu'on ne savait pas soigner mais qui tuait rarement.

— Gustav n'a pas encore dételé, je saute dans la carriole, dit-il. Mais tu sais, ta mère est très malade. Je n'aurais jamais pensé que ton père puisse partir avant elle. Enfin, allons-y !

Quand ils arrivèrent, Anne, moins pâle, avait retrouvé une respiration presque régulière. Le médecin l'ausculta, compta les battements de son cœur sur sa grosse montre d'acier.

— Elle en a vu battre des pouls, ma chère montre ! Sa trotteuse m'a souvent révélé de graves maladies. Eh bien, aujourd'hui, elle m'annonce que la crise est finie !

— Pour un peu je vous croirais ; il est vrai que je tousse moins et respire un peu mieux, murmura Anne.

— Si vous ne croyez pas votre vieux médecin, croyez sa montre. Elle n'avance que d'une seconde par mois et ne ment jamais. On va doubler la dose du sirop que je vous ai ordonné et, demain, vous serez debout. Mais, surtout, ne faites aucun effort. Ne montez pas d'escalier, n'allez pas fourgonner dans votre cuisine. Ainsi se calmera l'oppression qui vous tourmente.

— Merci, docteur, répondit-elle d'une voix faible et hésitante, mais ma vraie douleur est la mort de mon cher mari. Je n'aspire, je crois, qu'à le rejoindre.

— C'est bien sûr la mort subite de votre époux qui a provoqué cette crise. Dietrich, Dieu ait son âme ! était le meilleur homme que j'aie connu. Tout Crefeld le pleure, même ceux qui se réjouissent de voir revenir les Prussiens. Mais vous, vous allez vous remettre.

Il se releva du chevet d'Anne, réclama une cuvette d'eau et du savon pour se laver les mains et ajouta avant de partir :

— Reposez-vous bien, Anne. Je repasserai vous voir demain.

— Docteur, avez-vous dit vrai ? La mère va aller mieux ? s'enquit Burckhardt en le reconduisant à son brougham, la petite voiture à bord de laquelle il sillonnait la campagne.

— Oui et non. Anne va se remettre mais on ne guérit pas de la phtisie et, il faut le savoir, elle peut mourir à tout instant. Évitez-lui les fortes émotions.

*

* *

Les semaines passèrent et Anne, que ses enfants entouraient de soins affectueux, se porta mieux en effet. Elle toussait moins et ne crachait plus de sang. Elle affichait même un beau sourire quand Thierry, pâle et tremblant, encore vêtu de son tablier de cuir, entra dans la cuisine où elle se tenait, frileuse, devant le poêle. Il était accompagné du voisin, Charles-Émile Muller, qui tripotait son chapeau d'un air embarrassé. C'est lui qui parla :

— Je suis passé tout à l'heure à la poste où une lettre qui vous était destinée venait d'arriver. Je vous l'ai apportée.

— Elle ne contient pas une bonne nouvelle, continua Thierry en entourant de ses bras le cou frêle de sa mère. C'est la lettre que nous redoutons depuis des années.

— Henri ? soupira Anne en fermant les yeux !

— Oui, maman. La lettre de l'état-major des armées impériales a mis près de quatre ans à nous parvenir. Elle nous annonce qu'Henri est mort le 12 décembre 1812 à Saragosse, en Espagne. Il venait d'être nommé sergent-major à la compagnie des grenadiers au 120e régiment de ligne... J'avais bien lu que la guerre en Espagne avait été terrible. En particulier la prise de Saragosse par le maréchal Lannes...

Il continua de parler, pour étourdir sa mère, essayer d'atténuer le choc de la nouvelle aussi terrible qu'inattendue, mais Anne resta calme. Elle ne pleura pas, le regard fixé sur la médaille qu'elle avait fait raccrocher dans son cadre après la mort du père, tout près du gros poêle de faïence bleue. Au bout d'un moment, elle dit simplement :

— La mort d'Henri, ton père comme moi l'augurions. Après ces longues années de silence, quel espoir pouvait raisonnablement nous rester ? Il est pourtant malheureux que le courrier ne soit pas arrivé un mois plus tôt. Ton père l'a tant attendu : il voulait une certitude !

Thierry et son frère firent dès le lendemain les démarches à la mairie où l'on venait de gratter sur la façade les mots « République française » pour les remplacer par « Rathaus ». Maladresse ou malignité du peintre, l'appellation française, incrustée dans la pierre, réapparaissait, bien visible, sous la rugosité du nom allemand. Le nouveau maire, prussien bon teint, fâché, avait décidé d'employer la pioche pour atteindre au plus profond les stigmates napoléoniens mais, comme par hasard, aucun maçon des environs n'était disponible pour une telle besogne. Cela faisait rire bien des gens qui pour une raison ou une autre regrettaient l'administration de l'Empereur.

Otto, le vieux secrétaire de la mairie, était de ceux-là. Tout en demeurant prudent, il adorait s'amuser. Par exemple en ajoutant aux pièces d'état civil désormais germanisées le tampon de l'État français. C'est ainsi que l'aigle napoléonien figura sur l'acte de décès du sergent-major Henri Hermès.

*

* *

Et l'on ne parla plus d'Henri dans la maison Hermès. Anne, il est vrai, ne parlait plus de rien. Elle était calée dans un fauteuil par des oreillers, et son regard éteint fixait le poêle. Quand elle avait besoin d'aide, elle appelait sa garde-malade, Martha Mayer, chargée par ses fils de la surveiller nuit et jour. Burckhardt ne pouvait guère quitter son relais où les coches succédaient aux diligences, mais Thierry posait souvent l'outil pour aller parler à sa mère qui ne répondait que par des monosyllabes.

Le 3 janvier 1818 au soir, en présence de ses enfants, Anne Hermès, née Kuhnen, exhala son dernier souffle. Sans s'apercevoir apparemment qu'elle passait du monde des vivants au royaume des morts.

Tout Crefeld, le *Bürgermeister* en tête, l'enterra à côté de son mari. Comme le maître sellier, elle ne comptait que des amis et la foule mit un temps interminable à défiler devant les deux frères. Quand Géland, le bridier, ami de la famille depuis son établissement à Crefeld, se fut, le dernier, éloigné avec sa femme, que tous les proches eurent gagné, la tête baissée, la porte des regrets, Burckhardt et son frère se retrouvèrent perdus dans le silence ouaté du cimetière. Seul, un peu plus loin, un fossoyeur patient, les mains appuyées sur le manche de sa pelle, attendait pour faire sa besogne.

— Nous voilà tous les deux ! constata Burckhardt. Il est étrange de voir comment une famille heureuse et unie peut se déliter en quelques mois !

Et il ajouta :

— Ne restons pas ici, dans cette odeur entêtante de fleurs. Un dernier adieu à maman, et nous allons rejoindre Greta qui a accompagné Pierrefeu, le sellier. Le vieil ami s'est déplacé depuis Aix-la-Chapelle. Il doit reprendre la diligence de cinq heures. Quelle fidélité ! Tu vois, ce que je regrette de plus dans ce métier que j'ai abandonné, c'est la fraternité qui unit les familles d'artisans. La main, Thierry, la main qui guide l'outil, la main qui vaut un serment lorsqu'elle serre celle du compagnon. Elle t'apportera, sans doute, plus de joie dans ta vie que celle du cabaretier enrichi !

— Viens, Burckhardt. On parlera de cela plus tard…

Suivi par son grand frère, Thierry s'agenouilla alors devant le cercueil et dit tout bas :

— Adieu, maman. Ce soir, je veux croire au ciel !

CHAPITRE V

La mort d'Anne, après celle du père, laissait les deux frères désemparés, plus encore Thierry qui n'avait pas une famille pour le soutenir. Chaque matin, l'émotion l'étouffait quand il poussait la porte de l'atelier. Il lui arrivait même de pleurer en regardant, en face de lui, la place du père. Elle n'était pas vide comme le pensaient ceux qui entraient dans l'atelier, elle restait dans l'esprit de Thierry simplement libre, comme si son occupant pouvait venir d'une minute à l'autre s'y installer. D'ailleurs, les outils du père étaient toujours posés sur l'établi, dans l'ordre laissé le soir où il avait quitté son atelier pour la dernière fois. L'alêne à brédir, la pointe carrée, la bouterelle, les fers à cocarde et à feston, la série des alênes à coudre et celles à ranguiller demeuraient à portée de main de l'artisan que l'Empereur, un jour, avait félicité, mais qui – Thierry le savait bien – ne reviendrait pas.

Il était loin le temps où le maître devait faire appel à des compagnons de villages voisins pour arriver à satisfaire ses clients. Maintenant, Thierry subissait comme tous les gens des anciens départements du Rhin les conséquences de l'écroulement de l'administration impériale. Finis, dans ce marasme économique, les harnais de luxe et les selles de cuirs finement travaillés. Il devait se contenter d'équiper les chevaux de trait ou de harnacher les petits landais qui tiraient les charrettes et les cabriolets de M. Tout-le-monde. Ces paysans, commerçants, fonctionnaires préféraient faire réparer leurs brides plutôt que d'en acheter des neuves. Quant à von der Leyen, il n'apparaissait que rarement dans sa propriété de Crefeld et ne paradait plus dans ses attelages de luxe. Depuis la chute de Napoléon, il n'avait pas commandé une seule selle taillée dans ces belles peaux anglaises ou espagnoles qui séchaient dans le magasin et que Thierry devait humidifier de temps en temps afin d'éviter qu'elles ne perdent leur souplesse.

En attendant, des jours meilleurs dans un pays où les riches équipages croiseraient d'élégants cavaliers sur une avenue large comme le Rhin, il travaillait dans sa bourgade pour vivre ; on n'aurait pu dire pour manger puisqu'il prenait le plus souvent ses repas au relais du frère. Le bruyant manège des diligences, des changements de montures, les fausses colères des postillons et l'anxiété des passagers le distrayaient. Il écoutait les voyageurs racontant leurs voyages présents et passés et les aventures qu'ils avaient vécues sur les routes aux fossés hasardeux et aux rencontres fâcheuses. L'un narrait son périple en Lorraine dans une malle-poste archaïque, sorte de coffre à deux roues où il était le seul voyageur, placé contre le courrier qui conduisait ses trois chevaux à un tel train d'enfer que l'attelage se retrouva dans le fossé. L'autre, l'attaque de sa diligence, un monstre appelé « L'Hirondelle », tiré par cinq chevaux, dans un défilé des Cévennes. Sous la menace de grands couteaux, les bandits, au visage masqué par un foulard, avaient délesté les voyageurs de leur argent et de leurs bijoux. Il y avait un peu de vrai et beaucoup d'affabulation dans ces histoires, mais le petit monde du relais faisait semblant d'y croire. Dans le claquement des fouets et les injures des postillons, chacun ajoutait son chapitre au roman de la route.

Thierry souriait en entendant ces bourgeois qui jouaient aux héros et transformaient leur voyage interminable en expédition intrépide. En fait, il enviait ces inconnus qui partaient dans le tumulte vers des contrées lointaines ou proches. Il se disait que lui aussi monterait un jour dans la diligence de Mayence et prendrait la fameuse route N° 4 qu'on appelait encore « impériale » parce que Napoléon l'avait fait construire. Elle le mènerait en malle-poste jusqu'à Paris où il réaliserait enfin son rêve : devenir le meilleur des selliers parisiens.

*

* *

Thierry était un être réfléchi, donc un peu égoïste. Aussi n'avait-il pas poursuivi son idylle, pourtant agréable, avec la petite Cahuzac. Il s'était rendu compte qu'il n'éprouvait pas pour elle une passion obsédante et, surtout, que des fiançailles officielles mettraient fin à son projet d'évasion. Toujours sage, il avait aussi pris conscience que, même doué, il n'était encore qu'un jeune compagnon à peine sorti de l'apprentissage.

C'est un soir où il regardait la place vide du père que Thierry décida de ne pas quitter Crefeld trop tôt et de prendre le temps de se perfectionner dans ce métier dont on n'avait pas eu le temps de lui transmettre tous les secrets. Après avoir médité son choix, il eut l'idée écrire à Pierrefeu, le vieil ami de la famille.

Après avoir rédigé de belles lettres pour évoquer le souvenir du maître qui lui manquait tellement, Thierry exposa son projet d'aller s'installer à Paris tout en précisant qu'il ne se sentait pas encore mûr pour entreprendre le voyage. « Je ne fais plus ici que du travail de routine et progresse peu, pour ne pas dire pas du tout, dans le métier. J'ose penser, pardonnez-moi, maître, si je me trompe, que le père, s'il pouvait me conseiller, me dirait de me tourner vers vous pour vous demander conseil et, peut-être, de me prendre un temps en qualité de compagnon. Il exagérait quand il disait que j'étais doué et que j'allais bientôt le dépasser, mais je ne suis pas maladroit et peux tenir ma place dans votre atelier connu pour son excellence. Si par bonheur vous acceptiez de donner une suite favorable à ma demande, je peux fermer dans l'heure l'atelier de Crefeld et venir enrichir mon savoir sous votre savante tutelle. »

Thierry réécrit sa lettre trois fois, embarrassé par les mots, ne voulant paraître ni présomptueux ni trop flatteur. Pour obtenir un avis objectif, finalement, il pensa soumettre le texte à son ancien maître d'école, le bon M. Cahuzac. Depuis la fin de leur amourette, Adèle lui avait battu froid et les deux familles s'étaient peu revues. Mais la mort du père, puis celle de la mère, avait rapproché les Cahuzac de Thierry. Adèle elle-même lui avait apporté le soutien de son amitié.

Adèle, justement, était là, avec ses parents, quand il frappa chez les Cahuzac. Après les politesses d'usage, avant qu'il ait eu le temps de sortir le brouillon de sa poche, elle dit :

— Thierry, j'ai une grande nouvelle à t'annoncer : je vais me marier !

Allez savoir pourquoi, il sentit son cœur s'emballer et fit un effort pour cacher sa réaction. Après quelques secondes qui lui parurent des heures, il parvint enfin à répondre :

— Je suis heureux pour toi et te souhaite beaucoup de bonheur.

Puis il ne put retenir la question qui lui brûlait la langue :

— Avec qui ?

— Erich Bauer, le fils du tisseur.

— Je ne le connais pas, c'est sûrement un bon parti.

— Oui, coupa Mme Cahuzac qui voyait mal une discussion s'engager entre les deux jeunes gens. C'est effectivement un bon parti, ajouta-t-elle sèchement. Et il aime Adèle qui partage cet amour.

Le maître d'école engagea la conversation sur un terrain plus chaleureux :

— Et comment vas-tu, toi ? Tu te débrouilles, seul à la maison ? Tu sais, nous pensons tous beaucoup à toi. Et je te le répète : notre famille est toujours prête à t'aider. Mais si tu es venu ce soir, c'est peut-être que tu as besoin de quelque chose ?

— Oui, monsieur Cahuzac. Je voudrais vous montrer une lettre que je vais envoyer au maître sellier Pierrefeu d'Aix-la-Chapelle. Il était un grand ami de mon père et je souhaite lui demander de m'embaucher.

— Montre, mon garçon. Je vais voir si mes leçons ont été entendues et s'il t'en reste une bonne orthographe, car tu lui écris en français, n'est-ce pas ?

Il déplia la lettre que lui tendait Thierry et se plongea dans sa lecture. Lorsqu'il eut fini, il délivra tout de suite l'avis du maître content de son élève :

— Bravo Thierry. À part quelques fautes que je vais corriger, ta lettre et parfaite. Peut-être un peu pompeuse à la fin, mais bah ! Pierrefeu serait bien le seul à n'être pas sensible aux éloges. Je trouve ton idée excellente d'aller te perfectionner chez un nouveau patron avant la grande aventure. C'est ta vie que tu vas jouer dans ce voyage. Nous devinons qu'il t'en coûte beaucoup de quitter Crefeld, mais tu as choisi ton destin et j'espère que tu ne te trompes pas !

*
* *

Thierry sortit à la fois rasséréné et troublé de sa visite. Le maître l'avait rassuré et Adèle, en l'embrassant pour lui dire au revoir, lui avait soufflé à l'oreille : « Pense à moi, mon Thierry ! » Cette confidence au ton de prière et l'annonce d'un mariage qu'il devinait sans amour réveillèrent en lui les souvenirs d'un attachement qu'il avait peiné à effacer. Il sut que l'image d'Adèle n'était pas près de quitter ses rêves.

Il venait d'aller au relais glisser sa missive dans la boîte accrochée à la malle-poste d'Aix-la-Chapelle quand il aperçut un landau de l'armée prussienne qui s'arrêtait devant sa porte. « Que me veulent ces gens ? pensa-t-il. Pas du bien sûrement. On a tellement vilipendé les Allemands dans cette maison qu'ils viennent peut-être me demander des comptes. » Un officier descendit de voiture et se présenta en claquant les talons :

— Lieutenant Franz Fellinger. Vous êtes bien le harnacheur qui fabrique des selles ?

— Oui, monsieur l'officier, mais c'est mon père, décédé il y a peu de temps, qui était le maître de cet atelier.

— Nous savons cela mais il paraît que vous avez pris sa suite. Et le général von Brechter, dont je suis l'aide de camp, voudrait que vous lui tailliez, dans votre meilleur cuir, l'identique de la selle de M. Leyen, qui avait fait l'admiration de l'empereur Napoléon.

Interloqué d'apprendre que le général qui commandait la région savait tant de choses sur sa famille, Thierry mit un instant avant de répondre d'une voix qu'il voulut ferme qu'il était en mesure d'assurer une telle commande dans la tradition de l'atelier Hermès.

— Voulez-vous entrer, mon lieutenant ? Je vais vous montrer la dernière selle que nous avons faite, mon père et moi, ajouta-t-il en songeant que les choses n'arrivent jamais comme on l'avait prévu.

Il partit chercher dans la réserve la selle que le maître avait créée pour oublier qu'il n'avait plus de commandes dignes de son talent et la posa sur l'établi.

Le lieutenant, visiblement surpris, déclara qu'elle était très belle, passa la paume de sa main sur le cuir grené qui la recouvrait et reprit :

— Je crois, monsieur, qu'elle conviendra au désir du général.

— Malheureusement, cette selle n'est pas à vendre. D'ailleurs, nous ne travaillons que sur mesures. Il faudrait que je connaisse au moins la taille et le poids du général. Et aussi que je voie son cheval. Une selle non conforme à la morphologie de l'animal pourrait nuire à la santé de son dos.

Le lieutenant parut réfléchir :

— Bien, nous allons arranger cela. Pourrez-vous vous rendre au fort de La Haye où réside le général ? C'est à une dizaine de kilomètres de Crefeld.

— Je connais. Mon cheval m'y mènera.

— Je vais vous demander une autre faveur : m'autoriser à emporter votre selle afin de la montrer au général. Un courrier vous la rapportera en même temps qu'il vous fixera le rendez-vous. Nous nous entendrons facilement sur le prix.

Thierry se moquait du prix. Ce qui le passionnait, c'était de faire lui-même, sans l'aide de personne, une belle selle pour un client, fût-il général prussien. Il accepta naturellement de prêter la selle de son père. En le quittant, le lieutenant lui tendit la main.

« La paix des chevaux ! » songea le jeune homme en regardant s'éloigner le landau.

C'est alors seulement qu'il comprit avoir accepté un travail qu'il n'était pas certain de savoir mener à bien. Cette réflexion aurait dû l'inquiéter, elle le fit rire :

— Je me mettrai à la place du père, ce que je n'ai encore jamais fait, et il guidera tous mes gestes. Tout ira bien, foi de sellier !

*

* *

Il ne fallut pas longtemps au général pour croire que la selle qui avait plu à Napoléon conviendrait à son assiette. Le lendemain, le cocher du landau, un dragon en treillis vert-de-gris, frappait à la porte de l'atelier.

— Monsieur, dit-il, je vous rapporte votre selle avec les compliments du général qui sera prêt à vous recevoir dans ses quartiers demain à neuf heures trente. Soyez précis car, après, le général passe en revue les troupes qui vont occuper les régions libérées.

Cette dernière information parut superflue et quelque peu agressive à Thierry qui fit un effort pour ne pas manquer de politesse envers l'estafette prussienne. « Enfin, pensa-t-il, soyons logiques, je veux faire commerce de mon travail du cuir, et peu m'importe la culotte qui se posera sur mes selles. »

Le lendemain, il se leva de bonne heure et apprécia le soleil qui rasait la campagne.

— On va galoper de bon cœur ! dit-il à Clairon en le sortant de l'écurie. Et pourquoi ne pas essayer la selle du père ? Normalement, elle devrait convenir à tes appuis francs.

Effectivement, la selle habillait bien le cheval qui ne manifesta aucune mauvaise humeur lorsque le cavalier la lui sangla sur le dos. Il se vêtit de ses plus beaux habits, enfila les bottes à revers chamois du père, vestiges de la Garde d'honneur, et partit au trot vers la route de Kempen. À la sortie de Crefeld, il croisa Lazare, le maçon, qui lui demanda où il filait de si bonne heure.

— À la noce ! répondit-il en riant avant de forcer l'allure et de passer au galop.

Il n'avait pas à s'occuper de Clairon qui savait très bien ce qu'il avait à faire. Aussi, rênes au vent, il put réfléchir.

« Que penserait le père s'il me voyait galoper pour aller vendre une selle à un général prussien ? Eh bien, il songerait que son fils ne manque pas d'audace et se demanderait comment il allait se tirer d'affaire. Et il rirait, il rirait... »

À l'entrée du fort, le lieutenant Fellinger l'attendait pour le conduire au quartier des écuries où, de stalle en stalle, le général flattait le nez de ses montures préférées.

Thierry avait imaginé un officier prussien conforme à la tradition, hautain et arrogant. Le général se montra au contraire d'une extrême politesse et s'exprima d'une voix plutôt douce pour un dragon :

— Vous aimez les chevaux ? Monsieur...

— Hermès ! précisa le lieutenant qui assistait à l'entretien.

— Monsieur Hermès, ma question était sans objet. Votre monture et sa bride me renseignent que vous êtes un fier cavalier. Je vous remercie donc de bien vouloir me tailler une selle dans le même cuir que la vôtre.

— Mon général, je ne fais que mon métier et suis flatté de compter un personnage aussi éminent que vous dans ma clientèle. Je viens, le lieutenant vous l'a dit, pour étudier votre cheval et prendre quelques mesures.

— En vérité, j'ai trois chevaux dotés de la même morphologie et, à peu de centimètres près, de la même taille.

— Je pense que ma selle pourra leur convenir mais il serait bien qu'elle réponde surtout aux mesures de votre monture fétiche. En outre, mon général, la destinez-vous aux longues marches, aux manifestations d'apparat ou aux épreuves d'obstacles ?

— À tout cela, sans doute.

— Nous ferons donc une selle mixte.

— Très bien, vous me voyez ravi de vos questions : les selliers de l'armée ne se soucient pas de ces détails. Le lieutenant va vous conduire aux écuries et vous remettra une fiche où figurent quelques mesures me concernant. Maintenant, je dois vaquer à mes occupations. Je vous salue, monsieur.

Le général von Brechter ne tendit pas la main à Thierry, mais marqua la fin de l'entrevue d'un claquement de bottes qui retentit dans la caserne comme un coup de canon.

*

* *

Quand il quitta le fort – salué au passage, ce qui l'amusa, par la sentinelle de garde –, Thierry sourit. Il avait l'impression qu'il venait de faire un grand pas dans la vie, de dépasser une adolescence qui avait viré pour lui, ces dernières années, au cauchemar. Maintenant, sa voie était tracée : la selle du général, quelques mois pour percer les derniers secrets du métier chez Pierrefeu et, enfin, le grand départ, l'adieu à Crefeld.

Pour mieux jouir des bouffées d'avenir qui se bousculaient dans sa tête, Thierry avait demandé à Clairon, dans le langage des bons cavaliers composé de mots saugrenus, de frémissements du mors, de caresses du genou, de trotter mollement. Ce que la brave bête faisait, les oreilles dressées, chez elle signe d'approbation.

De retour, Thierry s'occupa d'abord de Clairon qui méritait quelques attentions. Il le bouchonna, le lustra, le nourrit d'un bon picotin et, après l'avoir caressé, le mit au vert dans le petit pré jouxtant la maison.

Après, seulement, il poussa la porte de l'atelier et nettoya la selle qu'il venait d'étrenner avec une peau de chamois, avant de la remettre à sa place dans le magasin. Il avait, sans bien s'en rendre compte, retardé le moment qui, à la fois, lui complaisait et lui faisait peur : celui où, pour la première fois, il allait s'asseoir à la place de son père. Finalement, Thierry tira le tabouret et s'installa. Il fixa les alênes rangées sur l'établi comme s'il ne les avait jamais vues et saisit celle à lacer, dont le manche de buis était le plus lissé, le plus poli, et la regarda en disant :

— Que de selles, de brides et de rênes tu as cousues ! À partir d'aujourd'hui, c'est moi qui pousserai ta pointe dans le cuir pour aligner ces fameux points sellier dont le maître assurait que leur perfection constituait le secret du métier !

Thierry reposa l'alêne à sa place et prit une cornette dont il admira la courbe tranchante. Elle lui donna envie d'aller chercher la peau destinée à la selle du général et de commencer sur-le-champ le travail. Mais il se sentit las et le reporta au lendemain. Le jeune homme peinait à analyser les idées confuses qu'il éprouvait en contemplant l'établi du père.

*

* *

Si la selle du général ne présentait guère de difficultés quant au travail du cuir, le bâti de l'arçon inquiétait Thierry. L'arçon, c'était la base et la charpente de la selle. Il s'agissait d'assembler plusieurs pièces de hêtre taillées en forme d'arc tendu et d'utiliser les mesures du cheval prises au fort de La Haye. C'était une opération que son père avait souvent faite devant lui mais il ne pouvait que l'appréhender. Tant pis, il se lança courageusement dans l'aventure, dégrossit les pièces à la plane, à la râpe et à la hachette, en rata deux, qu'il jeta, et fut plus à l'aise dans les manœuvres suivantes, pourtant plus minutieuses, les assemblages à crans de scie et leur collage.

Il lui fallut cinq jours pour accomplir ce travail que le grand disparu eût achevé dans la journée, mais il venait de réussir un exploit : l'arçon était là, solide sur son tabouret. Le père y eut sans doute trouvé bien des défauts, mais Thierry pensa fort justement qu'ils seraient invisibles alors que, rembourré et couvert de cuir, l'arçon serait devenu une selle, sa première selle. Cela demanda un bon mois et, le lendemain du jour où la cavalerie prussienne lui envoyait non un ultimatum mais une note l'informant que le général souhaitait avoir des nouvelles de son sellier, il cousait le dernier galon du collet, faisait briller le cuir et vérifiait chaque couture de la bride. Le père pouvait être content : il avait été un maître admirable et Thierry un bon apprenti.

Le général von Brechter apprécia la pièce que lui présenta sans appréhension Thierry et fit monter tout de suite la selle sur son cheval favori, Maxime, un superbe oldenburg dont il ne put s'empêcher de faire l'éloge :

— Mon cheval est de pure race allemande, créée à l'origine sur les élevages du comte Anton Günther von Oldenburg, au XVIIe siècle. La race fut améliorée par des apports de pur-sang hanovriens. Le mien est un cheval à toutes fins, surtout un excellent sauteur. Mais regardez comme votre selle lui va bien ! On dirait qu'elle a été réalisée pour lui, ajouta-t-il en éclatant de rire, content de sa plaisanterie.

C'était vrai. Le cuir fauve tranchait sur le noir de la robe et des brides toutes neuves. Un instant, Thierry songea à Beau Noir, tant il ne manquait à Maxime que le museau blanc du cheval de von der Leyen, celui qui avait retenu, avec son harnachement, l'attention de Napoléon. Le sellier faillit révéler sa pensée au général mais il se retint, pensant qu'un Prussien ne saurait avoir le moindre trait commun avec l'Empereur.

Enfin, le grand moment arriva, celui où le général, aidé par le lieutenant, mit le pied à l'étrier. Plus souple que Thierry l'avait cru, von Brechter se redressa facilement et se trouva, droit dans ses bottes, installé sur cette nouvelle selle que Maxime sembla accepter sans rechigner. Du haut de son cheval, le général esquissa un léger sourire qui fit frémir sa moustache avant de lâcher les rênes pour partir au trot vers le manège qu'un *feldwebel* braillard libérait des cavaliers subalternes en train d'évoluer sur le sable.

Suivi par des dizaines de regards, von Brechter évita tout ridicule. Il se comporta même très bien en terminant par des pas de côté, une figure que Thierry eût été bien incapable d'exécuter.

Descendu dans les règles de l'art, sans s'emmêler les étrivières, le général manifesta son contentement :

— Votre selle est parfaite, monsieur. Je n'ai jamais été aussi bien assis sur un cheval. Elle va faire des envieux mais, entre nous, je ne souhaite pas que mes officiers en possèdent une semblable. Cela dit, arrangez-vous avec le lieutenant pour le règlement. Je lui ai dit d'être généreux. Encore merci, maître sellier, et peut-être à bientôt.

Surprise, il ne claqua pas les talons pour prendre congé mais tendit la main à Thierry, qui songea qu'une main de général prussien ressemblait fort à celle d'un postillon. Ce n'était pas par hasard qu'il avait pensé à un postillon : l'idée de quitter Crefeld dans le fracas des roues ferrées et le claquement du fouet hantait en permanence son esprit. Il n'avait pas besoin de la reconnaissance d'une jurande afin d'être certain qu'il en savait assez pour aller exercer son métier là où il voudrait. Certes, il en savait assez... mais pas tout. Il lui fallait encore chercher le meilleur chez maître Pierrefeu, à Aix-la-Chapelle.

Chapitre VI

Son départ lui parut être une répétition du grand voyage. Au fond d'une malle, il plaça avec un soin extrême ses outils, enveloppés dans des morceaux de peaux et de bourre de laine. Il les recouvrit de son tablier de cuir, ou plutôt de celui de son père qui pendait accroché au mur et qu'il préféra par superstition. Enfin, il rangea ses habits et son linge. Au final, il songea qu'il n'emporterait pas beaucoup de choses en France, une nécessité tant le transport des bagages était ruineux, souvent plus élevé que celui des voyageurs. Pour Aix-la-Chapelle, son frère arrangerait ses affaires, après, sur l'interminable route N°1, il lui faudrait payer cher son rêve d'aller travailler ailleurs. Mais il serait bien temps de se faire du souci quand il verrait sa bourse fondre au fil des relais. Pour l'instant, il pouvait, sans frais, goûter au plaisir d'écouter le bruit de la diligence qui s'ébranlait.

*

* *

Godefroy Pierrefeu, un artisan de pure race, avait appris le métier en voyageant sur les routes, son baluchon sur l'épaule et la canne de compagnon à la main. D'Aix-la-Chapelle où son père, descendant de protestants français, était cultivateur, jusqu'à

Louvain, Lille, Boulogne, Le Mans et quantité d'autres villes, il avait entrepris, à l'exemple des Compagnons du devoir français, son tour d'ouvrier. Quand il était revenu à Aix-la-Chapelle, son père lui avait laissé un héritage modeste mais suffisant pour ouvrir un atelier de bourrelier, sellier, harnacheur. Son talent et l'époque propice à l'accroissement des attelages à chevaux l'avaient fait prospérer. Il était devenu, sinon riche, du moins un personnage aisé et important de la ville.

Pierrefeu avait envoyé son fils attendre Thierry à l'arrivée de la diligence et c'est dans l'élégant cabriolet de la famille, doté de deux grandes roues et d'une capote de veau verni, qu'ils traversèrent la cité pour se rendre à la maison faisant suite aux ateliers.

Nicolas Pierrefeu avait, à quelques mois près, l'âge de Thierry. Il accueillit ce dernier les bras ouverts et répondit d'avance à la question que celui-ci n'eut pas le temps de poser :

— Tu vas naturellement vivre avec nous à la maison. Le père, qui rêve à sa jeunesse, va te raconter les années d'aventures où il apprenait son métier de ville en ville. Il te parlera à coup sûr des Compagnons du devoir en regrettant que cette société, qui forme moralement et professionnellement les meilleurs artisans, n'existe pas chez nous, alors que lui en a gardé quelques rituels et un vocabulaire pittoresque. Tu verras, il est épatant, le père, avec ses histoires !

— Le mien m'a tellement parlé de lui qu'il me semble presque le connaître.

— En attendant, nous allons faire quelques détours afin de te montrer la ville. Comme il se doit, il faut d'abord saluer Charlemagne puisque nous voilà justement devant la cathédrale qu'il a édifiée aux alentours de 786.

Ils entrèrent dans l'un des édifices religieux les plus célèbres d'Europe, sombre comme les ténèbres de l'histoire.

— Nous voici dans l'ancienne chapelle palatine de Charlemagne, murmura Nicolas. À sa construction, cette église, que toutes les générations ont entretenue avec ferveur, a eu son heure de gloire. Son clocher était le plus élevé de toute la région située au nord des Alpes.

— Je suis fort impressionné, admit Thierry.

— Je comprends. Et nous aussi chaque fois que nous découvrons cette voûte centrale où se trouvait le trône impérial des rois allemands.

— Père me disait qu'il avait été ébloui par la chambre du trésor…

— Patience ! Elle est raccordée à la cathédrale et tu pourras y contempler des pièces issues d'une collection unique d'objets historiques. Mais la plupart d'entre elles sont exposées à la vieille mairie, le palais gothique reconstruit sur les fondations du château impérial au début du XIVe siècle. Même si certains prétendent qu'il s'agit de copies, cela fait quelque chose, n'est-ce pas, de méditer devant le glaive, le globe, le sceptre, la croix impériale, la sainte lance et le sabre de Charlemagne ?

Thierry, étouffé sous tant de siècles, bredouilla seulement « oui », avant de ressaisir et de lui dire :

— Merci. Tu ne pouvais pas mieux me présenter ta ville !

Rendus à la lumière, les deux hommes retrouvèrent la voiture et l'alezan qu'un mendiant avait gardés et reprirent au trot leur promenade. Ils passèrent ainsi devant une multitude de fontaines, de musées, de statues dont les noms furent aussitôt oubliés par le nouvel arrivant, ébloui par tant de découvertes. À un moment, Thierry demanda à Nicolas s'il allait succéder à son père dans le métier.

— Non. J'adore conduire les chevaux, les monter en manège mais pas leur coudre des selles, des harnais et des guides. Ce manque de goût le désole mais travailler le cuir ne m'a jamais tenté. Pour l'heure, je termine mes études à la Hochschule afin de devenir notaire ou avocat.

Ce choix parut curieux à Thierry, mais il s'abstint de le commenter. D'ailleurs, ils arrivaient au bout d'une avenue devant le porche d'une imposante maison surmonté de lettres dorées : « Godefroy Pierrefeu. Harnacheur. Sellier. » Thierry pensa avec émotion au modeste atelier de Crefeld où son père chantait le matin en se mettant au travail et qu'il venait d'abandonner pour un avenir incertain...

*

* *

Malgré sa réussite, maître Pierrefeu avait gardé de ce qu'il appelait son « tour de France » l'esprit et la générosité du grand voyage. Combien de jeunes, Français, et aussi Allemands – car le compagnonnage avait essaimé de l'autre côté du Rhin –, avait-il reçus à sa table et sous son toit, leur offrant du travail s'ils appartenaient au noble métier ?

Comme Nicolas l'avait prédit, les souvenirs fusèrent. Son père expliqua d'abord que son nom de compagnonnage était « Charlemagne » et qu'il était resté en relation jusqu'à sa mort, l'an passé, avec « Angevin Cœur aimable », un charpentier devenu architecte à Lyon, la ville où ils s'étaient rencontrés.

Brusquement, il demanda à Thierry s'il était un affilié, un compagnon reçu ou un compagnon fini. Le laissant dans la surprise de ces termes qu'il ignorait, il continua :

— Bien que les Compagnons du devoir ne t'aient pas consacré, tu es naturellement un compagnon fini puisque c'est le grand Dietrich qui t'a enseigné le métier. Ces grades, ces surnoms décernés par les frères de route et les dignitaires ouvriers vous font sourire, mon fils et toi. Sachez pourtant que celui qui, après une longue marche, se présente en annonçant : « Je suis Franc Cœur, ouvrier fini » est sûr de trouver de l'aide et de l'embauche partout où il se trouve.

Afin de fournir une preuve plaisante de son savoir, Thierry raconta l'histoire de sa dernière commande, la selle du général prussien. Elle ravit le vieux compagnon.

— Mère, une bouteille de vin du Rhin ! ordonna-t-il pour saluer la nouvelle.

Tous la burent dans la gaieté. Et cinq autres suivirent.

Le lendemain matin, le jeune homme n'était pas très frais quand il se présenta à l'atelier, son sac d'outils sous le bras. Pierrefeu était là, en train de montrer à un apprenti comment on tasse la bourre de veau dans un collier de charrette.

— Alors général, vous avez bien dormi ? s'enquit le maître, mêlant le tu et le vous, le surnommant avec humour du grade du premier client. Et d'ajouter :

— Ah ! que je te dise. Qu'il vienne de la route ou du voisinage, chacun a ici un nom de compagnonnage. Toi, tu seras « Crefeld le sellier ». Je ne vais pas te faire manier le rembourroir, mais te confier la façon d'une bride pour cabriolet. Avec tout ce qui s'ensuit : panurges, martingale et chaîne de frontal. Tu choisiras un beau cuir jaune avec « Joseph le tanneur », le doyen des compagnons qui gère le stock de peaux. Ici, on fait plutôt le tout-venant, harnais de labour ou de charrettes mais parfois aussi le beau travail quand il se présente. Après la bourrasque napoléonienne, les gens qui ont des moyens reviennent au cheval de monte et aux attelages chic. Tu pourras donc m'aider et montrer aux enfants de

Charlemagne ce qu'est un cousu-sellier de la famille Hermès. Tiens, regarde : le maire m'a demandé de lui garnir une calèche. Voilà un travail que tu n'as sûrement pas accompli à Crefeld, mais fort intéressant. Le carrossier livrera la caisse la semaine prochaine et nous transformerons ce squelette en luxueuse voiture que le *Bürgermeister* attellera à deux, trois ou quatre chevaux selon la grandeur du personnage promené. Il pourra même atteler trois chevaux de front si c'est un évêque !

En attendant de voir ces impressionnants équipages, Thierry se mit activement à l'ouvrage, heureux de l'accueil prodigué et fier de pouvoir exercer et montrer ses talents. Il mesura, tailla les différentes pièces de la bride en cuir de Pont-Audemer, le plus fin, le plus cher, qui ne pouvait être que cousu main en fil de soie. Aussi, Pierrefeu s'écria, en voyant l'œuvre achevée :

— C'est là un beau travail mais tu vas me ruiner avec tes choix luxueux ! Mme Goetz, la femme du contrôleur des impôts, est heureusement de ces gens qui savent reconnaître la qualité. Elle acceptera donc de payer un peu plus cher, mais fais attention la prochaine fois.

Confus, Thierry s'excusa :

— Je voulais que mon premier ouvrage fasse honneur à l'amitié et à l'admiration que vous portait mon père. Et puis, le titre de compagnon fini que vous m'avez décerné suppose à mes yeux l'excellence.

— Tais-toi ! Ne t'excuse pas d'avoir voulu prouver ce que tu sais faire ! Tu es actuellement – je le devine – le meilleur de la maison, avec moi peut-être… Dommage que mon fils n'ait pas ta vocation et ton talent ! Nous allons donc essayer de faire de belles choses ensemble tant que tu voudras bien rester avec nous.

*
* *

Au fil des jours, « Crefeld le sellier » apprit encore et encore, travailla, tailla, coupa, œuvra avec finesse et minutie, étonnant le nouveau maître par ses aptitudes, son imagination, son talent. Il regrettait juste que les riches amateurs de chevaux ne fussent pas plus nombreux à Aix-la-Chapelle, pensant parfois, avec un peu de nostalgie, à ce fou de von der Leyen qui achetait des anglo-arabes, des lipizzans et des oldenbourgs pour l'unique plaisir de les habiller des cuirs les plus rares et les plus chers. Aix-la-Chapelle n'avait hélas pas son équivalent, et la bourrellerie Pierrefeu devait essentiellement sa prospérité à une clientèle plus ordinaire de paysans, de charretiers, de fonctionnaires et de commerçants. Heureusement, Thierry était doté d'un tempérament positif et trouvait aussi plus intéressant et instructif de faire des gros harnais cousus au fil poissé que de coudre à la soie des étrivières de veau anglais. Et puis, n'y avait-il la promesse d'un exploit à accomplir avec cette fameuse calèche du maire ?

On parlait en effet beaucoup, dans les ateliers, du somptueux bâti en forme de bateau qu'il allait falloir capitonner de satin, doubler de maroquin et garnir d'une capote à trois soufflets de vache vernie à l'extérieur et de drap d'Elbeuf à l'intérieur. On en parlait, on en rêvait, mais la caisse assemblée en bois de hêtre sur laquelle on aurait à travailler n'arrivait pas. Herr Hartman, le *Bürgermeister*, s'impatientait, Pierrefeu pestait. Mais le constructeur de voitures, « Charron le vigoureux » en compagnonnage, était malade et les quatre roues à quatorze rayons même pas commencées.

*
* *

Au fond de la cour, un vaste atelier était consacré à la réparation des voitures. Un jour, maître Pierrefeu proposa à Thierry d'y faire un stage :

— Tu dois en avoir assez de garnir des trousse-quins et de remborder des brides usées, lui dit-il. J'ai pensé te mettre aux voitures avant que la calèche désirée arrive. D'ailleurs, on l'appellera « Désirée » en attendant que le maire lui trouve un nom. Là, tu apprendras à faire des coussins en treillis, en velours, en reps avant de travailler le drap et le maroquin. Tu verras, quand on a le cuir à fleur de peau, l'outil avance tout seul, même dans l'inconnu.

— Merci maître, j'apprécie l'idée de ce nouveau travail. À Paris, je proposerai à ma clientèle huppée de garnir ses voitures. Il y en a tellement qui roulent sur les chemins du Bois qu'il y aura bien un gent-leman pour me donner son buggy à réparer !

Il rit sur ce dernier mot en ajoutant :

— Vous allez sans doute trouver présomptueux, voire ridicule, cette histoire du petit bourrelier de Crefeld qui veut conquérir Paris ! Mais rassurez-vous, je reste les pieds sur terre. Et si je m'enflamme en échafaudant des châteaux en Espagne, c'est que, ouvrir une échoppe à Paris, j'y songe à chaque ins-tant.

— Mais tu as raison, à ton âge, il faut voir grand ! Va là-bas, montre tes talents, tente ta chance. Et si les Parisiens boudent tes cuirs cousu-sellier à la façon du père, sache qu'une place t'attendra tou-jours à Aix-la-Chapelle chez le compagnon « Charlemagne ». D'ailleurs, à voir l'heure à laquelle vous rentrez le soir avec Nicolas, tu ne sembles pas trop t'ennuyer. Je lui fais confiance pour te faire connaître les bons endroits de notre ville. Je suis même sûr que vous êtes des clients fidèles du café Léo van den Daele, le plus ancien d'Aix.

— Je le connais, avec d'autres, ceux du Buchel et du centre-ville ! sourit Thierry, évitant d'ajouter que les sorties du samedi soir, du dimanche et d'autres jours ne se limitaient pas à la dégustation des spécialités locales comme les *printen* ou les *fladen*. Nicolas lui avait en effet fait connaître sa joyeuse bande d'étudiants de la Hochschule et les soirées commencées dans le décor historique du café Léo se poursuivaient au Cabaret où la jeunesse locale aimait se retrouver pour chanter et danser.

C'est là, quelques semaines plus tard, qu'ils firent la connaissance d'Elsa, serveuse jolie et peu farouche qui demanda un soir à Nicolas de la raccompagner dans sa calèche avec Gerda, une amie dont elle partageait le logis. L'offre non dissimulée d'une fin de nuit câline valait pour Thierry.

— Laquelle veux-tu ? s'enquit crûment Nicolas alors que les filles montaient en voiture.

Thierry, un instant surpris, n'hésita pas longtemps :

— Elsa, répondit-il.

Il ne lui avait pas échappé que la jeune femme, avec ses cheveux bruns cascadeurs et ses yeux pers, avait des faux airs d'Adèle.

— Bon, ne t'occupe de rien, ricana Nicolas. Et laisse-moi l'ineffable plaisir d'avoir collaboré à la perte de ta virginité. Car tu es vierge, tu me l'as laissé entendre un soir où nous avions forcé sur le schnaps. Pour moi aussi, c'est une première : je n'ai jamais couché avec Gerda. Mais je doute qu'elle soit pucelle.

Alerte, excité, l'étudiant escalada le siège du cocher et cria : « Va, mon cheval ! » en faisant claquer son fouet dans l'air frais de la nuit.

Le lendemain, les deux garçons se firent tancer par Mme Pierrefeu pour n'être rentrés qu'au petit matin. Charlemagne, lui, retint un sourire.

— Si l'on fait la noce, on travaille tout de même le matin, se contenta-t-elle de dire, précisant seulement : Nicolas, tu vas réviser ton examen et toi, Thierry, rejoindre l'atelier. On a besoin de gros bras pour ranger la cour qui est un vrai fouillis et faire de la place à la « Désirée ». Elle vient enfin d'arriver.

*

* *

Thierry était habile. Et se rappelait avoir vu, alors qu'il était encore écolier, son père refaire les coussins et le capiton d'un cabriolet. Il ne fut donc pas trop gauche quand Ernst Graff, le contremaître de l'atelier de garniture, lui demanda de l'aider à rembourrer des coussins de drap et de maroquin.

Pour autant, la calèche le surprit un peu. On avait tellement parlé de la « Désirée » qu'en voyant arriver sur un camion – c'est ainsi qu'on appelait les chariots de transport – la carcasse brute d'outil de la voiture officielle il fut déçu. Le charron devait venir le lendemain installer les roues et les ressorts de suspension mais il n'apparut qu'une semaine plus tard. Et là, montée sur ses jantes ferrées, la « Désirée » eut enfin l'air d'une voiture d'apparat.

Ernst décida alors qu'il était temps de la garnir, le *Bürgermeister*, prévenu de l'arrivée de l'ossature, allant forcément se montrer impatient et exiger de la voir enfin couverte de beau cuir.

Le carrossier, c'est la règle, commence toujours par s'intéresser à la capote. Pierrefeu présida donc l'aréopage chargé de choisir dans le magasin de Joseph le tanneur la peau de la vache normande qui aurait l'honneur de protéger du soleil ou de la pluie les dignitaires municipaux.

— Il importe de sélectionner un cuir d'au moins deux mètres au défaut de l'épaule, professa Ernst.

Thierry aida à tirer de leur loge et à dérouler les peaux qui faisaient déjà un beau troupeau quand fut choisie celle qui se montra, avec ses deux mètres zéro huit, la mieux convenir.

Tout en ne perdant pas un geste du contremaître, il regarda Ernst tracer au crayon de charpentier les quatre parties qui constitueraient les côtés, le dessus et le dossier de la capote. Puis il ressentit, comme si c'était lui-même qui tenait le tranchet, la volupté qu'éprouvait toujours l'ouvrier sellier en pénétrant le cuir et en le découpant. En voyant son habileté à régler le capotage, puis à ajuster les branches d'éventail aux trois cerceaux, il se dit humblement qu'il lui restait encore bien des progrès à accomplir pour devenir le maître capable d'étonner Paris.

Il n'avait fait jusque-là qu'observer mais son découragement s'estompa quand, la capote posée, on passa à la garniture proprement dite de la calèche. Rembourrer les coussins avec du crin, les piquer de boutons, garnir les coutures de passementerie, cela, il connaissait. Comme il savait faire une garniture tendue de cuir sur un rembourrage maintenu à l'aide de petite ficelle, il entreprit ce travail difficile et étonna les compagnons de l'atelier. On hésita, en dernier lieu, pour savoir si les roues seraient peintes ou vernies. Ernst ayant choisi la peinture jaune, Thierry avait déjà donné les premiers coups de pinceau quand le maître arriva et piqua une colère propre à réveiller Charlemagne dans sa crypte.

— Qui a eu l'idée de peindre les roues ? Et en jaune par-dessus le marché ? Je veux du vernis anglais à bateaux.

— C'est cher ! répliqua Ernst.

— Et alors, c'est toi qui payes ? Tu ne te rends pas compte que ce sont les rayons vernis qui, dans leur rotation, vont porter la calèche au succès ? Que dis-je la calèche ? Le char d'Apollon !

Content de sa péroraison, Pierrefeu constata avec plaisir que le travail avançait et que nul autre voiturier, dans la province, n'était capable de faire aussi bien.

*

* *

Il fallut presque un mois pour fignoler les détails, décorer les brancards, trouver les lanternes et les poignées de portes, graisser les roues et poser les galons. Quant aux brides, guides et harnais, les ouvriers selliers s'y étaient attelés et Thierry, à son affaire, avait pu montrer ses qualités en parant les peaux les plus fines.

Pierrefeu, lorsqu'il leur rendait visite, expliquait toujours qu'il faisait venir ses cuirs de brides de Pont-Audemer, parce qu'il s'agissait des « meilleurs dans l'excellence ».

Pont-Audemer ! Thierry avait souvent entendu prononcer le nom de cette ville qui évoquait plus la côte bretonne que la vallée de l'Eure où elle abritait, selon les spécialistes, les meilleurs tanneurs et selliers d'Europe. Et lorsque, une fois, il en parla avec passion, le maître, à sa grande surprise, lui répondit par cette phrase sibylline :

— Pont-Audemer ? On en reparlera le moment venu.

*

* *

Enfin, le grand jour arriva.

Pierrefeu aurait aimé disposer d'une semaine supplémentaire pour ajuster certaines courroies à la configuration des chevaux de la mairie – arrivés seulement la veille – et, surtout, présenter l'attelage avec la vingtaine de boucles argentées que l'orfèvre n'avait pas livrées et qu'on avait dû, au dernier moment, remplacer par des anneaux de métal, mais *Herr Bürgermeister* ne pouvait plus attendre. Le préfet était annoncé pour le lendemain, accompagné de madame la préfète, et pas question de les promener dans une autre voiture que la « Désirée », nom devenu officiel puisque personne n'avait songé à le changer.

Ce 12 septembre 1819, tout le personnel de la maison, aligné en bon ordre, applaudit lorsque la calèche municipale, d'une splendeur quasi royale, franchit le grand portail. Maître Pierrefeu, ému, embrassa sa femme et écouta avec amusement Thierry et Nicolas trouver que les chevaux municipaux, deux frisons, n'avaient pas l'élégance convenant à aussi noble véhicule.

— On est loin des fils du vent dont vous parliez et qui tiraient le char d'Apollon, grinça « Crefeld le sellier ».

— Je m'en ouvrirai au maire, répondit Pierrefeu en souriant. Il me répliquera que j'ai épuisé pour longtemps son budget d'apparat et que le cheval ne fait pas le carrosse. Là-dessus, allons avec tous nos amis ouvrir quelques bouteilles et boire à la santé des compagnons selliers, les reçus comme les finis !

Quand Pierrefeu redevenait « Charlemagne » et utilisait le langage du compagnonnage, c'est qu'il était heureux. Thierry perçut son émotion. Alors il alla vers lui les mains tendues et lui dit simplement :

— Merci, maître.

*

* *

La « Désirée » n'était qu'un épisode dans la vie professionnelle de la maison. La calèche partie rouler ses ors sur les pavés de la ville, les ateliers reprirent une activité plus tranquille, peut-être moins passionnée mais c'était celle du métier, avec cette peau sensuelle qu'il fallait façonner, percer, coudre pour en recouvrir les harnais, garnir les selles, confectionner les rênes et border les brides. Un travail que personne, à son poste, n'aurait songé ni voulu une seconde abandonner.

Et si Thierry n'avait en rien abandonné son projet de tenter l'aventure parisienne, il ne se sentait pas encore prêt. D'autant qu'il était heureux au sein de la famille Pierrefeu. Bien sûr, on ne le payait pas aussi largement qu'il aurait fallu mais, logé et nourri, il n'avait d'autres frais que ses sorties avec Nicolas et les étudiants de la Hochschule. Le père – c'est ainsi qu'il considérait le bon Pierrefeu – lui avait dit :

— Ce que tu ne touches pas aujourd'hui te fera un bon pécule lorsque tu partiras.

Chapitre VII

À plusieurs reprises, dans quelques courriers, sa belle-sœur Greta lui avait confié son inquiétude à propos de Burckhardt :

« Ton frère boit de plus en plus malgré les ordres du médecin. Je sais que le métier de cabaretier entraîne à la boisson puisqu'on ne refuse pas le verre offert par un postillon à l'arrêt et qu'on ne peut ne pas lui rendre la pareille. Et je ne parle pas des clients qui viennent boire leur cruchon de moussette et avec qui il est difficile de ne pas trinquer. Mais son foie est atteint et je crains pour sa vie. »

Et elle ajoutait :

« Tu as fait le bon choix en poursuivant le travail de ton père. J'aimais Burckhardt et je l'aurais épousé même s'il n'avait pas voulu exercer le métier de cabaretier… »

Thierry avait beaucoup d'affection pour son aîné qui l'avait toujours tendrement protégé. Burckhardt, d'ailleurs, était apprécié de tout le monde. Mais ses amis aussi se désespéraient de voir ce « brave gars », comme on disait, se perdre dans l'alcool. Si, avec quelques verres de trop, il ne devenait jamais méchant ou brutal, il se voyait souvent atteint d'un moment de folle gaieté qui inquiétait ses proches. Thierry ne fut donc pas trop surpris quand une lettre de Greta, apportée par le postillon lui-même chez Pierrefeu, lui apprit que, la veille, Burckhardt était mort subitement.

— La diligence repart demain matin à huit heures, expliqua l'homme aux grosses bottes. Est-ce que je retiens une place ? Je dois te dire que Greta compte sur toi.

— Naturellement, je rejoins Crefeld dès demain. Prévois aussi la place de ma malle.

Pierrefeu, qui assistait à la scène, prit son jeune apprenti dans ses bras et le consola comme on sait le faire dans le compagnonnage :

— La famille te fera la conduite demain matin jusqu'au relais. Nicolas t'aurait accompagné à Crefeld, mais il a ses examens de droit après-demain. Une seule question : nous reviendras-tu ?

— Oui, père, mais j'ai à Crefeld un tas d'affaires à régler, la succession de Burckhardt, la maison et l'atelier à vendre... C'est que, je m'en rends compte, je suis le dernier homme vivant de la famille. Quand je pense que les parents ont eu six enfants, dont, il est vrai, trois morts très jeunes !

C'était la première fois qu'il appelait Pierrefeu « père ». Ce dernier le ressentit comme une marque de profonde tendresse et pressa les mains de Thierry afin de lui montrer combien il en était touché.

— Tu emportes tes outils, je pense ?

— Je ne saurais faire autrement. Pas seulement parce que la plupart d'entre eux ont appartenu au père, mais parce qu'ils sont mon trésor, ma sauvegarde.

— Je comprends et j'aime t'entendre parler ainsi. Prends soin de toi, mon garçon, et mène à bien ton projet. Viens, nous allons annoncer la triste nouvelle à la mère qui t'aime autant que moi. Promets-moi juste une chose : ne va pas sur Paris sans repasser, le temps que tu voudras, par chez nous. Je ne tiens pas à te laisser partir au hasard sur un chemin inconnu. Quand un compagnon quitte un patron, il doit savoir où il va. Et j'ai déjà une idée pour te trouver un point de chute. Et puis, il faudra bien que tu passes chercher ton pécule…

*

* *

Thierry retrouva son village en deuil. Chacun ayant à faire avec le monde des diligences, Burckhardt trouvait toujours le moyen de dénicher une place dans la voiture bondée à un voyageur pressé. L'auberge était aussi un lieu de réunion fréquenté par la plupart des hommes de Crefeld et sa disparition attristait tout le monde.

Lorsqu'il eut conduit son aîné au cimetière, près de la tombe des parents où le maire prononça un discours qu'il jugea superflu, Thierry, logé chez sa belle-sœur, la consola et dut envisager l'avenir de ce qui demeurait de la famille.

Greta avait déjà pris sa décision :

— J'ai réfléchi tous ces temps où je savais mon mari perdu : je ne resterai pas à Crefeld, expliqua-t-elle. Je vais vendre le relais. J'ai vécu depuis ma naissance dans le vacarme des malles-poste et des diligences et l'un des prochains départs m'emmènera hors d'ici, probablement à Padel où ma sœur et mon beau-frère possèdent une grande ferme. Je veux que les enfants respirent un autre air que celui de la bière et du schnaps. J'espère que tu voudras bien m'accompagner chez le notaire pour envisager la vente.

— Naturellement, je t'accompagnerai. Et je dois voir aussi Me Ergeben car je veux céder la maison et l'atelier puisque, tu le sais, je compte quitter la ville afin de m'établir en France.

En attendant la rédaction des documents officiels, Thierry vit s'écouler des jours tristes. Il s'occupa à trier, à jeter, à offrir à Greta ou aux voisins les reliquats d'une vie honnête, celle d'un maître sellier et de la meilleure des mères. Il fit un ballot de tous les outils qu'il n'emporterait pas en France et les envoya par la messagerie à Aix-la-Chapelle pour les donner à un apprenti, Fritz, qui lui paraissait plein de promesses. Il coupa et cousit dans un morceau de peau anglaise un grand portefeuille afin d'y ranger les papiers d'état civil de la famille, y compris ceux des deux sœurs, Agnès et Élisabeth, et du frère, Gérard, qu'il n'avait pas connus. Il y glissa aussi le certificat aux armes de l'Empire français nommant le père chevalier dans l'ordre de la Légion d'honneur. La médaille, elle, était déjà dans la malle, rangée entre deux chemises.

Une feuille venant de la mairie traînait encore. Il la relut, sourit et la déchira ; c'était un avis l'informant qu'il devrait l'année suivante – en 1821 – accomplir son service militaire dans l'armée prussienne.

*

* *

En ville, il avait naturellement croisé Adèle. Celle-ci l'avait questionné sur ses projets et lui avait glissé à l'oreille, au moment de le quitter :

— Mon mari sera à Cologne demain. Viens boire une tasse de thé dans l'après-midi, mais passe par la porte de derrière, il est inutile que les voisins te voient entrer.

Surpris, il acquiesça en fermant un œil à demi et embrassa son ex-fiancée sur les deux joues, comme la simple camarade d'hier.

Jusqu'au lendemain, il ne cessa de penser aux raisons qui avaient poussé la jeune femme à l'inviter presque secrètement.

« Parler ? Sûrement. Elle va me raconter sa vie de petite-bourgeoise, me dire des choses agaçantes sur son mari et chercher à savoir si j'ai trouvé à Aix-la-Chapelle la jolie fille qui m'a déniaisé. Elle aura mis naturellement sa plus riche robe, qui n'aura pas le chic de celles à trois francs six sous qu'enlève Elsa avec sa taille de guêpe et ses cheveux flottants. »

Autant de petites perfidies débordait d'une jalousie dont il ignorait le venin, montrant qu'une plaie n'était pas encore refermée dans son cœur, et qu'il se répétait en boucle en cherchant vainement le sommeil. Et puis, il se retourna encore une fois dans son lit en ajoutant à ses supputations cruelles la phrase qui l'endormit malgré les aboiements d'un cocher ivre : « Et si elle en avait soupé de son mari et qu'elle voulait simplement coucher avec moi ? »

*

* *

Thierry, en secouant sa houppelande trempée et ses chaussures boueuses, arriva à la porte du jardin. Elle était entr'ouverte, comme une invitation. Dans un roman, elle aurait dû grincer mais ses gonds restèrent silencieux. La pensée du roman le fit sourire et le chevalier entra chez la dame du palais.

Elle n'était pas vêtue de soie, ne portait pas de riches bijoux mais rien n'aurait valu la douillette bleue aux losanges moelleux qu'elle allait enlever. Adèle se précipita tout de suite dans les bras de Thierry et, sans lui laisser le temps d'ôter ses vêtements trempés, lui donna ses lèvres, sa bouche, sa langue. Enfin, elle le lâcha pour murmurer, visiblement émue :

— Viens, mon chéri, allons dans ma chambre où brûle un feu qui vaut bien celui de tes seize ans. Tu te rappelles ? Notre premier baiser sous la neige et Clairon, le cheval que venait de t'offrir ton frère ?

Thierry n'avait pas encore dit un mot que le tourbillon bleu l'entraînait devant la cheminée et commençait de lui enlever ses vêtements. Une fourrure d'ours jetée devant les flammes accueillit leurs nudités. Ils s'aimèrent avec une sorte de sauvagerie qu'entretenait le contact de la peau de Thierry, assez humide pour exhaler, à la chaleur des flammes, une odeur subtile.

Après leurs ébats, repus, heureux, ils s'éloignèrent du feu trop brûlant. Adèle eut la délicatesse de ne pas lui offrir une robe de chambre de son mari, mais un drap de lin dans lequel il enroula son corps mince.

Alors ils parlèrent. Ils en avaient des choses à se dire, ces jeunes amants qui savaient qu'ils ne se reverraient sans doute pas.

— Il paraît que tu nous quittes ? interrogea la jeune femme. J'ai souvent pensé à ce moment en espérant qu'il n'arriverait jamais. Mais, aujourd'hui, c'est décidé et je le sais : tu romps ainsi avec ton pays, tes amis, notre amour...

À ce dernier mot, une larme coula de ses yeux. Étonné, bouleversé aussi, Thierry la prit contre lui et lui parla doucement.

— Dis-toi plutôt que le destin nous a offert, avant mon départ, des heures merveilleuses que ni toi ni moi n'oublierons. Ton mariage a dissipé mes dernières hésitations. Je ne me voyais pas vivant à deux pas de chez toi, attendant les absences de ton époux pour venir le tromper en cachette. Aujourd'hui sera peut-être le seul jour où nous aurons été amants, mais c'est un grand et beau jour !

— Et quand pars-tu ? s'enquit-elle, la gorge nouée.

— Demain, par la diligence de huit heures. Je ne resterai ensuite que quelques jours à Aix-la-Chapelle, le temps que Pierrefeu me dresse ma feuille de route. Après commencera la grande aventure !

— Sais-tu ce que je souhaite le plus au monde ? dit-elle soudain en le fixant d'un regard insistant. C'est que nous ayons fait un enfant. Tu seras je ne sais où, mais au moins ton fils ou ta fille animeront cette maison et ma vie.

Thierry cacha son embarras en l'embrassant.

— Mais tu auras sans doute d'autres enfants avec ton mari, commenta-t-il après un silence.

— Et alors ? Je suis sûre que ce sera un garçon. Et, faute de pouvoir lui donner ton nom, il portera ton prénom.

Cette histoire qui prenait un ton réaliste à mesure qu'Adèle parlait dérouta le jeune homme au point de lui donner mauvaise conscience. Se sentirait-il coupable si un bébé naissait ? Mais de quoi ? Il se ressaisit en pensant qu'Adèle était sincère et qu'il aurait pu l'épouser si les circonstances en avaient décidé autrement. Abandonner un enfant à Crefeld avant de partir pour toujours, oui, cela ne le laissait pas indifférent. C'était même une bonne fin pour leur roman. À propos, quel titre lui donner ? La réponse ne tarda pas :

— La diligence part à huit heures, murmura-t-il doucement.

*

* *

La grosse voiture à trois compartiments attendait quand il arriva devant le relais. Greta et les enfants étaient venus lui dire au revoir. Il avait craint qu'Adèle ne suscite une dernière rencontre délicate, mais non, comme ils en étaient convenus la veille, elle était restée chez elle.

— Je t'ai fait garder un siège dans le coupé avant, commenta sa belle-sœur. Ce sont les trois meilleures places et tu éviteras ainsi le compartiment central et la rotonde, déjà pleins de grosses dames et de voyageurs de commerce aux pieds odorants. Ah ! Aujourd'hui, tu ne paies pas car c'est ton frère qui t'invite pour la dernière fois, ajouta-t-elle dans un sourire triste. Moi, je pars à la fin de la semaine, chez ma sœur.

La malle avait été hissée sur la « banquette » située sur le toit où le conducteur vint s'installer, prêt à manœuvrer la « mécanique », c'est-à-dire la tringlerie des freins. Restait le postillon qui vérifiait les rênes avant de grimper sur le timonier de gauche, cheval attelé au plus près de la voiture, d'où il aurait pour tâche non seulement de diriger son propre coursier mais aussi celui qu'il avait à sa droite et les deux percherons attelés en flèche. Enfin, l'homme au chapeau haut de forme enfourcha avec une incroyable agilité sa monture, glissa ses pieds dans les grandes bottes de cuir fixées sur les flancs du cheval et, après un signe au conducteur, ordonna le départ de la lourde machine.

Tandis que la diligence traversait Crefeld au petit trot, Thierry donna un coup d'œil oblique vers sa maison mais ne vit rien : elle était cachée par l'église Saint-Joseph.

La voiture prit la route de Neuss, le premier relais ; il faisait beau mais l'air frais fouettait son visage. Il le protégea avec son cache-nez, un cadeau de Mme Pierrefeu qui ne cousait pas le cuir mais tricotait à longueur de journée. Thierry se cala contre son voisin, un homme encore jeune à la barbe grise et à l'œil malin qui s'était dit fonctionnaire de l'État. Ils avaient essayé d'échanger quelques paroles mais le vacarme des roues sur la route pierreuse et le bruit des sabots rendaient la conversation trop difficile. Le sellier ferma donc les yeux et, entre deux cahots, laissa vagabonder son esprit.

La diligence d'Aix – qui doublait la poste certains jours – était renommée pour sa rapidité due au bon entretien du matériel, à la qualité des chevaux et à l'agilité de ses conducteurs. Thierry était bien placé pour juger celle du postillon, Germain, en train d'officier à un mètre sous lui. Il admirait surtout son jeu de mains, la façon dont il jonglait avec les rênes qu'il pressait sous l'index ou relâchait du pouce tout en faisant valser le fouet autour de son chapeau vert. Un rituel de gestes qui lui rappela l'un des dictons dont le père aimait émailler la conversation : « Quel que soit le métier, ébéniste, maçon, artiste peintre ou sellier, tout vient de la main. »

*

* *

Le soleil était déjà bas quand la voiture s'arrêta devant l'hôtel de la poste aux chevaux d'Aix-la-Chapelle. Thierry n'était pas le premier à se trouver rompu après une douzaine d'heures de diligence, mais c'est pourtant ce qu'il dit d'emblée à Nicolas venu l'attendre. Les deux amis s'étreignirent et eurent le temps, en attendant que les commissionnaires aient dégagé la malle recouverte par les bagages des autres voyageurs, de commencer à échanger quelques confidences. « Crefeld le sellier » parla naturellement du rebondissement de son roman avec Adèle, récit qui réjouit beaucoup Nicolas, lequel jouait volontiers au psychologue :

— Avec les femmes, on peut s'attendre à tout !

Une demi-heure plus tard, la calèche passait le portail et s'arrêtait devant la maison où guettaient M. et Mme Pierrefeu. Thierry, malgré la fatigue, n'avait qu'une idée en tête : demander au maître où et chez qui il allait l'envoyer, mais la bienséance voulait qu'il patientât. Une chance, c'est Pierrefeu, au moment où chacun attendait que la soupe brûlante refroidisse dans l'assiette, qui lança le sujet le premier :

— Tu as souhaité, un jour, en savoir davantage sur la ville française de Pont-Audemer que j'avais citée comme capitale du cuir. Je t'avais répondu, car j'avais ma petite idée : « On verra cela plus tard ! » Eh bien, le moment est venu. C'est à Pont-Audemer que je compte t'envoyer ; Pont-Audemer, la ville des tanneurs produisant le meilleur cuir d'Europe grâce à son eau qui coule dans chaque rue et à ses traditions qui remontent aux Romains. Plus concrètement, tu vas aller – si tu le veux, naturellement – chez le tanneur-bourrelier-sellier René Costil. Voilà plus de cent ans que sa famille travaille le cuir et c'est chez eux que j'ai « fini » ma maîtrise. J'y suis resté deux ans. Toi, tu achèveras d'y apprendre ton métier et, quand tu te sentiras capable, tu iras tenter ton aventure parisienne. Vois-tu, j'avais prévu le coup et j'ai déjà écrit à mes amis pour te recommander. La réponse est arrivée avant-hier. On t'attend à Pont-Audemer !

Thierry éprouva un grand soulagement. Comme il était le premier à craindre l'immersion immédiate dans la grande ville, la proposition de Pierrefeu devançait ses désirs. Il le remercia chaleureusement et demanda si Pont-Audemer se trouvait loin de Paris.

— Non. Cent cinquante kilomètres environ, une quinzaine d'heures de malle-poste. Ça te va ?

— Oh oui, maître ! Quelle chance que le père ait eu un ami comme vous !

— Vois-tu, surtout, je t'aide parce que tu me sembles capable de réussir dans un métier qui m'est cher. Et puis, ton pari d'aller montrer aux Parisiens qui tiennent le haut du pavé à cheval et en voiture ce que sait faire un gamin à peine sorti de sa campagne me plaît. Bref, j'ai confiance en toi.

Les parents montés se coucher, Nicolas demanda à Thierry s'ils allaient sortir et faire la fête en ville mais le voyageur étant fatigué, ils préférèrent ranimer le feu dans la cheminée et parler en vidant le reste de la bouteille de vin du Rhin entamée durant le dîner.

Nicolas se fit raconter par le menu ce qu'il appelait « l'aventure villageoise » de son ami et dévoila ses préoccupations amoureuses du moment. Elsa et Gerda n'en faisaient plus partie, car il était épris d'une jeune bibliothécaire rencontrée lors de son examen de droit, qu'il avait au demeurant brillamment réussi.

— Elle n'est pas du genre facile de nos amies mais, que veux-tu, cela devait m'arriver un jour : je suis amoureux ! Je te la ferai connaître avant ton départ… À propos, quand nous quittes-tu pour la charmante ville d'eaux de Pont-Audemer ? Je plaisante, mais suis sûr que le séjour t'y sera agréable. « Charlemagne » en conserve un souvenir ému et je crois deviner qu'il ne s'y est pas ennuyé.

— Fouette cocher, après-demain sans doute ! Dès que j'aurai fait régulariser mon passeport et retenu ma place de voiture pour Le Havre, car évidemment il n'existe pas de ligne directe vers Pont-Audemer.

— Tu ne veux pas rester un peu plus longtemps ? Les parents, tu le sais, seraient enchantés.

— Non. Je l'ai dit à ton père : je ne fais, cette fois, qu'une halte à Aix. Pas question de me réinstaller dans le cocon de ta famille. Et puis, il y a une autre raison à mon départ quelque peu précipité : j'ai reçu une convocation de la mairie de Crefeld pour enregistrer mon incorporation, l'année prochaine, dans l'armée prussienne. Je l'ai déchirée mais je préfère filer avant qu'on m'interdise de partir. Et toi ? Tu n'es pas menacé du casque à pointe ?

— Jusqu'à présent, mon père, grâce à ses relations, a pu faire reculer mon brillant début dans la carrière des armes et l'année prochaine je pourrai finir des études tranquilles… mais après !

Thierry retrouva sa chambre avec plaisir et émotion. C'est sûr qu'il aurait, demain ou après-demain, du mal à la quitter. Qui plus est, la famille Costil n'allait certainement pas l'accueillir dans son sein comme les Pierrefeu. Il devrait se chercher un logis, apprendre et entamer une autre vie dans une cité où il ne connaîtrait personne. Mais bah ! il savait tailler et coudre une selle capable de faire saliver un général, un bon signe pour se réserver une place au soleil dans une ville qui, « Charlemagne » l'en avait assuré, avait fourni les harnachements de sa cavalerie à Guillaume le Conquérant.

Le lendemain, Nicolas l'accompagna à la mairie avec une lettre de recommandation de maître Pierrefeu destinée au chef du service des voyages. En quelques minutes, il obtint les tampons nécessaires pour circuler en diligence. Alors que les deux amis franchissaient la porte du palais municipal, Nicolas le poussa du coude en lui disant : « Regarde, la Désirée ! » En effet, la belle calèche aux roues argentées arrivait avec, assis sur ses coussins de cuir noir, le *Bürgermeister* qui souriait benoîtement.

— Elle est tout de même bien, notre voiture ! conclut Thierry en hochant la tête.

L'achat du billet à la poste aux chevaux fut plus laborieux. Plusieurs changements de lignes, certains tronçons empruntant la diligence, d'autres la malle-poste, la cherté du transport des bagages, suscitèrent de longues palabres avec l'employé chargé d'enregistrer les départs. Finalement, Thierry obtint au prix le plus intéressant – c'est-à-dire cher – le droit de se faire secouer durant deux jours comme un paquet de linge, coincé entre une grosse dame enrhumée et un type à l'air patibulaire qu'on n'aurait pas envie de côtoyer dans la vie de tous les jours.

M. et Mme Pierrefeu organisèrent une fête pour son départ. L'oie farcie se révéla délicieuse, le vin excellent mais le cœur n'y était pas. Ce dernier soir fut triste. Le voyageur promit qu'il reviendrait passer un mois à Aix avant que l'année prochaine ne finisse. Nicolas déclara qu'il irait volontiers effectuer son stage d'avocat chez un maître de Dieppe ou du Havre, pas loin de Pont-Audemer. Ce qui ne rassura guère sa mère.

Après le repas, « Charlemagne » prit Thierry à part et lui remit son pécule :

— Il n'est pas bon de voyager avec trop d'argent dans les poches, conseilla-t-il. Je ne te donne donc qu'une partie de ton salaire en napoléons et le reste en un billet à ordre que tu pourras changer dans une banque de Pont-Audemer. Voilà, mon fils, ce que je peux faire pour toi, avec cette lettre que tu porteras à mes amis Costil.

Le jeune homme se jeta dans les bras de son bienfaiteur en pleurant et Pierrefeu y alla aussi de sa larme et Nicolas s'écria, en forçant un peu sa gaieté lorsqu'ils revinrent :

— Moi qui croyais que les compagnons étaient de gais lurons !

Le lendemain, veille du départ, « Crefeld le sellier » étala sur son lit le contenu de sa malle. C'était l'heure des sacrifices ; certaines lignes qu'il allait emprunter n'autorisant que 25 kg de bagages, il ne voulait pas risquer d'être contraint d'abandonner sur place à Bruxelles ou à Arras la moitié de ses affaires.

Il décida donc de laisser sa malle à Aix-la-Chapelle et de voyager avec un sac et un simple baluchon sur l'épaule, à la façon des compagnons. Des outils, il n'emporta que les plus légers, les aiguilles, les alênes et tous ceux à manche de buis qui portaient encore les traces laissées par les mains de son père durant les quarante années passées devant l'établi. Il retint aussi la pochette qui contenait les papiers de famille, du linge, un pantalon et la veste presque neuve achetée lors de son dernier séjour pour sortir le soir avec Nicolas. Cela faisait, dans le sac de grosse toile donné par Mme Pierrefeu, 24 kg sur la balance du magasin. Il fit le poids avec un gilet vert à boutons de cuir et se sentit léger à la pensée de ne plus avoir sa grosse malle à traîner.

Thierry commençait à avoir l'habitude des départs en diligence, des discussions pour l'attribution d'une place, des regards dérobés vers les voisins et de l'attente du coup de corne, annonciateur du dénouement de la comédie… Cette fois, il ajouta au programme les adieux touchants de Nicolas venu l'accompagner.

À 7 h 43 exactement, la diligence des Messageries nationales Aix-la-Chapelle-Bruxelles emporta Thierry Hermès vers sa destinée.

*

* *

Un voyage coupé de passages en malle-poste ne se passe jamais bien. Il se passe, voilà tout ! C'est ce que déclara le jeune homme au cocher venu l'attendre à Pont-Audemer dans une charrette à l'enseigne de « René Costil, tanneur, teinturier, bourrelier, sellier ».

L'homme était aimable mais parlait un français patoisé que Thierry peinait à comprendre. Voyageur débarquant en terre inconnue, cent questions lui brûlaient la langue, mais, durant tout le trajet, il ne put apprendre que quelques détails sur la maison Costil : elle traitait les cuirs dans l'étendue de leurs transformations et travaillait beaucoup, comme toute la ville, avec l'Angleterre. Cela lui expliqua le grand nombre d'Anglais qui avait voyagé avec lui dans la diligence.

Faute de parler, Thierry regardait, et ce qu'il voyait l'enchantait. Loin de la Rhénanie plutôt triste dans sa brume, loin de la platitude des plaines flamandes et belges qu'il avait traversées, Pont-Audemer lui apparut comme une mosaïque riante de ruelles et venelles bordées de maisons à pans de bois, de cours d'eau enjambés çà et là par des ponts fleuris. Il comprit mieux ce que lui avait dit Pierrefeu : « C'est l'abondance de ces canaux qui, depuis les Gaulois, a fait de Pont-Audemer un centre de traitement des peaux, facilité par sa situation dans un pays d'élevage et de forêts de chênes. »

Après avoir passé un petit pont, la charrette s'arrêta un peu plus loin devant un porche qui rappela à Thierry celui d'Aix-la-Chapelle. La ressemblance s'arrêtait là. La cour en partie occupée par des calèches, des berlines, des cabs anglais autour desquels des ouvriers s'affairaient, était au moins trois ou quatre fois plus grande et les bâtiments la cernant beaucoup plus importants.

— Je vais vous conduire auprès de M. Costil, dit le cocher en s'efforçant de choisir son langage. Son bureau est au fond, avec le service commercial. De ses fenêtres, vous verrez la Risle, notre rivière, qui longe les postes de tannage. Costil est une grande maison, l'une des plus importantes de la ville !

Thierry n'en douta pas en découvrant M. René venu l'accueillir en personne à la porte d'une vaste salle où un grand bureau trônait dans un capharnaüm de piles de cuirs les plus divers.

— Monsieur Hermès, quelle joie de vous connaître ! Mon ami Pierrefeu vous a en grande estime et le nom de votre père reste connu dans le monde du cuir. Mais asseyez-vous. Dans cette pièce où je travaille, vous voyez les échantillons de la plupart des cuirs que nous traitons. Nous les teignons aussi au goût de nos clients et nos ouvriers en font des brides et des selles. Ah ! Que je vous dise, vous rencontrerez ici, comme un peu partout dans la ville, de nombreux sujets britanniques. C'est que nous commerçons beaucoup avec l'Angleterre qui nous vend ses inimitables cuirs de porc et de veau – vous les connaissez –, et où nous exportons les peaux de nos vaches normandes. Comme vous l'avez vu dans la cour, nous travaillons aussi sur la garniture de voitures. J'aime bien choisir moi-même le cuir fauve ou noir qui recouvrira les coussins d'un cab anglais flambant neuf. Mais vous découvrirez tout cela par vous-même. Je vous propose de vous promener à votre guise durant quelques jours dans les ateliers, de poser aux contremaîtres et aux ouvriers les questions que vous voudrez. Quand vous vous serez fait une idée de la maison, nous envisagerons la place que vous pourrez y occuper et les conditions de votre engagement.

Tout aussi affable, René Costil ne ressemblait pourtant en rien au patron qu'il venait de quitter. Alors que Pierrefeu portait presque toujours un vêtement de travail qui ne le différenciait guère de ses ouvriers, M. René arborait chaque jour un habit différent, de coupe anglaise, et une large cravate noire nouée à la façon des artistes. Pas très grand, le visage rond un peu rouge comme beaucoup de Normands, c'était un homme au sourire facile, visiblement disposé à bien accueillir le protégé d'un confrère.

— Vous pourriez loger dans l'une des chambres réservées aux visiteurs ou aux clients étrangers, mais j'ai pensé que vous seriez plus libre en habitant en ville. Mlle Lagneau, ma secrétaire, vous a retenu un petit appartement dans l'une des plus belles maisons de Pont-Audemer qui appartient à Mme de Lestin, une hôtesse charmante. En attendant, ma femme vous prie ce soir à dîner. Mais vous devez être fatigué par le voyage et Mlle Lagneau va vous conduire chez vous.

Une personne sèche mais souriante, d'un âge indécis, sortit de derrière un paquet de peaux anglaises et ordonna d'une voix assurée :

— Suivez-moi, monsieur. Raoul, le cocher, va nous conduire à la maison de Mme de Lestin. C'est tout près.

Et d'ajouter :

— Vous venez d'Aix-la-Chapelle, je crois. Vous êtes allemand ?

— Non, quand je suis né, Napoléon avait annexé les quatre départements rhénans. Mon village natal, proche de Cologne, en faisait partie. Je suis donc né en France, même si ces provinces ont été récupérées par la Prusse. Allemand en Allemagne, Français en France, je me suis enfui, très heureux d'avoir retrouvé la nationalité de mes ancêtres, des huguenots chassés par Louis XIV.

— Très bien. Vous allez voir, Mme de Lestin, une dame noble mais sans fortune, est très gentille. Elle habite une des plus anciennes maisons de la ville, un vrai petit château, et loue des chambres à des gens de connaissance pour subvenir à l'entretien de sa demeure. Tenez, nous voilà déjà arrivés.

Thierry découvrit une imposante maison coiffée de deux tourelles, aux murs à colombages ou lattés de bois. Ses fenêtres fleuries donnaient sur un canal bordé d'autres maisons plus simplement jolies. Un peu plus loin, de grandes bâtisses rompaient le charme du carré huppé de la ville, séchoirs des tanneurs rappelant que Pont-Audemer était avant tout l'une des cités du cuir les plus réputées d'Europe.

Malgré son âge certain, Mme de Lestin avait conservé un port décidé et un parler un peu rude mais châtié qui trahissaient son aristocratie.

— Monsieur, dit-elle en recevant Thierry, mon ami Costil m'a demandé de vous accueillir dans ma maison qui, je l'espère, vous plaira. Elle date du XVIIe siècle. Ses planchers craquent mais les lits sont bons. Les deux pièces qui vous attendent donnent sur le vieux lavoir posé depuis le Moyen Âge sur notre canal, lequel rejoint la Risle un peu plus loin. Des vieux papiers qui se rongent dans la bibliothèque disent que Pierre Corneille les a habitées avant vous. Dans une lettre datée de 1736, il parle des lavandières qui battent le linge en face de ses fenêtres. Il cite aussi *Le Cid* qu'il vient d'achever. Il a trente ans à cette époque. Je vous montrerai cette lettre. Venez, votre chambre, qu'on appelle « Chimène », est au premier.

Thierry n'en demandait pas tant. Une fois dans sa chambre, il s'endormit dans un fauteuil en attendant que l'on vienne le chercher pour le dîner, essayant de se remémorer quelques vers du *Cid* qu'il avait étudiés dans la classe de M. Cahuzac.

Chimène le fit songer à Adèle. Comme elle était loin ! Et, surtout, comme elle avait été oubliée ! C'était la première fois qu'elle revenait dans sa pensée depuis qu'il avait quitté Crefeld. Il se promit de lui écrire dès le lendemain.

Ce qu'il ne fit pas.

*
* *

Il ne fallut pas longtemps au jeune M. Hermès pour trouver sa place dans la fourmilière qu'était la « tannerie, bourrellerie, sellerie et garniture de voiture René Costil ». Il comprit vite qu'une grande part des affaires se traitait avec l'étranger et que le service des expéditions envoyait chaque jour par dizaines des ballots de cuirs travaillés dans les ateliers et adressait même à Moscou des cuirs de Russie issus de vaches normandes et tannés dans les eaux de la Risle !

Thierry se rendait compte qu'en plus des subtilités du métier qu'il ajouterait à son savoir-faire il pourrait acquérir chez Costil des connaissances du commerce qui lui seraient utiles lorsqu'il créerait à Paris sa propre entreprise. C'est pour cela qu'en dehors de l'atelier de sellerie où son talent était vivement apprécié on le vit aller et venir dans les services d'achat, de vente ou de secrétariat. Mlle Lagneau, qui l'avait pris sous son aile, lui ouvrait d'ailleurs toutes les portes. Prétendre que la vieille fille dont il mesurait chaque jour davantage le pouvoir était amoureuse de lui serait exagéré, disons plutôt qu'elle portait une certaine tendresse à ce jeune garçon beau et fort qu'elle avait plaisir à aider.

Costil, qui avait été au début un peu distant, se montrait maintenant attentif aux efforts de Thierry. Son habileté en sellerie l'avait étonné, son acharnement à apprendre l'impressionnait. Quand il avait un moment libre, il demandait à Mlle Lagneau d'aller chercher le garçon et bavardait avec lui, assis sur des piles de cuirs.

— Vous voyez, Thierry, disait-il, en grattant une peau avec ses ongles, ces veines sont, comme pour les arbres, des indications sur l'âge de l'animal. Ce taureau était jeune, quatre ou cinq ans... Vous devriez plus vous intéresser au tannage. Vous ne serez jamais tanneur, mais vous ne vous laisserez pas embobiner en achetant votre matière première ! Lagneau m'a dit que vous passez des heures à vous faire expliquer par les comptables le calcul des pertes et profits. C'est bien pour votre future entreprise mais ne vous perdez tout de même pas dans les détails. On apprend vite à calculer ses gains... ou ses déficits...

Thierry répondait et posait ses questions. Parfois, si la rencontre se faisait en fin de journée, M. Costil lançait :

— Je vous emmène dîner à la maison, ma femme vous aime bien. Elle s'ennuie de ses deux garçons qui font leurs études à Oxford et sera heureuse de vous voir.

Les Costil habitaient, tout près de la « Fabrique », une magnifique bâtisse, genre manoir, entièrement refaite par le tanneur. Comme Thierry ne cachait pas son admiration, Costil intervint :

— Pfft... C'est idiot de vivre à deux dans un machin aussi grand, mais, enfin, quand les enfants reviendront et se marieront...

— Vos fils vous succéderont ?

— J'aimerais bien. C'est une bonne affaire qu'ils peuvent encore développer. Mais je ne suis pas sûr d'avoir eu raison de les envoyer en Angleterre. Oxford, c'est flatteur, mais l'illustre université ne forme pas des marchands de cuir. L'aîné se passionne pour l'égyptologie et son frère pour les langues indo-européennes. J'espère qu'ils étudient tout de même autre chose que le culte d'Osiris ou le sanscrit.

*

* *

La comtesse de Lestin se montrait, comme Costil le lui avait dit, une hôtesse charmante. Quand il lui avait demandé avec un peu d'appréhension le prix de sa pension, elle avait répondu avec un sourire : « N'y pensez pas, M. Costil m'a dit qu'il prenait en charge votre séjour. » Ce bon M. Costil ! Du coup, l'exilé volontaire aurait embrassé la vieille dame mais, au mur, le regard sévère du marquis de Viguelle, l'ancêtre, peint à cheval en 1601, l'en dissuada. Thierry savait tout sur ce noble guerrier aide de camp de Henri IV, qui avait pris au duc de Savoie le pays de Gex, le Bugey et la Bresse. Il savait tout car la comtesse se révélait une intarissable bavarde qui, dès qu'elle pouvait le saisir, lui racontait les exploits d'ancêtres dont les portraits étaient suspendus dans le salon et l'escalier.

Les invitations à souper de M. Costil n'étant qu'occasionnelles, il lui fallait aussi nourrir son grand corps de vingt ans appelé à travailler jusqu'à dix heures par jour. Le matin, à six heures, Odette, la servante de la maison, gentille et délurée, lui montait son petit déjeuner. Ils bavardaient un moment. Elle lui relatait les petites histoires de la maison, lui parlait de la vie difficile de sa famille, de ses quatre frères et sœurs, de son père, tanneur dans une entreprise dont Costil était actionnaire. Puis elle s'éclipsait, en posant parfois un baiser sonore sur la joue de Thierry. Un jeu qu'il réussit, au bout de quelques semaines, à rendre plus libertin.

Pour les repas, il prenait pension à l'Auberge des Trois-Tanneurs, rue des Cordeliers, à peu près entre le château de Lestin et l'entreprise Costil. C'était pratique et Mme Mouton, la patronne, tablier blanc et coiffe normande, s'avérait une cuisinière épatante. Tombé d'une échelle, son mari boitait bas et vous faisait frissonner chaque fois qu'il apportait un plat de la cuisine. Sa marche vacillante ressemblait à une danse, la soupière manquait de valser mais elle arrivait toujours sur le dessous-de-plat à musique. Le prix avantageux de la pension plaçait Thierry à la table d'hôtes et il ne s'en plaignait pas. Parmi ses voisins, il y avait deux jeunes venus comme lui à Pont-Audemer pour apprendre à travailler le cuir. Ils arrivaient de Nantes et travaillaient chez un bourrelier-sellier concurrent de Costil. Thierry les trouvait un peu benêts, mais, gentils, ils l'écoutaient bouche bée raconter sa vie déjà si fertile en événements.

La table comptait encore des commis voyageurs de passage, des gens de métier employés chez des bourreliers et un grand diable au feutre noir et au foulard à carreaux que tout le monde appelait « le veuf » quand il n'était pas là et « M. Antoine » lorsqu'il arrivait. C'était un ancien tanneur, patron d'une entreprise qui avait fait de lui un homme aisé, sinon riche. Lorsqu'il avait perdu sa femme, il avait vendu l'établissement et s'était ménagé une existence tranquille au milieu de ses livres. Il prenait ses repas à l'auberge devenue son second chez-lui. Sa famille, disait-il, habitait Pont-Audemer depuis le Moyen Âge. Sans doute exagérait-il, mais il incarnait vraiment la mémoire de la ville. Ainsi, quand le repas du soir était terminé et qu'il avait commandé pour toute la table un vieux calvados, il dénouait son foulard pour respirer et faisait revivre à son auditoire les grandes heures de Pont-Audemer.

Un jour c'était l'élévation de l'église Saint-Ouen par les tailleurs de pierre, sa nef, son triforium, le voûtement des travées des bas-côtés et l'élan vers le ciel de son double clocher gothique.

Le plus souvent, son récit tournait autour de la rivalité historique née après les guerres de Religion entre les Pont-Audemériens de la rive gauche de la Risle, paroissiens du quartier Saint-Ouen, et ceux de la rive droite, du quartier Saint-Aignan.

— La petite guerre entre les deux paroisses s'enflammait à la fin de chaque année ! narrait Antoine. Pour quelle raison ? Eh bien ! les habitants de Saint-Aignan avaient le privilège de faire gras entre Noël et la Purification alors que ceux de Saint-Ouen devaient se priver de viande. C'était comme cela !

— Pourquoi ? demandait toujours quelqu'un.

— Dieu seul le sait. Le fait est que la rive gauche se sentait vivement tentée de tomber en péché mortel quand le vent d'est lui apportait la fumée du rôt cuisiné de l'autre côté de la Risle. Pourtant, ses paroissiens tinrent ferme malgré les provocations de ceux de Saint-Aignan qui les narguaient en faisant griller des andouilles et en braillant une chanson de circonstance.

Et M. Antoine la chantait, cette chanson :

> « *L'gros Vitrel aux mangeux d'pois*
> *Leur dit l'andouille tu l'auras pas*
> *J'la mettrai plutôt dans ma pouquette*
> *Turlurette, turlurette...* »

Le récit de la rivalité entre les curés de Saint-Aignan et ceux de Saint-Ouen était à épisodes. Antoine gardait pour la fin celui de la bataille de la Saint-Sébastien, dont il ne précisait pas la date :

— Une année, lors de la procession, pérorait-il en enflant la voix, les curés de Saint-Aignan, paroisse secondaire malgré son privilège de bouche, se mirent en tête de disputer au chanoine de Saint-Ouen, paroisse principale, le droit de porter chez eux la statue protectrice de saint Sébastien. Alors, au moment où la procession traversait le pont de Rouen, elle trouva le clergé de Saint-Aignan en ordre de bataille pour s'emparer de la statue. Après les paroles, on en vint aux mains et dans le tumulte, horreur ! saint Sébastien fut précipité dans la Risle ! On mouilla les chasubles pour repêcher le saint, sauveur de la ville lors d'une lointaine épidémie de peste. Certains prêtres crièrent au scandale, d'autres demandèrent des prières, les plus réalistes des linges pour essuyer le pauvre Sébastien à qui, décidément, aucun malheur ne fut épargné. Vous voyez, mes amis, des centaines d'années après, le souvenir est encore vivace de la provocation des « maqueux d'andouilles » envers les « maqueux d'pois verts ».

Deux Anglais, qui ce jour-là dînaient à la table d'hôtes et n'avaient pas compris grand-chose au discours d'Antoine, furent les premiers à applaudir.

*
* *

Thierry menait, avec les visites discrètes d'Odette que Mme de Lestin faisait semblant d'ignorer, une existence sans soucis, agréable, mais aussi laborieuse. Plus habile que les autres ouvriers de la sellerie, il était, de fait, devenu le modèle de l'atelier, celui à qui l'on demandait conseil et qui mettait la main à l'outil lorsqu'il s'agissait de selles ou de brides de luxe. Ce genre de demandes, du reste, augmentait, surtout dans l'importante communauté anglaise du cuir qui s'était installée à Pont-Audemer où les *gentlemen* et même quelques dames aimaient, plus que les Normands, galoper dans la campagne. C'est à ce moment qu'il coupa et cousit sa première selle de dame, en pensant à celles qu'il ferait peut-être, si la chance lui souriait, pour les belles amazones du bois de Boulogne.

Costil ne pouvait qu'être content de ce jeune artiste tombé du ciel. Il le payait bien, le logeait chez la comtesse et lui promettait, comme avant lui Pierrefeu, un pécule qu'il toucherait à son départ. Le départ, Thierry commençait à y penser sérieusement. Il en parlait d'ailleurs de plus en plus souvent à Costil. Jusqu'au jour où, finalement, il lui posa franchement la question qui lui brûlait les lèvres :

— Maître, mon projet parisien m'angoisse. Pouvez-vous m'aider à le réaliser ? Vous m'avez permis d'acquérir bien des connaissances, me mettrez-vous en mesure de les appliquer ?

Costil, en caressant de ses doigts la peau de porc récemment tannée qu'on venait de lui apporter, sourit, parut réfléchir, mais ne laissa pas longtemps le jeune homme dans l'expectative :

— Thierry, je vais t'aider. Pas seulement parce que tu es un bon gars sympathique mais parce que, sans que tu t'en rendes compte, tu as beaucoup apporté à l'entreprise. Cela, je ne l'oublie pas.

— Merci, maître, mais comment pensez-vous y parvenir ?

— Je vais t'envoyer chez un confrère qui est l'un des grands selliers parisiens. Professionnellement, tu n'y apprendras pas grand-chose, sinon à te frotter à une clientèle exigeante, exaspérante parfois, mais qui sait reconnaître le bel ouvrage. Le jour où le marquis de « Machin » dira au patron : « Je veux que ma selle soit faite par le jeune ouvrier qui a fait celle du comte de "Truc", tu auras gagné ! » Tu resteras chez Bonvin le temps qu'il faudra pour te faire connaître et apprécier. Il sera temps, alors, de chercher le local où tu t'établiras.

— Merci, maître, répondit Thierry, ému et soulagé. Sans vous…

— Mais non, mais non ! C'est toi, rien que toi, qui gagneras ou perdras ton pari. Mais j'ai dit que je t'aiderais le moment venu et je le ferai. Par exemple, en te facturant à un an tes premières commandes de cuir. Le temps de démarrer ton affaire. À moins, ajouta-t-il en riant, que tu ne choisisses un autre fournisseur !

*

* *

Thierry avait passé près de deux ans à Pont-Audemer quand il grimpa, le cœur léger, dans la diligence de Paris. Un départ facilité par la gentillesse de toute la maison. Un cocher l'avait conduit en calèche jusqu'à Rouen et le gros de ses bagages, certains outils et les vêtements anglais achetés à Pont-Audemer, seraient joints, grâce aux bons soins de Mlle Lagneau, à une prochaine livraison hippomobile.

Bref, il entamait dans les meilleures conditions la dernière étape de son pèlerinage professionnel. Il avait bien changé l'orphelin de Crefeld, l'adolescent hésitant, l'amant timide d'Adèle. Il était maintenant un grand jeune homme beau et fort, qui souriait en montrant ses dents blanches bien plantées. Et dont on disait : « Voilà un garçon taillé pour un avenir heureux. »

Chapitre VIII

Thierry avait de la chance. Son voisin dans le deuxième compartiment de la diligence était un jeune homme un peu plus âgé que lui et dont le costume de voyage élégant montrait l'aisance. Il travaillait dans une banque et faisait chaque mois le voyage de Pont-Audemer. La conversation s'était tout de suite engagée et Jean Delec, comme il avait dit s'appeler, trouvait sympathique la situation du godelureau qui arrivait à Paris pour la première fois et voulait y monter sa propre affaire.

— Dans un secteur plein de promesses, précisa Thierry. La sellerie et tout ce qui concerne le cheval.

— J'admire votre enthousiasme et votre courage. Savez-vous, au moins, où vous allez descendre ?

— Je vais travailler chez le bourrelier-sellier Bonvin.

Il chercha dans sa poche la lettre de Costil et lut sur l'enveloppe : « Rue de l'Arcade. »

Jean émit un petit sifflement :

— Bonvin ! C'est le luxe des dadas mondains. Je ne m'y fournis pas car mes moyens ne me permettent pas de parader à cheval ou en calèche aux Champs-Élysées, mais la maison a bonne réputation. Elle n'est pas très loin du bureau des Messageries royales où va nous débarquer cette foutue patache. Vous pourrez vous y rendre à pied en traversant la Seine et en découvrant Paris. Mais, au fait, avez-vous un hôtel ? À Paris, c'est souvent un problème.

— Non. Je comptais demander une adresse à M. Bonvin.

— Bonne idée. S'il n'avait pas d'hôtel à vous conseiller, je puis vous indiquer celui de Florence au 56, rue des Mathurins. C'est là que descendent mes cousins quand ils montent à Paris. Je ne connais pas les prix, mais vous pouvez toujours y passer un jour ou deux en attendant de trouver mieux. Et c'est près de la rue de l'Arcade.

*
* *

La diligence était à peine arrêtée dans la cour des Messageries royales, rue Saint-Germain-des-Prés[1], que Jean Delec sauta à terre et aida son compagnon de route à descendre :

— J'ai été heureux de voyager en votre aimable compagnie mais je n'ai pas de bagages à attendre et dois vous laisser. Tenez, voici ma carte. Pour le cas où vous auriez besoin d'une banque quand vous ouvrirez votre maison ! ajouta-t-il dans un grand rire avant de disparaître.

« Ainsi, songea Thierry debout derrière son sac, voici le moment tant attendu. Seul à Paris ! Est-ce une victoire ? Non, une étape. Avec tout de même la sécurité d'être embauché dans une bonne entreprise de la capitale ! »

Il réfléchit un instant et pensa qu'il était sage d'attendre le lendemain avant de se présenter à M. Bonvin.

— Et puis je suis fatigué ! Si, pour fêter ce grand jour, on menait la grande vie ?

---

1. Aujourd'hui, rue Bonaparte.

Il fit signe à un fiacre qui attendait devant la cour et ordonna d'une voix décidée : « À l'Hôtel de Florence, rue des Mathurins ! »

Les jambes allongées sur son sac, il s'installa au milieu de la banquette de façon à pouvoir orienter son regard à droite, à gauche et découvrir des fragments de Paris qui, sitôt venus, disparaissaient dans le cadre des portières. Lorsque le fiacre fut engagé sur le Pont-Neuf – il avait pu en déchiffrer le nom gravé dans la pierre –, il demanda au cocher de s'arrêter un instant et s'accouda au parapet afin de regarder le fleuve et voir sortir, sous lui, entre les arches du pont, un remorqueur à vapeur qui tirait son train de péniches[1].

Le fiacre avait déjà allumé ses lanternes quand il arriva devant une maison qui se distinguait de ses voisines par la pancarte « Hôtel de Florence » encadrant la double porte de l'entrée.

— Vous avez retenu ? demanda le cocher en lui rendant la monnaie. Vous savez, mon bon monsieur, à Paris, les hôtels sont souvent pleins.

— Non. Mais j'espère avoir de la chance.

— Sinon, je vous trouverai un hôtel. J'attends avant de repartir.

*

* *

Une dame souriante, la cinquantaine pimpante, vint à sa rencontre :

— Vous voulez une chambre ? Il m'en reste une au deuxième étage. Si vous souhaitez dîner, c'est à sept heures et demie. Mon mari, M. Gallyot, ancien chef de cuisine de l'Empereur, vous servira. Moi, j'étais femme de chambre de l'impératrice Joséphine.

---

1. Les premiers remorqueurs à vapeur commencèrent à naviguer sur la Seine vers 1820.

Thierry n'en demandait pas tant mais se dit qu'il était bien tombé. Sa bourse dut-elle en souffrir, il était heureux d'entamer crânement sa vie parisienne. D'ailleurs, il n'était pas pauvre. Avec les louis d'or cousus dans la doublure de son manteau, ses lettres de crédit et le salaire qu'allait lui verser Bonvin, il pouvait en toute quiétude se faire servir la soupe par le maître queux de Napoléon.

Dans sa chambre tapissée de cotonnade et à moitié occupée par un énorme lit avec édredon, il trouva le matelas douillet et la faïence du service de toilette jolie avec ses petites bergères bleues. « Crefeld le sellier » rangea ses vêtements de voyage dans l'armoire et décida de mettre son costume de tweed pour aller souper. Il s'apprêtait à emplir la cuvette afin de se laver quand on frappa à la porte. C'était un valet costaud au tablier vert Empire qui annonça d'un ton très militaire :

— Monsieur, votre eau chaude.

Thierry n'osa pas lui demander s'il avait combattu à Wagram et sourit en pensant à la tête qu'il ferait s'il savait que l'Empereur avait décoré son père de la Légion d'honneur.

*
* *

Une dizaine de personnes occupaient la salle à manger tendue de tissu vert à la façon d'une tente. Aucun emblème, aucune initiale qui aurait pu alerter les agents de la monarchie rétablie mais la couleur verte, omniprésente, rappelait l'Empire aux initiés[1].

Thierry s'était installé à une table un peu en retrait d'où il pouvait voir les autres dîneurs : un

1. Louis XVIII, frère de Louis XVI, régnait depuis la chute de l'Empereur, avec interruption durant les Cent Jours.

couple d'âge mûr qui s'appliquait à ne pas faire de bruit en avalant le potage, deux bavards en qui il crut reconnaître des représentants de commerce et une jeune femme brune aux cheveux tirés qui partageait la table d'un homme bien habillé que la patronne appelait « monsieur le baron ». Il y avait aussi un individu seul, un habitué sûrement, qui semblait tout à fait chez lui à l'Hôtel de Florence.

Comme il devait le faire pour chaque nouvel arrivant, le patron sortit de sa cuisine et vint saluer Thierry.

— Bienvenue, monsieur. Je suis Henri Gallyot, ancien chef des cuisines de l'Empereur, et vais avoir l'honneur de vous servir ce soir. Le menu est bien simple, je pense qu'il vous convient : potage Magenta, veau Marengo, fromages de la Brie et salade de fruits.

— C'est parfait. Un souvenir inspiré par ce menu, M. Gallyot. Il me rappelle qu'en 1804 j'ai applaudi l'Empereur à Crefeld, juché sur les épaules de mon frère. Napoléon visitait les départements français de la rive droite du Rhin.

Le visage rose du cuisinier tourna au rouge.

— Mais j'y étais ! Je faisais partie de la suite de l'Empereur et me rappelle les villes que nous avons visitées, Aix-la-Chapelle, Coblence, Mayence, Cologne... Crefeld aussi. Nous nous y sommes, je crois, arrêtés une journée, sans y dormir. Je ne peux malheureusement pas évoquer maintenant plus longtemps ces souvenirs, les fourneaux me réclament mais, après le repas, je vous offrirai volontiers un café et nous pourrons parler tranquillement. Bon appétit, monsieur.

À minuit passé, lui qui voulait se coucher de bonne heure racontait encore sa passion du cuir en levant son verre à Napoléon. Le brave Gallyot avait pleuré à l'évocation de la Légion d'honneur du père et s'était lancé dans une apologie des métiers d'art où il incluait la bonne cuisine.

*
* *

En s'effondrant un peu ivre sur son lit, le jeune Hermès pensa qu'il n'avait pas perdu sa soirée arrosée.

Au troisième cognac – « de la cave de l'Empereur » –, M. Gallyot avait prétendu qu'il aurait voulu avoir un fils comme lui et qu'il refusait de le voir s'installer sous un autre toit que le sien. En foi de quoi, il lui laisserait sa chambre au prix qu'il aurait payé dans un établissement indigne au regard de ses antécédents napoléoniens.

Il avait aussi détaillé de façon plaisante la liste des clients présents au restaurant. Thierry avait vu juste pour les placiers aux mines réjouies. Le monsieur seul était notaire, et chaud partisan de l'Empereur. Il venait dîner tous les mercredis.

Quand au couple discret du fond de la salle, il s'agissait du baron et de la baronne Dudevant, locataires d'un grand appartement meublé situé au fond du jardin. Mme Dudevant, paraît-il, passait son temps à écrire tandis que son mari était occupé par ses affaires, mais la dame ne publiait pas[1]. « Cette jeune femme est très intéressante. Elle est souvent seule à prendre son thé au salon. Vous devriez lui parler », avait ajouté M. Gallyot.

Voici comment Thierry, grâce à son précieux don d'attirer la sympathie, devint client privilégié de l'Hôtel de Florence, lieu idéal pour partir à la conquête de Paris.

---

1. Mme Dudevant a, en effet, habité à cette époque un appartement de l'Hôtel de Florence. Après la naissance de sa fille et son divorce, la baronne écrira avec le succès que l'on sait sous le pseudonyme de George Sand.

Chapitre IX

Thierry découvrit vraiment Paris le lendemain matin, en se rendant à l'adresse de son nouvel employeur. Mme Gallyot, après lui avoir servi un petit déjeuner gargantuesque, lui avait indiqué le chemin :

— Mon petit, la rue de l'Arcade est à dix minutes d'ici. À droite, une large voie qui vient d'être inaugurée, la rue Tronchet – c'est le nom d'un des défenseurs de Louis XVI – vous mène tout droit à la Madeleine, un énorme monument inachevé. De très hautes colonnes, pas de toit et des murs latéraux abandonnés à mi-chemin, parce que l'argent manque pour poursuivre le projet de notre Empereur qui voulait, à l'origine, élever un « temple de la Gloire » avant de destiner l'œuvre commencée au service de l'Église. En dehors de cela, les architectes lancent partout des projets, le quartier est un vaste chantier. Notre rue elle-même doit être prolongée pour aboutir je ne sais où.

Le cœur vaillant, Thierry marcha dans un paysage qu'il trouva bien calme, éloigné de l'animation remarquée la veille. Il s'en étonna auprès d'un passant à qui il demandait s'il ne s'était pas égaré. La réponse le rassura :

— Paris n'a jamais cessé de s'agrandir. C'est le cas de ce quartier mais avancez un peu, et vous découvrirez une ville plus animée.

L'homme avait raison. Autour de la Madeleine inachevée, les fiacres, les binards chargés de pierres, les landaus très chic, les calèches élégantes ou vieillottes faisaient la roue dans un bruit d'enfer. De nombreuses boutiques – dont une de sacs, de portefeuilles, de bottes en cuir qui retint son attention – avaient déjà ouvert leur commerce dans la nouvelle rue Tronchet. Les piétons, dames en cheveux ou à chapeaux parasols, les messieurs cravatés et les ouvriers à casquette marchaient sur le trottoir à une vitesse qui l'éberlua. Il avait encore en mémoire la tranquille déambulation des Pont-Audemériens coupée de conversations de rencontre et se demanda si la vie à Paris le transformerait vite en homme pressé.

Thierry ne pouvait pas manquer le magasin de M. Bonvin. Installé devant la porte sur son chariot à roulettes, un alezan naturalisé de bonne taille prenait dans la perspective de la devanture une importance considérable. Bien dans sa peau, fier dans ses aplombs, l'animal empaillé montrait, avec son harnachement brillant neuf, tout ce que l'on pouvait trouver en poussant la porte. « Il manque tout de même la selle », pensa le nouveau venu en caressant l'alezan restitué dans toute sa rousseur dorée.

L'intérieur du magasin sentait l'acajou, le cuir et le bois en train de brûler dans un grand poêle de faïence. On aurait pu y vendre des robes d'organdi, des bijoux ou des têtes étrusques mais c'étaient les brides, les étriers et les selles de cheval qu'on y venait commander.

Thierry devina le propriétaire des lieux en la personne d'un homme à la moustache noire et au cheveu calamistré montrant des échantillons de cuir à un jeune homme qu'il appelait à longueur de phrases « monsieur le vicomte », lequel répondait par des chuintements incompréhensibles à plus de trois bras. M. Bonvin s'interrompit une seconde pour faire signe à Thierry de s'asseoir.

— Veuillez m'excuser, monsieur. J'en termine avec monsieur le vicomte.

Thierry choisit un tabouret proche des deux interlocuteurs afin de saisir la manière dont on vend à un jeune vicomte une selle anglaise de vache fauve avec des avances piquées en chamois. L'affaire demanda un bon quart d'heure pour se conclure mais, enfin, M. Bonvin alla chercher un gros registre noir pour y écrire posément la commande du vicomte qu'il reconduisit avec les salamalecs d'usage. La porte refermée, il retrouva un air naturel pour accueillir Thierry :

— Comme vous n'êtes pas un client, que vous avez l'allure que m'a décrite l'ami Costil et que je vous attends, vous êtes forcément Thierry Hermès. Soyez le bienvenu.

Bonvin lui tendit une main solide qui avait dû, dans le temps, tenir l'outil :

— Vous avez vu, le vicomte de Lardillère vient de commander une selle. Eh bien ! Puisqu'on vous annonce comme le phénomène du cousu-sellier, je vous en confie la façon. Sous ma direction, bien sûr.

— J'espère, monsieur, que je mériterai votre confiance.

Thierry connaissait le ton propice à se mettre en valeur. Un peu d'émotion, pas trop, le père artiste au village, Napoléon, la Légion d'honneur qui faisait toujours un succès, la selle du général prussien, les séjours à Aix-la-Chapelle et à Pont-Audemer, la reconnaissance due à ses maîtres Pierrefeu et Costil... il mit encore une fois à profit son adresse à plaire.

M. Bonvin posa quelques questions d'ordre professionnel et conclut :

— Vous êtes naturellement engagé. Je vais vous faire visiter les ateliers qui se trouvent derrière cette porte et occupent tout le rez-de-chaussée de l'immeuble. C'est trop petit et j'essaye d'acheter le premier étage. Au fait, où habitez-vous ?

— À l'Hôtel de Florence, rue des Mathurins.

— Bigre, c'est un établissement réputé. Il va falloir que je vous paye cher pour que vous puissiez régler votre loyer !

Il rit mais ne dit pas à combien serait fixé son salaire.

Du harnacheur au sellier en passant par le bridier, Thierry retrouva les mêmes espaces de travail que chez ses précédents employeurs, mais plus méthodiquement agencés, avec des établis plus nets, des outils bien en ordre sur les râteliers. Dans une pièce, il découvrit trois curieuses machines dont Bonvin lui expliqua avec quelque fierté le fonctionnement :

— Il faut suivre son temps. La mode est au machinisme et je possède les premières mécaniques, dont celle-ci servant à percer les courroies qui peut faire deux mille cinq cents trous à l'heure. Plus utile, car on n'a jamais des milliers de trous à percer, la machine à découper les cuirs en bandes.

M. Bonvin lui présenta au fur et à mesure ses ouvriers. Ils portaient tous le même tablier de cuir brun glacé où apparaissait, imprimé en creux, le nom de la maison. Le patron s'était ceint du même tablier mais en peau anglaise d'un blanc immaculé. Cet accessoire vestimentaire l'intriguant, Thierry finit par interroger l'intéressé. Lequel sourit avant de répondre :

— Le port de ce tablier blanc est lié à de multiples raisonnements commerciaux et psychologiques. Le premier est, évidemment, de me distinguer de mes ouvriers. Un autre explique pourquoi je ne porte pas une redingote pour recevoir des clients qui appartiennent, pour la plupart, aux hautes classes de la société. Le tablier est un symbole de dépendance. Il leur montre que, malgré les prix élevés que je pratique, je reste leur serviteur. Il leur dit aussi que je ne suis pas un simple marchand mais que je reste un artisan, près de ceux qui travaillent pour leur permettre de parader aux Champs-Élysées. Et puis, bien que je ne manie plus très souvent l'outil, il me plaît de demeurer attaché, ne serait-ce que par le cordon d'un tablier, aux traditions du métier.

Thierry songea que M. Bonvin était intelligent et qu'il apprendrait sûrement beaucoup sous sa coupe.

Le lendemain matin, il bouclait le plastron qui l'attendait plié sur son établi et suivait le patron dans la réserve des cuirs.

— Vous étiez là quand Lardillère a choisi. Il reste à sélectionner la meilleure des peaux anglaises car le vicomte est un client important. Il est notre meilleure réclame auprès de sa coterie de jeunes cavaliers fortunés.

Tous deux choisirent le plus beau des cuirs expédiés de Pont-Audemer et Thierry le caressa, le gratta de l'index comme il l'avait vu faire à Costil.

— Je vois que vous aimez cette matière vivante et noble, que vous savez en apprécier les qualités, dit Bonvin. À vous d'en faire une selle remarquable. Je vais vous donner les mesures du vicomte et de son cheval, Étendard, un magnifique gelderland. Voulez-vous que notre spécialiste vous prépare l'arçon ?

— Monsieur, je préfère travailler l'ensemble de la selle. Je souhaiterais seulement que quelqu'un me montre l'atelier du bois et l'outillage.

— Très bien. Pierrot, qui en est déjà à deux ans d'apprentissage, va vous guider, vous aider si vous le souhaitez. Et veillez, s'il vous plaît, à ce qu'il profite de votre expérience.

*

* *

Thierry fut content de lui. Il n'avait pas perdu la main depuis la dernière selle de dame construite à

Pont-Audemer pour lady Grovnor, une cliente de Costil. D'ailleurs, lorsque M. Bonvin lui apporta la plaque d'argent, gravée de la marque de la maison – « Bonvin sellier à Paris » – pour la fixer à l'arrière de la selle, il ne ménagea pas ses compliments et eut une attention qui le toucha.

— Vous avez compris que je ne souhaite vendre que l'excellence, sans trop me soucier du temps dépensé pour y parvenir. Vous m'avez fait songer à user d'un argument de vente nouveau : « Chez Bonvin, chaque selle est l'œuvre d'un unique ouvrier. » Je commencerai ce soir ma campagne en vous présentant au vicomte de Lardillère lorsqu'il viendra chercher la merveille que vous lui avez fabriquée.

Thierry déjeunait frugalement chez un traiteur de la rue Tronchet. Ce n'était pas la cuisine impériale de M. Gallyot mais elle était correcte et bon marché. Ce jour-là, il la délaissa pour courir à l'hôtel où il se rasa, se coiffa et enfila la belle chemise blanche de coton égyptien qu'un représentant anglais lui avait vendue à Pont-Audemer.

Quand M. de Lardillère entra dans le magasin vers cinq heures, sa selle flambant neuve, légèrement vaporisée d'un parfum qui accentuait l'odeur naturelle du cuir, enveloppée dans une couverture écossaise – cadeau de la maison – l'attendait, posée sur le comptoir. Bien en vue depuis le matin, elle avait attiré la convoitise de plusieurs clients que seul le prix avait fait hésiter. Ils avaient répondu qu'ils allaient réfléchir. Bonvin, lui, l'avait déjà fait et dit à Thierry :

— Vous allez, mon petit, me mettre tout de suite en chantier une selle identique aux mesures standard, afin de l'exposer et de tenter les cavaliers des Champs-Élysées et de l'avenue du Bois. Les amis du vicomte ne constituent qu'une petite partie de cette clientèle riche. Vous allez voir, nous allons faire de belles choses ensemble.

Thierry eût préféré, à ces bonnes paroles, une augmentation de ses appointements mais il n'était pas mal payé et pensa que le temps viendrait où il pourrait se montrer plus exigeant.

Le vicomte était venu à cheval. Thierry s'était précipité pour l'aider à descendre et attacher Étendard à l'un des anneaux prévus sur le côté de la devanture, ce qui le plaçait tout à côté de l'alezan empaillé. La rencontre était drôle. Le vicomte et Thierry éclatèrent d'ailleurs de rire en même temps quand Étendard, méfiant, recula après avoir reniflé ce curieux congénère.

— Alors ? Ma selle ? Comment se présente-t-elle ? demanda M. de Lardillère en saluant Bonvin de sa cravache.

— Voyez vous-même, monsieur le vicomte. Soulevez seulement sa couverture. J'ose croire que vous serez satisfait.

— Je le pense aussi, monsieur Bonvin. L'objet est simplement magnifique. Vous y avez sûrement mis la main !

— Très peu, très peu, monsieur le vicomte. J'ai seulement veillé sur l'accomplissement de l'ouvrage. Pour les commandes de haut luxe, je tiens en effet à ce que ce soit le même artisan, le meilleur naturellement, qui fasse le travail. En ce qui concerne votre selle, c'est mon nouveau collaborateur qui a mené l'œuvre, pour ne pas dire le chef-d'œuvre, du début à la fin, du bâti de l'arçon à la dernière couture des coussinets. Je suis heureux de vous présenter M. Thierry Hermès.

Le vicomte, dont le regard ne quittait pas sa selle, leva les yeux vers Thierry et, miracle, tendit sa main au sellier roturier :

— Monsieur, dit-il, vous avez fait un beau travail que M. Bonvin me facture très cher mais, comme il essaye de m'en persuader, la qualité n'a pas de prix. Je vous félicite. Et si votre selle est aussi confortable qu'elle est belle, je vous demanderai d'en faire une autre pour ma fiancée Mlle de Péreuse. Je pense que vous savez aussi faire les selles de dames ?

Il ajouta en riant :

— À condition bien sûr que l'ami Bonvin se montre raisonnable !

L'ami Bonvin répondit par un sourire un peu contraint. Le vicomte ne lui avait jamais serré la main.

*

* *

Ainsi, Thierry réussit, en quelques années, à se créer à Paris, comme autrefois à Aix et à Pont-Audemer, une existence conforme à son projet de jeunesse : apprendre le métier, la vie et emplir son bas de laine afin d'ouvrir un jour sa propre entreprise de sellerie. Son argent, il le plaçait, selon les conseils de M. Bonvin, à la Caisse d'épargne, une banque coopérative créée en 1818 et qui s'était fait une clientèle chez les salariés, les artisans et même les bourgeois, tous habitués désormais au livret beige sur lequel les guichetiers enregistraient en belle anglaise noire les progrès de leurs économies.

M. Bonvin ne jetait pas l'argent par-dessus l'étrier mais il ne se montrait pas avare, payait honorablement Thierry et lui accordait une prime chaque fois qu'il avait à construire une selle de luxe. Comme ce n'était pas tous les jours le cas, il devait, à l'instar des autres ouvriers, assurer le courant : brides, harnais ou collier gravatier. L'ancien sellier de Crefeld convenait que, lorsqu'il serait à son compte, il devrait, en attendant d'équiper les marquis, exécuter tous les travaux qui se présenteraient.

En ce qui concerne les distractions, Thierry fréquentait peu les bals et les guinguettes. Il leur préférait les longues promenades solitaires qui lui faisaient découvrir Montmartre et Montparnasse, le Quartier latin et Ménilmontant. Il revenait pourtant toujours à son site favori, les Champs-Élysées et l'avenue du Bois-de-Boulogne, où, sans se lasser, il admirait les cavaliers en culottes de peau blanche, les amazones aux jupes en corolles et les calèches armoriées où se prélassaient les femmes élégantes de Paris parmi lesquelles seuls les initiés parvenaient à distinguer les aristocrates des courtisanes de haut vol. Le spectacle était ininterrompu pour les familles bourgeoises en costume du dimanche et les ouvriers aux casquettes neuves venus respirer l'air de la campagne et regarder se mouvoir sur la chaussée sablée une société qui leur était aussi étrangère que les Pygmées du cirque d'Été.

Thierry, évidemment, s'intéressait surtout aux équipements des cavaliers. Dans le défilé équestre, son œil scrutait les selles, les brides, les harnais des attelages, en remarquait les défauts et les qualités. Il reconnaissait même de loin les beaux colliers d'une fringante victoria attelée à la Daumont réalisés chez Bonvin.

Il y avait aussi l'attraction offerte par le comte des Effules, une sorte de fou qui, dans son bogey à grandes roues attelé à une paire de pur-sang, dévalait l'avenue au triple galop, doublait les cavaliers, rasait les landaus et les carricks. Après avoir apeuré les belles et les bêtes sur son passage, il faisait demi-tour aux Tuileries et poursuivait sa course jusqu'à l'épuisement de ses chevaux. Fier de son escapade échevelée, il descendait alors de voiture, protégeait ses deux irlandais de couvertures à ses couleurs, vert et bleu, et rentrait chez lui, au pas, faubourg Saint-Germain. « Voilà, songeait Thierry, un original que j'aimerais bien avoir comme client ! »

Et un jour, ce hasard qui, jusque-là, avait plutôt favorablement servi le jeune homme le mit face du comte des Effules sur le bord de la route du Bois.

Apeurés par un écart de l'attelage qui le précédait, ses chevaux s'étaient brusquement emportés et l'avaient fait zigzaguer d'un côté à l'autre de l'allée, frôlant de placides montures qui ruèrent, s'emballèrent à leur tour et semèrent la panique dans le velours des calèches mondaines.

Thierry n'avait vu que la fin de cette équipée, quand le comte, debout, avait enfin réussi à maîtriser ses pur-sang et à les arrêter à deux pas. Il s'était aussitôt précipité pour tenir d'une main ferme les chevaux écumants et permettre à l'aurige des Champs-Élysées de descendre de son char. Celui-ci, un peu pâle, retrouva vite son assurance :

— Merci, monsieur. Et bravo ! Pas une personne de cette nombreuse assistance n'aurait eu l'audace de tenir mes farouches irlandais et de les calmer comme vous. Vous avez sûrement l'habitude de fréquenter les chevaux.

— Je suis sellier chez Bonvin et j'ai monté toute ma jeunesse un sympathique alezan.

Le comte sourit :

— Vous parlez de votre jeunesse comme si vous étiez vieux ! Ainsi, vous êtes sellier.

— Oui. Le meilleur de Paris, disent mon patron et mon client M. de Lardillère.

— Le vicomte est une bonne référence. Je sais où se trouve votre magasin, avec le cheval empaillé ; j'y passerai un jour.

Tout en attachant à un poteau providentiel les turbulents pur-sang, Thierry examinait discrètement la voiture de M. des Effules et se demanda un instant s'il aurait le toupet de lui dévoiler les deux ou trois défauts que lui inspirait son attelage. Finalement, il se lança :

— Monsieur, puis-je me permettre de vous signaler que vous devriez faire régler vos brides qui, trop serrées, risquent de blesser les bêtes. J'ai remarqué aussi que vos branches d'avaloire sont usées. Enfin, vous pourriez facilement, avec un appareillage simple, maîtriser l'emportement de vos chevaux et prévenir ainsi des accidents que votre façon virile de conduire rend toujours possibles.

C'était lui dire poliment qu'il menait trop vivement un attelage dangereux. Quant au système anti-emballement, trouvaille de maître Pierrefeu, il l'avait expérimenté sur la calèche du *Bürgermeister* d'Aix-la-Chapelle.

Interloqué par la hardiesse de ce jeune homme qui, en quelques instants, l'avait aidé dans une situation difficile, lui avait affirmé sans vergogne qu'il était le meilleur sellier de Paris et pouvait empêcher les chevaux de s'emporter, le comte des Effules eut envie d'en savoir davantage.

— Permettez-moi à mon tour, monsieur, de me présenter : comte Lucien des Effules.

Thierry, se gardant bien de montrer que ce nom lui était connu en tant que celui d'une terreur hippomobile, déclina son identité en insistant sur ses mérites professionnels.

— Monsieur, répondit le comte, je suis votre obligé et aimerais m'entretenir avec vous de notre passion commune. Accepteriez-vous de venir chez moi boire un verre de champagne ? Vous pourriez, en cours de chemin, me parler de votre système propre à arrêter sans peine les chevaux les plus emportés… Vous voulez bien ? Tant mieux ! Et vous pourriez prendre les guides de mon buggy pour juger de sa stabilité. Atteler à deux une voiture aussi légère est une gageure. Si vous m'aidiez à résoudre ce problème, je vous en serais infiniment reconnaissant. Il s'agit naturellement d'une consultation rémunérée.

— Monsieur, j'accepte volontiers votre invitation, mais nous sommes aujourd'hui dimanche et je ne travaille pas. Je peux néanmoins rendre service à qui me plaît. Et c'est gratuit.

Décidément, la compagnie de ce jeune sellier qui parlait de son métier comme un gentilhomme de son blason, tenait les guides de main avec une autorité acceptée d'emblée par les deux irlandais, plaisait au comte.

— Vous me faites, monsieur... Comment déjà... Hermès ? Vous me faites, monsieur Hermès, découvrir une autre façon de remonter les Champs-Élysées. Le trot tranquille a son charme. Pouvez-vous pourtant galoper un instant pour juger de l'équilibre de la voiture ?

— C'était mon intention, mais je vais être prudent car je n'ai ni votre adresse ni votre expérience de ce véhicule étonnant.

Les deux irlandais n'attendaient qu'une légère impulsion pour s'élancer au galop, doubler des fiacres aux couples alanguis et effrayer les placides montures de berlines. Thierry ne se laissa pas griser par la pointe d'ivresse qui l'envahit et serra les rênes afin de calmer la fougue des chevaux.

Le comte éclata de rire :

— Ma « gig » – les Anglais ont une flopée de noms pour désigner ce deux roues – produit, vous vous en êtes rendu compte, de curieuses sensations. À propos, quel est votre truc pour arrêter un cheval emballé ?

— Rien de plus simple. C'est un cordonnet de soie tressée qui agit sur la commissure des lèvres en serrant la gorge de l'animal. S'il n'est pas actionné, il apparaît comme un ornement. Passez donc un jour rue des Mathurins, je vous poserai l'un de ces colifichets qui présentent aussi l'avantage de rassurer les dames.

Devant le 19 du faubourg Saint-Germain, les irlandais qui flairaient l'écurie s'arrêtèrent tranquillement. Le palefrenier attendait dans la cour de l'hôtel particulier et se précipita.

— Tu les nourris trop, déclara le comte en riant. Ils se sont encore emballés.

— Leur ration, monsieur le comte. Seulement leur ration. Mais monsieur le comte les a peut-être un peu trop échauffés…

— Sois un peu respectueux, Armand ! Et avant de bouchonner les canailles, ouvre-nous une bouteille de champagne. Nous la boirons au « Rendez-vous ».

Le « Rendez-vous » était une grande pièce qui faisait suite aux écuries. Elle était meublée d'une longue table de noyer et d'un dressoir en acajou chargé de verres et de bouteilles. Les boiseries des murs débordaient de tableaux de chasse et de chevaux.

— C'est mon repaire, commenta des Effules. J'y réunis mes amis chasseurs et cavaliers au cours de dîners et de déjeuners agréables. Nous ne sommes pas très nombreux car j'ai rayé une fois pour toutes de ma liste d'invités les imbéciles et les ennuyeux, c'est-à-dire une majorité des grands noms de Paris. Voilà l'endroit que j'ai eu le plus de plaisir à retrouver chez moi après les années d'exil. Grâce à Armand, qui l'avait transformé en débarras, il n'a pas souffert. L'hôtel, lui, a été dévasté, les meubles et les tableaux de ma mère brisés ou emportés. Je n'ai remeublé que quelques pièces au premier étage et racheté des chevaux, dont mes deux irlandais. Ma bibliothèque est à côté et quand je ne suis pas en selle ou en voiture, je travaille. J'ai commencé d'écrire un *Dictionnaire du cheval*. J'en suis à la lettre C.

Il ouvrit un carnet et lut :

— « Connemara, race de poneys irlandais qui reçut à plusieurs reprises du sang espagnol et oriental… » Rien à voir avec mes pur-sang !

Il faisait nuit quand, après avoir terminé la bouteille de Perrier-Jouët en discourant sur l'inépuisable chapitre du cheval, Thierry s'aperçut qu'il était tard. Il remercia son hôte qui s'excusa :

— Je ne vous convie pas à dîner, car, en dehors des banquets dont je vous ai parlé, je ne me nourris le soir que d'un potage et d'une pomme. Mais le groom va vous reconduire dans le tilbury.

Devant le regard étonné de Thierry, le comte sourit :

— Vous devez me prendre pour un snob insupportable mais, de mon exil à Londres chez mon cousin lord Drawourth, j'ai rapporté bien des habitudes anglaises. Le tilbury est un petit cabriolet épatant pour la ville. Je l'ai trouvé chez un carrossier à Dieppe. Il est d'origine.

Dix minutes plus tard, Albert, le groom, arrivait, tenant par la bride un joli petit cheval bai attelé au fameux tilbury qui n'apparut à Thierry guère différent des cabriolets courant les rues parisiennes.

— Voici Albert que vous verrez peut-être un jour, vêtu de sa belle tenue de groom, installé debout derrière moi dans le bogey. Mais c'est rare. Je n'ai personne en effet à épater, sinon moi, dans la parade faisandée des Champs-Élysées. Je n'ai non plus aucune raison de mettre la vie d'Albert en danger. Je *drive* donc mon bog en solitaire. Pour mon plaisir. Bonsoir, monsieur Hermès. Je suis vraiment heureux de vous avoir connu.

En route vers l'Hôtel de Florence d'où le bon M. Gallyot n'avait jamais voulu qu'il parte, Thierry tenta d'engager une conversation avec Albert, mais, plus habitué à parler aux chevaux qu'aux humains, le groom n'ouvrit guère la bouche, répondant aux questions sur M. des Effules seulement par des oui et des non. C'est seulement en arrivant qu'il osa dire :

— Il paraît, monsieur, que vous connaissez le moyen d'arrêter les chevaux emportés ? De grâce, informez-en mon maître, j'ai tellement peur quand il fait galoper ses irlandais aux Champs-Élysées.

Chapitre X

M. Denis, que tout le monde dans le métier appelait le père Clovis, en avait fait des harnais, des brides et des selles au cours d'une existence vouée au cuir depuis l'âge de douze ans, lorsqu'il était entré en apprentissage chez Prudhomme, harnacheur, au 6 de la rue Montmartre !

À quarante ans, il avait repris l'atelier de son patron et ensuite vécu convenablement avec sa femme et ses trois enfants. Aujourd'hui veuf, souffrant d'emphysème, il avait abandonné les gros travaux et ne cousait plus guère que des brides pour les bourreliers de Paris. Bonvin était l'un de ses clients et, quand il venait livrer son travail dans un sac qu'il peinait à porter, Thierry ne manquait pas de lui offrir un petit noir qu'il allait chercher au bistroquet voisin. Car il aimait parler avec le vieux Clovis. « Il me rappelle mon père à la fin de sa vie », disait-il à Bonvin. « Sauf que le père était une lame et que Clovis n'aura été qu'un bon bourrelier », ajoutait-il.

Un jour où Bonvin lui faisait gentiment remarquer quelques irrégularités dans la couture d'un bridon, le père Clovis essuya une larme avec son mouchoir à carreaux :

— Je sais, Bonvin, je sais que je ne suis plus bon à grand-chose. Ma main tremble sur le manche et je vois de moins en moins. Je me dis parfois que si je trouvais quelqu'un pour racheter l'atelier j'arrêterais tout de suite, mais le local et le logement sont décrépis et les selliers d'aujourd'hui – c'est comique – cherchent les beaux quartiers et des boutiques – je ne dis pas cela pour toi – astiquées comme des salons de coiffure.

Et soudain, s'adressant à l'exilé de Crefeld, il déclara :

— Tiens, petit, tu m'as dit un jour que le moment venu tu te mettrais à ton compte. Eh bien, viens donc me voir, on pourrait peut-être s'arranger.

Thierry n'eut pas le temps de répondre, Bonvin s'exclama :

— Laisse donc ! Thierry a le temps de songer à s'établir. Il ne rêve d'ailleurs que de travailler dans le luxe. Et dans les beaux quartiers, comme tu dis. Je ne vois pas les aristocrates fortunés, comme beaucoup de nos clients, venir choisir leur selle anglaise dans un passage crasseux de la rue Montmartre !

— C'est bien possible, dit Clovis, vexé. N'empêche que Thierry peut toujours passer me voir. Pour parler...

Le vieux harnacheur salua, prit son sac et partit.

— Que dis-tu de cela ? s'enquit Bonvin.

— Je pense, patron, que vous avez raison... Et que vous n'avez pas envie de me voir partir, ajouta-t-il en riant. Rassurez-vous, ce n'est pas demain que je vous quitterai. Mais j'irai voir Clovis. On ne sait jamais...

Bonvin ne répondit rien et, pensif, laissa Thierry fixer sur le frontail d'une bride destinée à M. des Effules la couronne en doublé qu'il avait commandée. Tout en se penchant sur sa tâche, Thierry réfléchissait, se disait qu'il ne fallait pas rêver et qu'il n'aurait de longtemps assez d'argent pour ouvrir un magasin près des Champs-Élysées. Il songeait aussi que, d'un vieil atelier, on pouvait peut-être, avec quelques pots de peinture et du courage, faire un magasin tout beau et tout propre. Il restait à voir dans quel état se trouvait le local où, depuis plus d'un demi-siècle, Clovis et avant lui son patron avaient empaillé des harnais de commerce ou bourré des colliers de gravatiers.

*
* *

Côté cœur, Thierry battait zéro. La repasseuse en fin, qui travaillait dans la blanchisserie de la rue Tronchet et pour laquelle il n'éprouvait pas de vrais sentiments, l'avait quitté. Plus libéré que chagriné, il attendait, sans impatience, une nouvelle aventure et, qui sait, la jeune fille qu'il aurait envie d'épouser.

Las des amours de rencontre et, toujours positif, il pensait que s'il s'installait à son compte, il aurait besoin, à ses côtés, d'une compagne aimée qui l'aiderait, le conseillerait, le soutiendrait. Alors, chaque fois lui revenaient à l'esprit les paroles du vieux Clovis : « Passe donc me voir un jour... »

En attendant, il marchait d'un bon pas vers le Palais-Royal pour livrer une bride à un vieux client de Bonvin, chapelier pour dames, rue Montpensier. Comme l'air était frais mais agréable en cette fin de soirée, le garçon sentait à peine sur ses épaules le sac rempli de courroies, de boucles et d'anneaux de fer battu.

Le passage du Prince, qui donnait rue de Richelieu, le conduisit devant le magasin où, sous une élégante enseigne, s'offraient en vitrine des turbans à aigrettes, des feutres à la Rubens et des coiffes de paille fleuries. Il jeta un coup d'œil sur ces créations du luxe parisien – qu'il imagina un instant portées par de fausses ingénues, des femmes du monde ou des demi-mondaines aguichantes – avant de pousser la porte qui, en s'ouvrant, déclencha un concert de clochettes.

Il s'attendait à être reçu par M. Pierrard, dont il connaissait la redingote à petits carreaux et les guêtres grises, mais une jeune fille qui lui sembla jolie sous son air décidé apparut dans les plis du rideau de velours séparant le magasin de l'arrière-boutique.

Leurs yeux se croisèrent. Le temps d'une seconde pour le présent, celui de l'éternité pour le souvenir gardé précieusement par deux êtres faits pour s'aimer. Thierry attendit que la dernière note du carillon s'éteignît et se présenta, mais la jeune personne avait eu le même réflexe et leurs voix se mêlèrent. Ils ne surent jamais qui avait eu le premier mot !

Enfin, Thierry comprit que Christine Pierrard lui demandait si elle pouvait lui être utile.

— C'est moi qui peux être utile à votre cheval, mademoiselle. Je lui apporte une bride toute neuve. Il devrait être content. Mon patron, M. Bonvin, m'a demandé de veiller particulièrement sur la commande de monsieur votre père.

Mlle Pierrard ne s'intéressa pas au cousu main, mais fixa Thierry d'un œil curieux :

— Ainsi vous êtes le prodige qui fait les plus belles selles de Paris et empêche les chevaux de s'emporter ! Je trouve cela intéressant. Si un jour mon père m'offre le cheval dont je rêve, me ferez-vous une selle ? Vous, vous possédez sûrement un beau cheval ?

— J'en ai eu un, autrefois. C'est une longue histoire que je vous raconterai peut-être un jour. Mais comment avez-vous appris ces choses sur moi, bien trop élogieuses ?

— Par mon papa qui les tenait de ce vieux bavard de Bonvin. Mais que faites-vous en dehors d'apprendre à calmer les bêtes emballés ?

— Pour le moment, j'économise en vue de me mettre à mon compte. J'ai le projet de reprendre un atelier rue Montmartre. C'est osé, et je vous prie de me pardonner, mais j'ai l'impression que notre rencontre va me porter chance !

— J'aimerais vous porter bonheur ! Si c'est le cas, promettez-moi de venir me le dire.

Ils auraient bien parlé plus longtemps si M. Pierrard n'avait déclenché le carillon de l'entrée et coupé l'élan de Thierry au moment où celui-ci commençait à évoquer Napoléon entrevu du haut des épaules de son frère.

— Ah ! Voilà les brides pour mon cabriolet ! s'écria Pierrard. Ce n'est pas trop tôt. Ton patron aime mieux faire attendre ses vieux clients que les aristocrates des Champs-Élysées. Tu le lui diras... Ou plutôt tu ne lui diras rien du tout, puisque c'est ton talent, paraît-il, qui lui vaut une renommée si soudaine.

Pierrard retira ses gants et serra la main de Thierry :

— Mais que vous racontiez-vous donc tous les deux ? Christine semblait boire tes paroles. Remarque, je n'y trouve pas à redire, je suis seulement étonné. Elle me navre en repoussant tous les jeunes gens tentés de lui faire la cour !

— Tais-toi donc, papa ! Tu sais très bien que j'ai en horreur ces godelureaux de la mode nés avec un centimètre autour du cou. J'irai les voir comme cliente, pas comme une jeune fille à marier !

Sur ces mots, elle cilla ostensiblement des paupières en direction de Thierry et, comme une tragédienne après sa tirade, disparut derrière le rideau cramoisi en laissant face à face M. Père et l'imprévu soupirant aussi gênés l'un que l'autre.

— Eh bien, mon ami, je ne sais pas ce qu'a ma fille ! Je crois que vous avez fait forte impression sur elle. Remarquez, c'est une tête de mule, mais elle est adorable. Cela m'ennuierait qu'elle reste vieille fille ! Dites à Bonvin que j'irai le voir demain ou après-demain. Et vous, quand vous passerez par ici, venez donc tenir compagnie à Christine puisqu'elle semble apprécier votre conversation.

Thierry s'apprêtait à prendre congé en remerciant quand une dame au grand nez, et à l'ombrelle si vite repliée qu'elle se prit dans la porte, fit son entrée en accaparant l'attention obséquieuse du maître chapelier. Ainsi se retrouva-t-il dans la rue tout éberlué. Il avait à peine eu le temps d'ouvrir la bouche que Pierrard, visiblement pressé de voir sa fille casée, l'avait pratiquement engagé à venir lui faire la cour !

Désireux de mettre un peu d'ordre dans ses idées, il s'arrêta au café Saint-Roch, rue de Rivoli, pour réfléchir en buvant un bock. Il avait pris goût à la bière lors de ses sorties à Aix-la-Chapelle avec le fils Pierrefeu mais celle des brasseries parisiennes, servie souvent tiède, ne lui plaisait pas trop. Il lut dans la mousse onctueuse de son verre que ce soir-là était une exception. La blonde était fraîche, juste amère comme il le fallait et douce au palais. La bière n'avait rien à voir avec la taille fine et le joli visage de Mlle Pierrard. Il la trouvait mignonne, en effet, aimait sa spontanéité, mais avait-il pour autant envie de l'épouser, lui qui n'avait pas pour habitude d'aller trop vite en besogne, de risquer de gâcher le cousu main d'un beau cuir par un geste impatient ? Il décida de laisser passer quelques jours afin d'apprécier sagement le souvenir de ce qui n'était encore qu'une simple rencontre.

Thierry tira de son gousset la montre en acier bruni qu'il avait toujours vue en possession de son père et qui, aujourd'hui, égrenait encore consciencieusement son tic-tac, retardant juste d'une minute par jour, comme au temps de Crefeld.

Bientôt sept heures. Il eut envie d'aller dîner au Sans-Souci, le bougnat de la rue Pirouette, au carrefour Rambuteau, sûr d'y rencontrer quelques jeunes provinciaux comme lui venus du Massif central ou d'Alsace, et particulièrement Robert Schutz, un tanneur strasbourgeois avec qui il aimait parler métier. Content, il commanda un autre bock.

*
* *

Huit jours plus tard, l'image de Christine, sa chevelure blonde et sa robe de tussor bleu n'avaient pas quitté son esprit. Il décida de lui écrire. Comme cela. Simplement. Pour lui confier qu'il avait été ravi de bavarder avec elle, que ses projets étaient en bonne voie et qu'il espérait la revoir un jour prochain.

Mais comment finir cette missive peut-être lourde d'importance ? Il chercha longtemps la phrase susceptible de marquer l'intérêt qu'il lui portait tout en évitant la moindre familiarité. « Mon bon souvenir » lui sembla banal ; « Votre admirateur » excessif et prétentieux ; « Bien à vous » expéditif et plat. Finalement, il choisit la malice et signa « Votre sellier préféré ».

Ce qui lui rappela que la reprise du commerce du père Clovis n'était encore qu'une vue de l'esprit et qu'il s'était juré de ne pas se marier avant d'avoir créé son propre atelier.

*
* *

Un soir, alors que la poste ne lui avait pas encore apporté la réponse espérée de Christine, Thierry demanda conseil à son patron.

— Monsieur, j'ai rencontré l'autre jour, en livrant les brides, Mlle Pierrard…

Bonvin sourit :

— Je sais, je sais, Joseph m'a raconté et m'a demandé un tas de choses sur toi. Il ne me l'a pas dit, j'ai pourtant deviné qu'il songeait à l'arrangement possible d'un mariage. Je ne sais pas ce que tu en penses, mais elle est bien jolie, la petite Christine !

— Oui. Cependant, avant, il me faut songer à m'établir. À ce propos, je voulais vous demander la permission de partir plus tôt demain soir pour rendre visite au père Clovis.

Bonvin le regarda, haussa les épaules et, contrairement à ce que craignait Thierry, ne chercha pas à l'en dissuader.

— Va, mon garçon, dit-il. Réfléchis tout de même. Ne t'embarque pas dans une aventure que tu pourrais regretter. Je connais le local de Clovis. Il est dans un état lamentable et il te faudra beaucoup de courage pour le rendre habitable. Mais tu ne peux pas t'offrir un magasin sur les Champs-Élysées !

*
* *

Le lendemain, arrivé devant le 6, rue Montmartre, Thierry fut agréablement surpris par le porche de l'immeuble qui avait été refait, comme le pavement de l'entrée. Franchement, les clients les plus huppés pourraient y aventurer leur calèche sans avoir la sensation de pénétrer dans un univers sordide. Dans la cour, l'impression changeait. On butait sur les pavés disjoints. Au fond, une double porte était surmontée d'une enseigne usée par le temps où l'on avait bien du mal à déchiffrer les lettres « Clovis Denis, bourrelier harnacheur ».

Il s'attendait donc au pire en entrant mais Bonvin avait exagéré. Certes l'endroit n'était pas reluisant, les murs noircis appelaient un décrassage et le plafond tombait par endroits en lambeaux. Pour autant, l'odeur du cuir, forte et pénétrante, faisait écran à l'atmosphère sinistre de l'atelier.

« Bon ! se dit Thierry, Les lieux, heureusement vastes et bien éclairés, ne sont peut-être pas irrécupérables. »

— Qu'est-ce que c'est ? lança une voix du fond de l'atelier. C'était Clovis, qui grattait le cuir racorni d'un harnais, un vieux de la vieille ayant seulement conservé de sa jeunesse trois clous dorés et une cocarde de cuivre.

Son visage s'éclaira lorsqu'il aperçut Thierry :

— Ah ! C'est toi, mon gars. J'étais sûr que tu viendrais. Ne songe pas à la déchéance de ce qui fut un bel atelier, mais pense à ce que tu peux en faire. Viens, visitons l'arrière-boutique et le logement au premier ; il est aussi vieux que le reste mais avec trois pièces faciles à restaurer. Je crois, si tu te décidais, qu'il faudrait envoyer à la poubelle tout ce qui se trouve ici. Tout sauf quelques outils et bien sûr les établis, deux vieux éléphants qui ont de la mémoire dans les pieds !

Ce langage imagé de vieil artisan fit sourire Thierry, dont le regard fureteur explorait les coins et les recoins du local. En même temps, il imaginait comment il pourrait partager la surface vaste et dégradée en une entrée, un atelier et une réserve propres et agréablement aménagés.

Il en alla de même pour le logement. Il y voyait déjà sa femme en train de poser des rideaux aux fenêtres ouvertes sur la cour intérieure, qui eût été bien morne sans un cerisier poussé entre les pavés, comme un miracle.

C'est sans doute ce prodige qui le décida. Car, sans plus réfléchir, Thierry déclara à Clovis qu'ils pourraient peut-être s'entendre si le prix était accessible à ses moyens.

Le vieil artisan ne se montrait pas exigeant. Soulagé de pouvoir se retirer chez son frère, cultivateur à Hellenvilliers, dans l'Eure, le vieux harnacheur céda la propriété de son antre – comme il disait – au jeune sellier qui ne craignait pas de s'y aventurer. Pour tout pacte valant accord, il lui tendit sa main calleuse et dit gravement :

— Je passerai chez le notaire et te préviendrai pour signer les papiers.

Thierry, dès le lendemain, annonça à Bonvin qu'il le quitterait à la fin du mois pour travailler à la mise en ordre de l'atelier dont il allait devenir propriétaire. Il ne manqua pas de remercier son brave homme de patron de l'accueil qu'il lui avait réservé et des deux années heureuses passées dans son atelier.

M. Bonvin réagit de la plus élégante des façons :

— Je suis heureux pour toi, mon garçon. Moi aussi, et je n'avais pas ton talent, j'ai osé ! Et j'ai dû me battre pour réussir à ouvrir ici l'une des meilleures selleries de Paris.

— C'est mon désir, patron, de vous prendre comme modèle.

— Hum, tu peux peut-être trouver mieux mais, venant de toi, je suis flatté. Sérieusement, je crois que tu as tout compris et que le nom d'Hermès deviendra un jour plus connu que le mien dans le monde du cheval. Vois-tu, je t'aiderai même ! Tiens, je mettrai à ta disposition les peaux dont tu auras un besoin urgent. Et je t'enverrai des clients trop exigeants sur le cousu main !

Il rit pour cacher l'émotion sincère qui l'étreignait et prenait le pas sur son regret de perdre un bon ouvrier.

Thierry, aussi, était touché :

— Croyez, monsieur Bonvin, que j'appréhende le moment où je plierai pour la dernière fois mon tablier vert sur l'établi…

— C'est toi qui vas nous manquer, mais tu as formé quelques jeunes qui aiguillonneront les anciens pour faire vivre la maison. Et j'en aurai besoin pour rivaliser avec un concurrent tel que toi !

CHAPITRE XI

Thierry reçut à l'adresse de l'atelier Bonvin une belle enveloppe mauve. Elle contenait une feuille de la même couleur qui exhala un parfum de violette, léger comme il sied venant d'une jeune fille de bonne famille. Christine, aussi, avait dû hésiter dans la recherche de ses mots. Sa lettre commençait par « Mon ami » et était composée de termes quelque peu convenus où perçait toutefois l'espoir. L'espoir que se concrétisent les projets professionnels de Thierry, l'espérance qu'il passe un jour prochain au magasin reprendre une conversation intéressante. Enfin, tout en bas de la missive apparut cette phrase : « Je vous présenterai ma mère qui veut absolument faire votre connaissance. » Thierry comprit que se cachait là le message important et sourit. Après le père, c'était à la mère de le jauger. Mais les avances de M. Pierrard et le jugement de son épouse ne l'impressionnaient pas. Christine seule comptait. Mieux, c'était à eux deux de savoir si ce mariage convenu pouvait aussi devenir un mariage d'amour. Il décida d'aller dès le lendemain faire sonner les clochettes du magasin de la rue Montpensier.

Christine ne lui accorda pas l'entrée théâtrale dans les plis du rideau cramoisi. Elle s'activait seule dans le magasin, occupée à arranger les bouquets de plumes et les colifichets des chapeaux alignés dans une vitrine. Son visage s'éclaira lorsqu'elle reconnut dans le contre-jour la haute silhouette de son soupirant.

— Je vous attendais plus tôt ! s'exclama-t-elle en lui tendant ses mains délicates qui frissonnèrent au contact des paumes rugueuses de Thierry. Mais l'essentiel est que vous soyez là.

— Je ne devrais peut-être pas vous le dire, mais j'ai volontairement lutté contre mon envie et retardé une visite à laquelle votre père me pressait. Je voulais être sûr que nous, et uniquement nous, souhaitions nous revoir. Pour moi, la réponse est oui.

— Et moi, je vous ai déjà répondu en avouant que je vous attendais.

Cachés derrière le foisonnement des aigrettes, des mésanges bleues et des fausses fleurs en vraie soie de la collection de printemps, Christine et Thierry échangèrent leur premier baiser.

— Je ne vais pas mettre des gants beurre frais pour demander votre main à monsieur votre père, dit le jeune homme, c'est à vous que je pose la question : Christine, acceptez-vous de devenir ma femme et, provisoirement, ma fiancée ?

— Oui. Et c'est nous qui l'apprendrons aux parents ! Remarquez, ils seront persuadés être les artisans de ce mariage.

— Laissons-les donc croire qu'ils y sont pour quelque chose. N'empêche, si votre père n'avait pas commandé un jeu de brides à son vieil ami Bonvin, nous ne nous serions sans doute jamais rencontrés.

*
* *

Les amoureux du Palais-Royal se virent, se revirent. Thierry ne laissait guère passer deux jours sans faire sonner les clochettes de la porte de la rue Montpensier.

Mme Pierrard, qui d'habitude quittait tôt le magasin, resta un soir afin que sa fille lui présentât son fiancé puisque maintenant les fiançailles, si elles n'étaient pas officiellement déclarées, ne faisaient plus mystère. Thierry la surprit par sa mise de chasseur de grouses mais son physique agréable et son parler franc lui plurent. Le soir, elle déclara à son mari :

— Ta fille n'a pas choisi un dessin de mode mais le garçon semble honnête et solide. Peut-être a-t-elle raison de le préférer aux fils gourmés et poseurs de nos confrères. Sa destinée ne doit pas être de vendre toute sa vie des robes et des chapeaux. Je vais inviter le garçon à dîner pour célébrer les fiançailles !

Il eût été suffisant d'en prévenir Thierry par l'intermédiaire de Christine qu'il rencontrait presque tous les soirs, mais Mme Pierrard pensa plus distingué d'envoyer un « bristol ». Thierry reçut donc une carte où, dans une écriture aux pleins et aux déliés appliqués, Mme Madeleine Pierrard et son époux l'invitaient à dîner le vendredi 5 mai en leur domicile, 6, rue Beauregard.

Rue Beauregard ? Christine et ses parents habitaient à deux pas de la rue Montmartre, là où, pour lui laisser la place, le père Clovis finissait de déménager ses vieux meubles ! Il ne sut décider si ce voisinage était de bon augure.

Depuis son arrivée à Paris, Thierry usait les vieux tweeds achetés au tailleur anglais de Pont-Audemer. La coupe et les boutons de cuir lui donnaient un air *british* décontracté qui convenait à sa stature et à son franc visage de blond. Mais il était à Paris, ses vestes commençaient à s'élimer aux poignets et il jugea le moment opportun de renouveler son vestiaire. Il s'offrit une élégante redingote grise chez l'habilleur Gouzman, rue du Cherche-Midi, qui vendait – c'était nouveau – des vêtements de qualité façon mesure, prêts à emporter après quelques retouches. Il y trouva aussi un pantalon beige clair serré aux jambes et des bottines noires, montantes comme l'exigeait la mode. Cela lui coûta cher, presque son salaire d'un mois, mais n'est-il pas normal de bien s'habiller pour plaire à la jeune fille qu'on souhaite épouser ? Et puis, il aurait forcément l'occasion, dans sa prochaine position, de porter cette belle redingote aux amples jupes et à la taille cintrée.

Au matin du 6 mai, Thierry s'avisa qu'il ne pouvait arriver les mains vides chez les Pierrard. Il s'en ouvrit à M. Bonvin qui n'hésita pas :

— Du chocolat, mon petit. Du chocolat de chez Ploquin au Palais-Royal ! Les pralinés sont les meilleurs de Paris, et les boîtes ravissantes. Deux boîtes, dont l'une pour madame, décorée de ce que tu voudras, fleurs, oiseau ou gravure de Notre-Dame. Pour la dulcinée, demande conseil à Mme Ploquin. Elle te proposa le coffret qui convient. Mais les boîtes, surtout pas de la même taille ! La plus grande pour ta future belle-mère, la plantureuse Madeleine. Après la fille, c'est elle que tu dois séduire. Aussi, surtout, ne lésine pas ! Bien des mariages ont été ratés à cause d'une mesquine crotte de chocolat à la liqueur !

Ravi de sa facétie, il éclata de rire.

Thierry n'avait jamais vu Bonvin aussi joyeux. C'est que cette idée de mariage entre deux jeunes gens qu'il trouvait assortis l'enchantait. Et il était content que Christine, l'adorable Christine que le vieux coquin aurait bien lutinée, fasse sa vie dans les bras de celui qu'il aimait présenter partout comme « son poulain », ce qui ne manquait pas de tirer un sourire au jeune homme.

*
* *

Les chocolats furent appréciés, la tenue un peu trop neuve de Thierry aussi, et le dîner permit au futur mari de raconter quelques-unes de ses aventures les plus avantageuses.

Vers la fin du repas, la maîtresse de maison décida de passer aux choses sérieuses :

— Puisque vous êtes fiancés, mes enfants, il faut maintenant s'occuper du mariage…

Elle n'alla pas plus loin et s'effondra dans le fauteuil que Thierry lui avançait :

— Madame Pierrard est toute rouge, il faut peut-être appeler un médecin, s'affola ce dernier.

Ni son mari ni sa fille ne semblaient, eux, s'inquiéter, la regardant seulement, attendris, agiter nerveusement son éventail. La maîtresse de maison avait trop mangé de homard thermidor et avalé plus que de raison des boules craquantes et crémeuses du saint-honoré.

Un peu plus tard, tandis que Mme Pierrard s'était endormie derrière les branches déployées de son éventail peint d'un approximatif *Départ pour Cythère*, Christine entraîna Thierry dans le couloir.

— Laissons maman, elle a l'habitude de manger plus qu'il ne faudrait mais ce n'est pas grave ; papa va lui faire une tisane de verveine et elle ira se coucher très contente de sa soirée. Et vous Thierry ? Êtes-vous content ?

— Heureux, heureux. Beaucoup de bonheurs d'un coup. Car, figurez-vous, je voulais vous l'apprendre en premier, que j'ai signé : je suis propriétaire d'un atelier !

— C'est merveilleux. Mais rien d'autre ?

— Si. J'annule l'achat si vous ne venez pas habiter avec moi dans l'appartement qui va avec.

Elle se jeta dans ses bras sous le regard indiscret de papa Pierrard qui les observait par la porte entr'ouverte du couloir.

De cette soirée mémorable marquant l'alliance de la capeline jardinière à la fleur de cuir, Thierry ne retint, en s'en retournant à l'Hôtel de Florence, qu'un fort mal de tête qui enténébrait ses pensées. Il ne sentait même plus ses chaussures neuves qui se rebiffaient à chaque pas et c'est à peine si le mot fiançailles se glissait parfois entre deux élancements de migraine. Il apprécia dans un grognement de délivrance l'instant où il s'effondra, tout habillé, sur son lit.

« La garde impériale » – il appelait ainsi le vieux valet de l'hôtel –, l'ayant vu rentrer vacillant la veille au soir, eut pitié, ne le réveilla pas à six heures comme il en avait l'habitude, préférant tambouriner à sa porte à la demie.

Thierry arriva donc en retard à l'atelier, mais Bonvin ne lui en fit pas reproche. Impatient, il demanda seulement :

— Alors ?

— Alors deux nouvelles, patron : les vapeurs du pommard de votre ami Pierrard m'explosent encore le crâne et je suis officiellement fiancé à Christine !

— Bravo ! s'écria Bonvin. J'en suis très heureux. Christine a son caractère, mais elle est intelligente et diablement belle. Vous ferez un bon ménage… Mais où donc allez-vous loger ? Pas chez les Pierrard, j'espère ? Si tu tiens toujours à ton idée bizarre d'habiter au-dessus de l'atelier de Clovis, il va falloir te mettre à l'ouvrage ! Tiens, comme il n'y a pas beaucoup de travail en ce moment, je te propose de me quitter quand tu le voudras pour entreprendre ton chantier. Je peux aussi te prêter Jeannot, l'apprenti. Vous ne serez pas trop de deux pour lessiver les murs !

*
* *

Christine n'avait pas poussé de cris d'horreur en découvrant l'atelier et son futur logement enrobés de crasse, mais simplement déclaré :

— Je trouve plutôt excitant d'entamer notre vie commune les mains dans la lessive.

— Vous ne pensez pas, répondit Thierry, que je vais vous permettre de salir vos jolies mains dans ce bourbier ?

— Bien sûr que si. Il y a au magasin un lot de gros gants doublés que papa n'a jamais vendus. Je m'en servirai et j'userai mes vieux vêtements dans cette campagne de décrassage. Venez demain matin à la maison. Nous prendrons le cabriolet et irons acheter chez le droguiste du faubourg Saint-Antoine le matériel nécessaire aux travaux. On pourra aussi jeter un coup d'œil aux meubles. Mes parents m'ont dit, ce matin, qu'ils nous les offraient.

Thierry la regarda, stupéfait. Il savait qu'il n'allait pas épouser une mijaurée, mais l'énergie de Christine le surprenait. D'ailleurs, elle poursuivait :

— Il faut, mon chéri, mener l'affaire tambour battant puisque tu ne veux pas qu'on se marie avant que notre logement soit habitable. À propos, ange de mon cœur, les ouvriers n'ont pas, que je sache, l'habitude de se vouvoyer. Alors tutoyons-nous, camarade, ce sera plus gentil !

*
* *

Avec l'aide efficace de Jeannot, satisfait de participer à l'effort familial et qui jurait « Bon dieu *d'harnacheur* ! » chaque fois qu'il rinçait son éponge gorgée d'eau sale, les travaux allèrent bon train. Au bout de trois semaines, l'atelier avait changé de peau. Il ne restait plus qu'à recouvrir les murs et les plafonds de lait de chaux, à peindre en beige les portes et les fenêtres pour voir le bout du tunnel. Car c'était bien un tunnel plein de suie que leur avait vendu Clovis.

Christine avait expliqué qu'elle s'occupait de l'appartement et voulait pour la chambre des fenêtres neuves et du papier peint sur les murs. Ayant ajouté que c'était l'occasion d'utiliser ses économies de jeune fille, elle était allée chercher dans le quartier un menuisier et un peintre. Si les fenêtres ne posèrent pas de problème, le choix du papier peint fut délicat. Les jeunes filles en passe de se marier sont toujours hésitantes au moment de déterminer le décor de leur première expérience amoureuse puis de leur vie de femme.

Pierre, le peintre, le savait et, souriant, faisait défiler d'une seule main, avec la dextérité d'un magicien de cirque, les liasses d'échantillons qu'il avait apportées. Rayures bleues, grappes de roses ou angelots aériens ? Christine finit par arrêter son choix sur un semi de fleurs des champs en arguant : « Notre amour prolongera ainsi le printemps », ce qui ne voulait pas dire grand-chose mais déclencha l'admiration de M. Pierre, lequel s'écria, flatteur, en rangeant son matériel :

— C'est beau, mademoiselle, ce que vous venez de dire ! Et maintenant, passons aux autres pièces.

L'homme reprit une autre liasse et déroula des échantillons aux thèmes moins féminins. Des rayures, toujours des rayures mais aux tons bois, des chasseurs en battue, des vieux ponts de pierre. Souvenirs, souvenirs… Thierry s'arrêta sur une diligence menée au fouet par un postillon hilare.

— Tu ne crois pas que cela fera beaucoup de diligences en train de se poursuivre sur les murs ? Elles vont finir par verser, s'amusa Christine.

— Et tes bouquets de fleurs se faner !

Ils éclatèrent de rire, s'embrassèrent et se mirent d'accord : les diligences pour le salon et des rayures jaunes d'or pour la troisième pièce.

*

* *

L'appartement où flottaient encore des relents méphitiques de chaux, de lessive et de colle, fut enfin jugé propre à recevoir la visite de M. et Mme Pierrard.

Il faisait soleil et les parents de Christine s'étaient habillés chic pour la circonstance. Elle portait un chapeau de paille orné d'un nid d'oisons prêts à s'envoler, une de ses dernières créations que Mme Pierrard se faisait une obligation d'arborer. Lui était resté classique avec sa redingote et ses guêtres gris clair. Le bruit de sa canne sur les pavés prévint les jeunes amoureux de leur arrivée et ils coururent à leur rencontre.

Les relations de Thierry avec sa future belle-mère s'étaient familiarisées depuis le dîner de fiançailles. Maintenant elle lui tendait la joue et lui y posait les lèvres en prenant soin de ne pas attenter à l'équilibre de sa coiffure. Joseph Pierrard manifesta sa sympathie d'une tape sur l'épaule, à laquelle Thierry répondit en secouant vigoureusement la main du chapelier.

— Comme c'est clair, dit-il en découvrant l'atelier vide où ses paroles résonnaient comme dans une église.

— Mais quelle est donc cette odeur bizarre ? s'enquit soudain Madeleine.

— La chaux et la lessive ne font pas bon ménage, maman, mais cette vilaine senteur disparaîtra. Attends, je vais pulvériser de l'eau de rose.

Et la visite commença dans les pas de Christine qui, munie d'un vaporisateur, chassait avec autorité les derniers miasmes attardés dans l'ancien repaire de Clovis.

M. et Mme Pierrard s'accoutumèrent aux odeurs pour dresser l'état des lieux. La chambre sembla particulièrement plaire à Madeleine qui, avec un regard entendu à Thierry, lança : « Ici, vous allez être heureux, les amoureux ! » Il répondit par un sourire et Christine, gênée, entraîna sa mère afin de lui expliquer comment elle comptait aménager le salon.

À part deux tabourets maculés de peinture, comme il n'y avait aucun siège où Mme Pierrard puisse reposer son séant, son époux proposa d'aller déjeuner aux Arcades, l'un des bons restaurants du boulevard. « Nous avons encore à parler du mariage ! » dit d'emblée Madeleine. Entre les huîtres et le gigot, il ne fut question que de cela. Les hommes comprirent vite qu'ils n'auraient pas voix au chapitre. « C'est une affaire de femmes ! » avait même tranché Mme Pierrard lorsque son mari avait essayé de faire valoir son opinion. D'ailleurs, les choses étaient simples :

— L'église Notre-Dame-de-Bonne-Nouvelle tout juste restaurée est magnifique, expliqua la future belle-mère. Par bonheur, elle se trouve en face de chez nous, la porte du presbytère est voisine de la nôtre et je croise souvent le vicaire, M. Barret.

Mme Pierrard tenait ces propos en se redressant, satisfaite, comme si le fait d'habiter en face de l'église lui conférait une honorabilité particulière. Une attitude d'autant plus curieuse que les Pierrard n'étaient pas des paroissiens exemplaires. S'ils donnaient aux œuvres, ils manquaient souvent la messe du dimanche.

— Il faudra, mes enfants, que vous alliez rendre visite au curé. Cela se fait, ajouta-t-elle. À propos, Thierry, vous avez votre certificat de baptême ?

— Non, madame. Ma mère était catholique, mais mon père de lignée protestante. Nos ancêtres étaient, je vous l'ai dit, de purs huguenots. À vrai dire, j'ai été élevé en dehors de toute religion. J'en ai parlé à Christine qui m'a dit qu'elle-même…

Madeleine, dont le sancerre avait fait rosir les joues, devint pâle :

— Comment, ma fille, as-tu osé parler ainsi ? Tu as été élevée dans la bonne tradition chrétienne et ton mariage à Notre-Dame-de-Bonne-Nouvelle est la suite dévote de ton baptême et de ta première communion. Quant à Thierry, il est protestant, voilà tout ! Le curé n'aimera pas mais, malgré les Jésuites[1], nous n'en sommes plus aux guerres de Religion. Il sera bien obligé de vous marier !

*
* *

Monsieur le curé ne se montra pas enchanté d'unir l'une de ses paroissiennes à un huguenot, qui plus est lui présentant comme papier d'identité la copie d'un acte de naissance certifié par l'adjoint au maire de Crefeld (département de la Ruhr) stipulant qu'il était né « à sept heures du matin le vingt-cinq du mois de Nivôse, an neuf de la République française ».

— Et cela se trouve où, Crefeld ? demanda le prêtre.

— En Prusse, mon père.

Thierry dut lui expliquer l'annexion des provinces du Rhin par Napoléon, un point d'histoire dont la plupart des sujets de Charles X, le nouveau roi, même les religieux, ignoraient tout. Le père Thénard écouta distraitement et conclut :

1. « Sous le roi Charles X, plus que les ministres, les Jésuites règnent despotiquement sur la France », écrit Stendhal, en 1828, à un ami anglais.

— Monsieur le vicaire vous mariera !

Pour Mme Pierrard, qui se croyait une notoriété dans la paroisse, il s'agissait d'un camouflet. Elle n'osa pas en accuser Thierry mais lança à sa fille des remarques acerbes sur « son huguenot ». Christine haussa les épaules et se contenta de répondre qu'elle partait dîner avec son fiancé.

*

* *

Si la façade de Notre-Dame-de-Bonne-Nouvelle faisait dans la simplicité avec son péristyle à quatre colonnes doriques, la nef et sa voûte en berceau, toute neuve, constituaient une réussite architecturale. Pour parfaire le décor, Madeleine avait fait fleurir le chœur de lis et de roses blanches. Malgré l'absence vexante du curé doyen, le mariage de Mlle Christine Pétronille Pierrard s'annonçait sous de bons auspices.

Les Pierrard n'avaient pas beaucoup de famille, mais l'assistance, composée surtout des amis de Christine et des confrères commerçants du Palais-Royal, se révéla nombreuse. Il faisait frais, ce jour-là, mais personne n'eut le temps de s'enrhumer tant le vicaire, qui avait dû recevoir des ordres, expédia la cérémonie en deux temps trois prières. Il coupa l'archet aux violons pour dire quelques mots sur Christine, enfant du quartier née d'une famille attachée à sa paroisse et rien, pas un mot, sur Thierry, comme si ce marié relevait du figurant immatériel. La fin de la cérémonie fut enlevée de même façon. Les anneaux échangés, le registre signé, le père Barret se défaisait même déjà de la chasuble et de l'étole alors que les trois violons de Mme Pierrard besognaient en jouant jusqu'à son terme un concerto de Vivaldi dont les sautillés ne couvraient pas les conversations.

Car c'était le moment des embrassades, des retrouvailles, des présentations, celui où l'on s'extasiait sur la robe de la mariée dessinée – on l'apprenait – par Joseph Pierrard qui, en dehors de la création de chapeaux, s'affirmait parfois couturier. Tout le monde, sauf la famille Bonvin, découvrait le marié. Mme Pierrard, dont le turban à aigrettes valsait sur l'assemblée, le présentait comme le futur grand maître parisien de la sellerie. « Il ouvrira son magasin seulement dans quelques semaines mais vous serez prévenus », ajoutait-elle à l'intention de ceux qu'elle savait propriétaires d'une calèche, d'un cabriolet ou simplement d'un charreton utilitaire. « Des futurs clients », soufflait alors Joseph à l'oreille de Thierry dont la taille, la belle gueule et le sourire ne laissaient pas indifférentes les dames de l'assistance. Toutes venaient en effet flairer le beau mâle qui allait partager les jours et les nuits de la fille Pierrard.

Les musiciens avaient depuis longtemps refermé leur boîte à violon quand Joseph sonna la dispersion :

— Nous nous retrouverons tous à une heure au premier étage du Grand-Véfour pour le déjeuner, annonça-t-il.

La famille n'avait que la rue de la Lune à traverser pour monter à l'appartement afin de se reposer, pour les dames de changer de robe et, bien sûr, de chapeau.

— Ouf ! s'écria Madeleine en tombant dans un fauteuil. Comme vous étiez beaux tous les deux ! Mais je garde un chien de ma chienne à l'abbé Barret. Après avoir empoché mon don royal pour la paroisse, il s'est conduit comme un mufle. Oui, un mufle, j'ose le dire ! Vous avez vu comment il a écourté la cérémonie ? C'est un scandale et je vais me plaindre à l'évêché !

— N'en fais rien, maman, tu serais ridicule.

— Bon. Alors je lui couperai le bonjour !

— Ne vous tracassez donc pas pour ces bêtises. Si vous saviez, madame, comme je me moque d'avoir été transparent pour votre curé ! S'il n'avait tenu qu'à moi, je n'aurais jamais mis les pieds dans son église.

— Mon cher Thierry, ne blasphémez pas. Et d'abord ne m'appelez plus madame. Que pensez-vous de belle-maman ? Tenez, venez m'embrasser tous les deux que je vous félicite !

*

* *

Si la bénédiction à Notre-Dame-de-Bonne-Nouvelle n'avait pas pleinement satisfait Mme Pierrard, le repas de mariage au Grand-Véfour, suivi d'une sauterie, fut un franc succès dû à la qualité des mets et à l'entrain assuré, de bout en bout, par les joyeux boutiquiers, modistes, couturiers et gantiers du Palais-Royal. Rien ne manqua à la fête, surtout pas la jarretière de la mariée que Robert Schutz, le garçon d'honneur de Thierry, vint dérober dans les jupons de Christine et que le fils de Charmy, le fourreur des Arcades, mit aux enchères. Comme chaque enchérisseur devait mettre la somme annoncée dans le panier de la mariée et qu'il y avait beaucoup d'argent dans les tiroirs-caisses du quartier, c'est une jolie somme qu'emporta le soir le jeune couple dans son logis tout neuf. Un logis étrenné quelques jours avant le mariage alors que, étendus sur le lit, ils scrutaient les bouquets sans cesse refleuris du papier de la chambre.

*

* *

Les jeunes mariés consacrèrent les semaines suivantes à l'aménagement de l'atelier. Ils avaient pensé conserver le pavement, mais les dalles étant toutes disjointes, cassées, mal réparées, il fallut le refaire. Un mauvais coup pour les finances de la maison Hermès qui s'apprêtait à ouvrir à Paris son premier local.

Sans rechigner, les Pierrard prêtèrent l'argent et, pour éclairer la situation, Thierry reçut de René Costil un lourd chargement de peaux. Dans une lettre chaleureuse, Mme Costil écrivait qu'elle serait venue au mariage avec son époux si celui-ci n'était tombé malade. Mais il tenait à honorer sa promesse et avait chargé Mlle Lagneau de doubler, en guise de cadeau, l'assortiment des peaux destinées au démarrage de l'entreprise. La bonne Louise avait aussi écrit à l'ancien « sellier de Crefeld » pour le féliciter et lui confier que la santé du patron était inquiétante. Ne se déplaçant plus que dans un fauteuil roulant, il rageait de ne pouvoir diriger normalement la maison que, les mauvais jours, il menaçait de vendre. Elle terminait sa lettre par un appel : « Quand votre atelier fonctionnera, venez donc passer quelques jours à Pont-Audemer. Il serait tellement heureux de vous voir ! Et moi aussi. »

— Alors que mon vieux maître voit se déliter l'œuvre de sa vie, philosopha Thierry devant sa femme, nous commençons la nôtre. C'est la vie, je sais, mais j'ai beaucoup de peine ! Pont-Audemer n'est qu'à une nuit et quelques heures de diligence et il faudra, toi et moi, que nous allions le voir avant qu'il ne vende sa maison.

— N'a-t-il pas des enfants ?

— Si, mais ils ne s'intéressent qu'aux pharaons et n'ont ni le désir ni la capacité de reprendre l'affaire.

*
* *

Quand le sol fut réparé il fallut, pour construire les comptoirs et les casiers de rangement, obtenir des facilités de paiement du menuisier voisin, un ancien compagnon du tour de France heureusement disposé à aider un jeune artisan.

Tandis que Christine rangeait le linge de maison et posait les rideaux de l'appartement, les outils trouvaient peu à peu leur place dans les râteliers et sur les établis. Nettoyés, raclés, poncés, les deux éléphants du père Clovis attendaient leur cornac.

Il n'y eut pas d'inauguration mais, le 12 juillet 1828, sous le regard ému de Christine, Thierry passa le tablier de cuir blanc qu'il s'était taillé et annonça : « Aujourd'hui est un grand jour ! » Alors il déroula sur l'établi, dans un geste un peu théâtral, le beau cuir fauve d'un porc d'Angleterre dans lequel il allait couper les panneaux d'une selle de dame.

La commande en avait été faite à Bonvin par M. de Lardillère qui s'apprêtait, enfin, à épouser Mlle de Péreuse. Le vicomte avait exigé que ce soit le jeune homme à l'allure anglaise ayant si bien réussi sa propre selle qui soit chargée du travail. Bonvin avait acquiescé et repassé l'ordre à Thierry avec d'autant plus d'empressement que personne, dans la maison, n'était capable d'assumer une telle tâche. À Paris, seuls deux selliers en vogue, Carpentier et Vatel, fabriquaient des selles permettant aux dames de monter en amazone. Thierry avait appris ce travail à Pont-Audemer en copiant les modèles de clientes anglaises et arrivait en troisième larron sur le marché. C'était, il l'avait compris, un bel atout. De fait, les amazones de l'avenue du Bois seraient les premières femmes à donner leur préférence au nom plus tard mythique d'Hermès.

Cette pratique huppée ne suffisait cependant pas à faire vivre l'entreprise balbutiante. Thierry devait gagner aussi la confiance d'une clientèle plus modeste, celle du quartier, des artisans voisins, des commerçants, des petits-bourgeois obligés d'entretenir ou de changer le harnachement de leurs chevaux.

Christine, qui se révélait bonne commerçante, eut un jour l'idée de faire imprimer des prospectus annonçant l'ouverture de la « Sellerie Thierry Hermès, paradis du cheval » et de les coller sur les murs du quartier. L'effet ne se fit pas attendre. Au cuir souple et doux de la selle de Mlle de Péreuse, succédèrent les lourds harnais de transport et les colliers communs. Il y eut aussi, heureusement, des clients aisés acheteurs des brides cousues main pour le gentil cheval les emmenant, le dimanche, dans leur voiturette jusqu'aux guinguettes de Nogent.

Thierry eut bientôt assez de travail pour faire vivre son ménage et commencer à rembourser ses dettes. Il en eut même bientôt trop ; la renommée ayant fait son chemin, les attelages remplissaient souvent la cour de la rue Montmartre. Christine, qui avait abandonné le dé de modiste, recevait les clients dans le magasin meublé de quelques chaises et d'un divan récupérés dans la cave de ses parents. Elle ne parlait plus feutre, paille d'Italie ou plumes de geai, mais cuir de Hongrie, croupons jaunes ou brides anglaises.

Par loyauté, Thierry n'avait pas fait connaître son adresse aux clients de son ancien patron, se contentant d'envoyer sa carte à M. des Effules, qu'il avait personnellement conduit chez Bonvin. De fait, bien qu'il n'ait pas revu le comte depuis des mois, il fut content de le voir arriver un matin aux guides d'un splendide tilbury vert.

— Monsieur Hermès, dit ce dernier en sautant de voiture, je suis bien aise de vous revoir. Vous avez réalisé votre projet et je vous en félicite. Montrez-moi donc votre atelier.

— Entrez, monsieur le comte. Je vais aussi vous présenter ma femme.

M. des Effules, homme poli par excellence, ne dit rien mais, au regard qu'il porta sur Christine, le sellier remarqua bien que sa beauté et son élégance ne lui avaient pas échappé. Il faut dire qu'elle était jolie, Christine, dans sa robe en percale noire, à peine évasée, sur laquelle se nouait un inattendu tablier de peau blanche, réplique façon couture de celui que portait son mari.

Dans l'atelier, le comte, curieux, apprécia la blancheur des murs, l'ordre dans lequel étaient rangées la panoplie d'outils et quelques peaux, les plus rares de celles offertes par Costil, négligemment jetées sur une table.

— Mon cher, votre atelier est un vrai décor de théâtre !

— J'essaie d'y bien jouer mon répertoire, mais monsieur le comte a-t-il quelques partitions à me proposer ?

— Oui. Je veux offrir à Coco, qui tire mon nouveau tilbury, une bride neuve de la meilleure qualité.

— C'est simple, monsieur. Ou nous utilisons la courroie préparée à la machine chez Bonvin, ou nous faisons, à la mesure, du cousu-sellier dans le cuir que vous choisirez. Le prix, naturellement, n'est pas le même, mais aucun sellier à Paris ne vous livrera une bride aussi parfaite que la mienne. Je peux ajouter qu'elle sera quasiment inusable et conservera son chic durant de longues années.

Le comte sourit :

— C'est bien ! Vous vendez admirablement l'excellence et vous avez raison. J'opte pour elle, bien entendu, mais ma mère m'a appris que plus une chose est chère plus elle se marchande. Vous me ferez un prix...

— Non, monsieur le comte. Mais je vous offrirai le plus beau des mors en acier poli que fabrique mon ami le ferronnier Magisco.

Cette fois, des Effules rit franchement.

— Je suis content, monsieur Hermès. Savez-vous pourquoi ? Parce que vous réussirez ! J'en ai eu la révélation dès notre rencontre inattendue aux Champs-Élysées. Maintenant que vous avez pignon sur rue, peu importe laquelle, je vais vous envoyer des clients.

— J'en remercie beaucoup monsieur le comte. Servir les vrais amateurs de chevaux, capables de distinguer la qualité et le fini d'une bride ou d'une selle, a toujours été mon obsession.

— Vous avez, mon cher, beaucoup de chance. Depuis l'Antiquité, monter en selle a toujours été le moyen le plus rapide pour se rendre d'un point à un autre, mais, à notre époque où tout le monde a envie de bouger, où les commerçants les plus modestes n'hésitent pas à passer des jours et des nuits tassés dans une diligence, plus que jamais, de la charrue à la berline, du fiacre à l'omnibus, le cheval occupe une place prépondérante dans la vie quotidienne. Votre avenir est souriant, cher monsieur Hermès !

En dehors de son métier, Thierry savait peu de chose mais, quand l'occasion se présentait, il ne manquait pas de les mettre en valeur. Aussi, après le galop lyrique du comte, il hasarda :

— N'est-ce pas Buffon qui a écrit : « Le cheval est la plus noble conquête de l'homme » ?

— Si, et je trouve épatant que vous connaissiez Buffon. C'est l'un de mes grands hommes, l'un de ceux que j'aurais aimé accueillir dans mon petit cénacle du faubourg Saint-Germain. Songez que le célèbre naturaliste, après ses travaux dans les jardins du roi et souvent une promenade à cheval, s'habillait de ses plus beaux vêtements, ajustait ses manchettes de dentelle, enfilait des bas de soie et de fines chaussures avant de s'installer dans son cabinet d'écriture pour continuer, dans la beauté et la pureté de sa langue, le chapitre en cours de son œuvre. Georges Leclerc, comte de Buffon, était un vrai aristocrate.

CHAPITRE XII

Thierry et sa femme commencèrent dans le bonheur et le travail une vie de couple qu'auraient enviée bien des amoureux. C'est à peine si les événements de 1830 eurent des conséquences sur les affaires de la maison dont Christine assurait la comptabilité, dressant, d'une belle écriture penchée et régulière, les factures à l'en-tête de « Thierry Hermès, maître sellier à Paris, au 6, rue Montmartre ».

Thierry ne s'était jamais beaucoup intéressé à la politique. Certes, Louis XVIII, successeur de Napoléon, ne lui avait pas plu, Charles X encore moins, mais comme il n'avait eu à subir ni le chômage ni la pauvreté, aucune tentation de se mêler aux manifestations de l'opposition ne l'avait taraudé. Christine, plus radicale, s'était appliquée à faire partager sa satisfaction à Thierry lorsque les élections avaient amené à la Chambre cent soixante-dix députés libéraux et républicains alors que les gouvernementaux, eux, n'enregistraient que cent vingt-cinq élus.

Mais le feu couvait sous la cendre et le roi, décidément peu en phase avec son peuple, souffla sur les braises en promulguant cinq ordonnances qui embrasèrent le mois de juillet 1830. Impossible, pour les Hermès, de se désintéresser de la situation quand les barricades s'élevaient dans le quartier, que l'Arsenal, le dépôt des poudres, le Louvre et l'hôtel de ville tombaient aux mains des Parisiens insurgés. Au matin du 28 juillet, deuxième jour des Trois Glorieuses – nom que l'Histoire retiendra pour désigner l'insurrection –, Thierry rentra d'une course tout excité.

— J'y vais ! dit-il à Christine. Roger, le bourrelier de la rue du Louvre, m'a dit que toute la profession des harnacheurs abandonnait le travail à midi et se retrouvait à la barricade du boulevard.

Christine le regarda, stupéfaite :

— Mais que t'arrive-t-il ? Toi, le doux Thierry, te voilà soudain décidé à jouer les révolutionnaires ! Je ne peux ni ne veux t'en empêcher mais je t'en supplie, fais attention à toi, à nous.

— Ne t'inquiète pas, je ne vais pas prendre de risque mais tu vois, moi qui n'ai jamais été militaire, j'aimerais pouvoir dire un jour à mes enfants : « J'ai été sur les barricades quand on a obligé Charles X à abdiquer. »

Christine dépliait et repliait les peaux, les comptait et les recomptait avant de les replacer dans leurs casiers. Elle alignait les outils qui traînaient sur les établis, elle essuyait des taches illusoires sur le carrelage. Pour passer le temps, pour vaincre l'angoisse. Elle savait bien que Thierry n'était en rien une tête brûlée et qu'il était normal, pour un homme, d'aller défendre les libertés, mais elle ne pouvait s'empêcher de craindre la balle perdue, absurde, qui ferait d'elle une veuve. Et puis, alors que le canon tonnait encore vers le boulevard, Thierry poussa la porte de l'atelier.

Elle courut à sa rencontre et il la souleva, comme une plume, pour l'asseoir sur la table. Alors, seulement, elle s'aperçut que son mari avait le visage noir de poussière, de la poudre sans doute, et que la manche de sa chemise était déchirée. Il étouffa son cri par un baiser et raconta :

— Rassure-toi, pas une balle des grenadiers du général Marmont ne m'a frôlé la tempe, pour la bonne raison qu'aucune troupe gouvernementale n'est venue se frotter aux harnacheurs. Je me suis sali et j'ai déchiré ma chemise en hissant un vieux poêle et une roue de tombereau sur la barricade. Tu vois, ce n'est pas grand-chose... Enfin, je suis tout de même content d'avoir apporté ma petite contribution à la victoire des insurgés : il paraît que le roi va retirer ses ordonnances et sera contraint à abdiquer !

— Mais le canon n'a pas cessé...

— Les dernières salves ! Tu peux croire un vaillant rebelle !

Ils éclatèrent de rire. Thierry avait dit vrai : comme par hasard, le calme revint sur la ville.

*
* *

En marge des soubresauts de l'Histoire, l'année 1830 devait se révéler riche en événements pour la famille Hermès. Bonvin, ayant décidé de prendre sa retraite, venait de vendre son atelier quand il invita Thierry et Christine à souper au Vieux-Paris, le plus ancien restaurant du Palais-Royal. Mme Bonvin s'était mise sur son trente et un, Christine avait été choisir chez les parents un chapeau agreste et le dîner fut enjoué. Il fut bien sûr question des événements. En bon bourgeois, Bonvin n'était pas de gauche, mais se montrait satisfait de l'abdication de Charles X, de son remplacement par la monarchie d'Orléans en la personne de Louis-Philippe et de la présence des ministres libéraux Laffitte, Casimir Perier et Guizot.

— Le progrès social, oui, mais dans l'ordre ! proclama-t-il en dégustant son saumon sauce hollandaise.

Thierry ne le contredit pas et l'on parla boutique. Il annonça ses projets, demanda poliment quelques conseils à son ancien patron qui se montra sage et paternel.

— Lorsque tu as ouvert ton atelier, tu as été loyal, cela ne m'a pas étonné. Tu n'as pas essayé d'attirer mes clients, mais aujourd'hui, si certains vont chez toi, je ne vois pas qui pourrait les en empêcher, bien qu'en principe je cède ma clientèle en même temps que le fonds.

Thierry remercia et avança la question qui l'intéressait :

— Ce n'est pas un client que je veux vous prendre. J'ai l'intention d'embaucher Jeannot avec le statut de compagnon. J'ai en effet besoin de quelqu'un pour me seconder. Qu'en pensez-vous, monsieur Bonvin ?

— Je pense que c'est une bonne idée et que vous ferez tous les deux une bonne opération. C'est son rêve de travailler avec toi. Et si, en plus, tu le paies comme un compagnon...

*

* *

L'atelier Hermès fit donc sa petite révolution dans la semaine qui suivit les Trois Glorieuses. Le deuxième établi légué par le père Clovis se voyait désormais occupé et l'arrivée de Jeannot avait brassé de l'allégresse dans le repaire des éléphants. Son accession professionnelle l'avait du reste changé. Le garçon timide, toujours inquiet de commettre une erreur, avait acquis de l'assurance, même si... le matin de son arrivée, il avait pleuré :

— Je ne vous le répéterai pas tous les jours, mais je veux vous dire ma reconnaissance. Entrer dans cet atelier que j'ai un peu contribué à mettre en état, y travailler le cuir avec passion sous vos ordres bienveillants et entendre Mme Christine chanter le matin, font de ce jour le plus beau de ma vie. Soyez sûr que le premier compagnon de la maison Hermès aidera avec dévouement à sa prospérité.

L'arrivée de Jeannot coïncida – heureusement – avec un accroissement de clientèle. « Les dadas aiment le cuir ! » clamait en riant Thierry, qui ajoutait : « Peut-être parce qu'on ne fait pas de selles ni de brides avec du cuir de cheval ! »

Les attelages de tous genres, en effet, se multipliaient, les fiacres trottinaient de plus en plus nombreux sur les boulevards, les camions bas à roues ferrées tirés à deux percherons livraient de tout et, partout dans Paris, tandis que les omnibus peinaient à se frayer un passage.

La circulation gênait d'ailleurs les défilés mondains sur les Champs-Élysées devenus lieu de passage pour se rendre au bois de Boulogne. C'est là, sur la piste sablée qui suivait les contours du lac, qu'évoluaient maintenant le comte des Effules, le vicomte de Lardillère et les grands noms du cheval se mêlant aux parvenus, aux coquettes et aux cocottes épanouies dans leurs calèches.

Le livre des commandes de la maison Hermès s'était du reste enrichi de nouveaux « monsieur le baron » ou « monsieur le comte » venus se porter acquéreurs d'équipements de luxe. Des clients qui permettaient à Thierry d'œuvrer dans sa spécialité, les selles et les brides en cuirs riches. Ainsi, sans faire de bruit, sans se comparer aux grandes maisons, Hermès, le petit sellier de la rue Montmartre, devenait tranquillement à la mode.

Un matin, alors qu'en attendant l'arrivée de Jeannot ils s'apprêtaient à se mettre au travail, Christine prit doucement dans ses mains la tête de Thierry, caressa un instant ses joues et le regarda fixement. Il connaissait trop bien sa femme pour ne pas remarquer l'œil droit qui papillotait, clignotement qui, il le savait, préludait à une confidence. Curieux, il écouta :

— J'ai attendu d'être sûre pour te le dire : tu vas être papa !

La scène n'avait rien d'original. Des milliers de millions de femmes avaient, avant elle, annoncé à « l'homme » qu'elles étaient enceintes. Une révélation n'est pas, hélas ! toujours accueillie dans la joie mais elle ne pouvait, chez les Hermès, que resserrer une union parfaite.

Ils avaient bien sûr déjà envisagé la naissance d'un enfant mais la nouvelle plongea Thierry dans une émotion si vive qu'il se mit à trembler. « Ma chérie, ma chérie... » répéta-t-il en étreignant Christine. Elle n'avait jamais pensé voir pleurer un jour son grand escogriffe de mari, et lui essuyait les larmes qui coulaient sur ses joues quand Jeannot entra comme un coup de vent et s'arrêta net en demandant ce qu'il se passait.

— Christine va avoir un bébé ! cria Thierry en reprenant ses esprits.

*

*   *

Mme Pierrard, naturellement, voulut pendre les choses en mains. Si on l'avait écoutée, elle aurait été là toute la journée à veiller sur sa fille allongée en tricotant des chaussons. On transigea en acceptant de prendre comme sage-femme la dame Olive, qu'elle disait la meilleure de Paris et qu'elle fournissait en chapeaux de saison. Elle avait raison. Mme Olive, qui mettait au monde la plupart des bébés du quartier, se révélait à la fois une accoucheuse experte et une brave femme qui, à la manière des matrones romaines, savait donner confiance à ses patientes. Au moins une fois la semaine, elle passait chez les Hermès, examinait Christine et prédisait que celle-ci accoucherait dans la deuxième quinzaine de mars. En attendant l'heureux événement, la jeune femme continuait, malgré les exhortations maternelles, de s'occuper des écritures de la maison, de recevoir les clients et de grimper sur l'escabeau pour ranger les peaux dans leur casier.

Christine serait sûrement parvenue tranquillement à terme dans la chambre aux pâquerettes et aux boutons d'or sans l'arrivée de deux lettres mettant la maison en émoi. La première venait du notaire de Pont-Audemer qui annonçait au « sieur Hermès prénommé Thierry » qu'il figurait comme bénéficiaire dans le testament de M. Costil, décédé, et qu'à ce titre il devait se présenter à l'étude notariale dans les meilleurs délais. La seconde confirmait dans des termes plus humains le charabia de Me Petitpont. Hélène Costil, effondrée, racontait comment son mari était mort la semaine précédente. Malade, il avait eu le temps de vendre l'entreprise à un Hollandais mais ni ses fils rentrés à Pont-Audemer, ni elle, ni Mlle Lagneau – hospitalisée depuis le décès de son patron – n'étaient capables de démêler les affaires en suspens, en particulier de retenir les peaux que René Costil lui avait léguées.

« C'est pourquoi, terminait-elle, je vous implore de venir passer quelque temps à Pont-Audemer pour m'aider, être mon porte-parole auprès des acheteurs et défendre éventuellement les droits de la famille. Il serait bien que votre épouse vous accompagne, j'ai tellement hâte de faire sa connaissance. »

Le décès de René Costil peina beaucoup Thierry, qui annonça, après avoir lu la lettre de sa femme :

— Je finis avant deux jours la selle de M. d'Adibert et je pars pour Pont-Audemer.

— Nous partons ! rectifia Christine. Il n'est pas question que je reste ici seule.

— Dans ton état ? Cela serait déraisonnable.

— Nous allons demander l'avis de Mme Olive mais je suis sûre de sa réponse. Songe que je ne dois accoucher que dans quatre mois ! Et je suis en parfaite santé.

— J'irai demain retenir des places dans la diligence de Rouen.

— À propos, qui va tenir la maison pendant ce temps ?

— Jeannot ! Il continuera de s'occuper des réparations, des commandes courantes et fera patienter les amateurs de beaux cuirs. Nous pouvons avoir confiance en lui. Il faudra seulement que je lui apprenne à tenir les comptes. Et puis, il s'agit seulement d'une semaine, peut-être deux.

*
* *

Thierry et Christine ne restèrent pas deux semaines à Pont-Audemer mais… quatre bons mois. Vétilleux, les Hollandais discutaient de tout, ne laissaient pas une peau leur échapper sans une âpre discussion. Costil ne leur avait vendu, avec tous les bâtiments, qu'un quart du stock des cuirs, la moitié allant à la succession et le quart se voyant légué à Thierry. L'objet du partage était si important que les acheteurs le disputèrent peau à peau. On finit tout de même par s'entendre lors d'une réunion chez Me Petitpont qui, sous son air benêt, se révéla un négociateur madré. Normand contre Hollandais, le camembert l'emporta sur le gouda. Mme Costil ne fut pas lésée d'un croupon. Thierry non plus.

Mme Costil avait pris Christine en affection et la choyait. Thierry, lui, entre deux séances d'inventaire, préparait le départ en chargeant deux lourdes fourragères des peaux dont il avait hérité. Il avait fait, seul, deux voyages à Paris et était revenu rassuré. Jeannot se débrouillait bien. Il s'était même lancé dans la fabrication de deux brides de luxe pour des clients pressés. Il avait eu peur de se faire attraper mais Thierry, au contraire, l'en félicita :

— Je suis fier de mon élève ! dit-il à Christine en racontant les exploits de leur protégé.

L'enfant annoncé, l'héritage inattendu – assez important pour permettre d'échafauder de beaux rêves –, l'agenda Hermès de l'année 1831 s'ouvrait sous les meilleurs auspices. Trop bien peut-être ? Tout marchait si merveilleusement, les événements se succédaient avec tant de réussite que Christine, souvent, laissait poindre son inquiétude. Thierry, lui, toujours optimiste, ne comprenait pas pourquoi la chance, qui l'avait pris par la main à son départ de Crefeld, viendrait à l'abandonner dans les canaux de Pont-Audemer.

Était-ce une prémonition ? Le lendemain d'un jour où elle avait agacé Thierry en lui disant que tant de bonheur devrait se payer, Christine glissa sur le marchepied de la calèche devant les conduire au manoir où Mme de Lestin les avait priés à déjeuner. Elle tomba lourdement sur le pavé et se blessa à une cheville.

— Une entorse banale mais toute chute peut être grave pour une personne enceinte, asséna le médecin appelé aussitôt. Transportez-la dans une chambre accessible ; je vais, moi, chercher mon matériel pour l'examiner. Et prévenez tout de suite Mme Mouton, la sage-femme.

La Faculté rendit un avis sans appel : Mme Hermès devait rester allongée en attendant les premières contractions.

— Si elle réussit à garder son bébé encore un mois, en étant bien sage, nous pourrons le sauver, affirma Mme Mouton du ton décidé de quelqu'un qui sait de quoi elle parle.

Les semaines qui suivirent furent marquées par l'inquiétude et la morosité. Thierry, qui avait accepté, en échange d'un lot de cuir espagnol, de conseiller les Hollandais jusqu'à son départ, avait de quoi s'occuper mais Christine, tricotant sa dixième paire de chaussons, la jambe toujours serrée dans son pansement, trouvait le temps long. La sage-femme à qui elle avait demandé, sans grand espoir, si elle n'était pas transportable à Paris avait souri gentiment :

— Non, mon petit ! Vous voyez votre enfant cahoté dans une diligence ou même dans une berline ? Vous le mettrez au monde dans notre bonne ville de Pont-Audemer. Et mon avis est que cela ne va pas tarder.

De fait, huit jours plus tard, tandis que Christine se remettait doucement de son accouchement – un peu difficile –, Mme Mouton brandissait comme un trophée un garçon criard. Madeleine Pierrard, arrivée la veille, et Mme Costil accompagnèrent Thierry en calèche jusqu'à la mairie où il alla déclarer le nouveau-né emmitouflé jusqu'aux oreilles. Après une longue séance d'écriture, monsieur le maire remit au père un extrait officiel :

« Des registres de l'état civil de la commune de Saint-Aignan, canton de Pont-Audemer, il est extrait ce qui suit :

« L'an mil huit cent trente et un, le quinze mars à quatre heures du soir, est comparu en cette mairie Thierry Hermès, âgé de trente ans, ouvrier sellier, natif de Prusse, lequel nous a présenté un enfant de sexe mâle né aujourd'hui à sept heures du matin, de lui déclarant et de Christine Pétronille Pierrard, sa légitime épouse, et auquel il a déclaré donner les prénoms de Charles-Émile. »

*

* *

Quand Mme Pierrard, dont on ne parvenait à interrompre ni les leçons ni les bavardages, et Mme Costil, toujours au bord des larmes, voulurent bien quitter la chambre, Christine et Thierry s'écrièrent d'une même voix : « Enfin nous voilà seuls ! » Il embrassa longuement la maman, approcha le berceau et lança avec une infinie tendresse vers la frimousse rouge et ridée l'une de ces tirades dont il aimait orner les grands moments de la vie :

— Bienvenue au monde du cousu-sellier, monsieur Charles-Émile. J'y ai glissé, au cours d'un long voyage et avec l'aide de ta mère, le nom d'Hermès. À toi d'y tailler, dans le bon cuir, la marque de l'excellence !

— Tu es vraiment un être étonnant, déclara alors Christine en riant. Ton fils n'a encore que quelques heures et tu songes déjà à le mettre en selle ! Et si je voulais en faire un chapelier ?

La maman se remit vite, l'enflure de son entorse disparut avec un bandage et Charles-Émile, s'il pleurait beaucoup, esquissait des grimaces drôles que Christine aimait prendre pour des sourires. Après dix jours de « guili-guili », de visites d'adieux, de préparatifs, la famille fut enfin prête à entreprendre l'expédition du retour.

Bien que de construction récente, la diligence de Rouen, une Laffitte-et-Caillard, n'était pas faite pour des nourrissons criards et le voyage avec ses cahots, ses grincements d'essieux, ses départs tumultueux, ses sauts dans les trous qui présageaient la désintégration probable de la voiture, ne fut une partie de plaisir ni pour la famille ni pour les autres voyageurs.

Tout a une fin, même le calvaire d'un voyage en crèche roulante attelée à six chevaux fougueux. À l'arrivée, devant l'hôtel des Messageries nationales, Jeannot attendait près de la berline prêtée par ce cher M. Bonvin. À ses côtés, le feutre beige de

Joseph Pierrard faisait bon effet. N'ayant d'yeux que pour le bébé, tous deux se précipitèrent et déclarèrent que le petit dauphin était une merveille.

Cette reconnaissance accordée, on se retrouva, on s'embrassa, on se félicita et Charles-Émile salua Paris à sa façon par un bruyant renvoi sur la robe de sa grand-mère. Ce dernier incident eut raison du courage de Madeleine qui avait déjà montré beaucoup de patience durant le voyage.

— Joseph ! annonça-t-elle, charge ma malle dans un fiacre, nous rentrons !

Après de brèves embrassades, le fiacre s'en alla trottinant vers la rue Beauregard, laissant Christine pâle, épuisée, effondrée sur un banc tandis que Thierry essayait de retrouver les paniers et les sacs de la famille dans l'amoncellement des bagages déchargés du toit de la diligence. Paisible, le chérubin dormait dans les bras d'un Jeannot berceur déconcerté par la situation, et qui remit avec soulagement Charles-Émile à son père pour prendre les rênes de la berline et ramener la famille au bercail.

Jeannot avait laissé les lampes Carcel[1] allumées afin que Christine et Thierry retrouvent l'atelier dans une certaine clarté. Une astuce aussi pour qu'ils découvrent le mur du fond resté jusque-là vide et qu'il avait eu l'idée de recouvrir d'un choix des plus belles peaux arrivées de Pont-Audemer. L'effet était, il est vrai, réussi et Christine félicita Jeannot. Enhardi, celui-ci annonça :

— Ce n'est pas tout, venez voir à l'étage.

La surprise se trouvait dans la chambre : un berceau gainé de peau blanche et de soie attendait qu'on y glisse l'héritier emmailloté dans ses langes. Surprise et heureuse, Christine embrassa le jeune homme.

---

1. La lampe à pétrole Carcel était la dernière trouvaille des inventeurs qui multipliaient les nouveaux moyens d'éclairage en attendant l'avènement du gaz.

— Je me suis fait aider par le menuisier et la couturière, expliqua-t-il modestement, mais c'est moi qui ai dessiné le berceau, l'ai gainé et capitonné.

Il était heureux, Jeannot, de l'accueil fait à son offrande et, en reniflant, il ajouta :

— Ce n'est pas grand-chose mais j'y ai mis tout mon cœur.

Émue elle aussi, épuisée par le voyage, c'est en retenant ses larmes que Christine coucha son bébé dans le berceau de Jeannot. Thierry, lui, sentit qu'il fallait faire quelque chose pour égayer un peu cette soirée pleurnicharde.

— Cessez donc de mouiller vos mouchoirs ! s'écria-t-il. Ce retour, nous l'attendons depuis longtemps. Il marque le vrai début de la maison Hermès. Toi, Jeannot, tu as été épatant durant mon absence. Car tu n'as pas seulement gardé la clientèle, tu l'as augmentée ! Je pense que la patronne sera d'accord pour te donner de l'avancement : te voilà dorénavant directeur adjoint de l'entreprise. Tu me diras que nous ne sommes que deux, trois avec madame, mais tu verras, l'atelier va s'étoffer. Je sens le succès venir. Au fait, ta selle ? L'as-tu réussie ? Montre-la-moi !

— Je ne peux pas, monsieur Thierry. Le baron Clark l'a emportée hier. Il est, m'a-t-il dit, très satisfait et m'a chargé de vous féliciter.

Tout le monde, même Christine qui avait retrouvé son allant, rit aux éclats. Et Thierry ajouta son mot :

— Petite canaille ! À peine nommé directeur adjoint, tu veux déjà prendre la place du patron ! Tiens, va donc chercher une bouteille de champagne à la cave que nous fêtions ce succès avant d'aller nous coucher.

Petite cause, grand effet, le bruit du bouchon réveilla Charles-Émile qui se mit à donner de la voix.

— Il va falloir que je le change ! dit la maman résignée.

*
* *

La vie à trois, même à quatre car Jeannot ne quittait guère la maison, s'organisa tout naturellement. Mme Pierrard habitait à deux pas et venait pouponner, ce qui permettait à Christine de « faire ses écritures ». Le temps n'était pas encore venu où les coiffes perchoirs de la grand-mère amuseraient Charles-Émile, mais la « dame aux chapeaux » était vite devenue célèbre dans la cour et les dépendances de la rue Montmartre, au même titre que les guêtres de Joseph Pierrard lorsqu'il venait la chercher le soir. Thierry avait craint un envahissement de la belle-famille, mais les chapeliers se montraient tout simplement aimants et serviables.

À l'atelier, on ne chômait pas. De temps en temps, une commande de prestige venait rompre la monotonie du travail coutumier. Une élégante selle de dame en peau de cochon à couper, à garnir, à peaufiner, faisait savourer le sellier et son jeune compagnon, lequel pigeait vite les tours de main, les habiletés, les trucs du métier encore restés en dehors de sa compétence.

Les rôles avaient changé, mais Thierry se revoyait avec son père lui montrant comment on tranchait un beau cuir ou perçait des mortaises à enchapures. Le souvenir le faisait sourire et, dans un élan de tendresse, il fredonnait souvent une vieille ballade du Rhin apprise à l'école de M. Cahuzac. C'étaient les rares paroles allemandes échappées à l'oubli. Les autres, il les mélangeait un peu avec les mots anglais appris à Pont-Audemer. Le fil de la pensée suivait parfois le retors de soie qui, sous la pression de l'index, s'incrustait dans le cuir et le visage d'Adèle lui revenait, flou, comme l'image douce-amère d'un passé révolu. Une question de Christine à propos d'un client qui n'avait pas réglé sa facture le rendait au présent : son travail, sa femme aimée et le bout de chou criard en qui il voyait celui qui porterait le nom d'Hermès au pinacle du cousu-sellier.

Le but était lointain, difficile à atteindre. Grâce, un peu, aux cuirs qu'il avait hérités et qu'il conservait comme un trésor dans une remise louée pour la circonstance, la maison marchait bien. On commençait à venir de loin pour remplacer chez Hermès un porte-mors usé, regarnir une œillère de cuir gras ou, c'était la bonne affaire, commander une bride complète. Malheureusement, la clientèle riche, celle qui, pour chasser à courre, monter au manège ou se promener dans le plus bel équipage, ne regardait pas à la dépense, tardait à fréquenter la cour de la rue Montmartre. Lardillère et des Effules, certes, apparaissaient de temps à autre pour faire réparer une bricole, mais leurs amis distingués restaient fidèles à leurs fournisseurs. Quant aux selles et brides achetées chez Bonvin – qui avaient révélé le talent du jeune sellier –, elles bravaient le temps et étaient aussi reluisantes et solides qu'au premier jour.

— Tu vois, disait Thierry à Jeannot, avec notre volonté de perfection, nous créons de l'inusable que nos clients n'ont ni besoin ni envie de changer ! C'est pourquoi il faut vendre chers nos chefs-d'œuvre et essayer d'attirer chez nous les riches et grands noms du cheval, heureusement de plus en plus nombreux. Et pour montrer que les affaires ne vont pas si mal, va dire à Christiane que si la mère Fichou peut garder Charles-Émile, je vous invite à dîner chez Gallyot. Tu prépareras la voiture.

Signe de réussite, les Hermès possédaient maintenant un brougham que des Effules leur avait cédé pour une bouchée de pain. Une petite jument cabocharde, que Thierry avait vite amadouée, lui avait été vendue par un autre client. Inutile de dire qu'elle était harnachée, en cuir de Hongrie, comme une princesse. Princesse, d'ailleurs, était son nom.

CHAPITRE XIII

Au fil des ans, la cour de la rue Montmartre était devenue la cour Hermès. Pas seulement parce qu'une grande pancarte « Hermès Sellier » ornait maintenant le portail d'entrée, mais parce que Thierry, profitant d'une occasion successorale, avait racheté trois écuries utilisées jusque-là comme réserves par un négociant en bois. Et cette acquisition le rendit seul propriétaire des locaux ouvrant sur la cour. Deux d'entre eux avaient retrouvé leur vocation première et abritaient Princesse, le brougham et les montures des clients ; de l'autre, le sellier émérite avait fait un magasin pour ranger le stock des cuirs de Pont-Audemer qui constituaient, pour de longues années encore, la matière première de l'atelier.

Deux nouveaux compagnons avaient été embauchés et occupaient des établis de bois neuf, insolites voisins des éléphants du père Clovis. Il s'agissait de jeunes ouvriers déjà formés au métier chez les selliers Franck et Batting, concurrents chic qui se donnaient un air anglais et dont Thierry enviait la vitrine d'acajou chaque fois qu'il passait devant, boulevard Malesherbes.

Jeannot, qui avait pris de l'âge et dirigeait maintenant deux personnes, assumait avec une autorité souriante sa fonction de directeur adjoint. Quant à Charles-Émile, il grandissait, se montrait un bon élève de l'école des frères de la rue Bachaumont et commençait à découper en cachette des tombées de cuir à l'aide d'une cornette tranchante. Plusieurs fois surpris, il eut droit à la semonce que son père avait jadis entendue. Mais bon chien chasse de race ; allez donc rompre le fil familial d'un cousu-sellier quand on s'appelle Hermès !

*
* *

Louis-Philippe régnait, Guizot gouvernait et l'opposition hétéroclite, libérale, républicaine ou révolutionnaire, se faisait entendre et soulevait même sporadiquement les pavés de Paris. L'histoire appellera ces révoltes des « Journées ». Celles de 1839 furent tout de même marquées par des événements graves : la prise de la préfecture, de l'Hôtel de Ville et du marché Saint-Jean. L'ordre rétabli par la garde nationale avait été suivi des arrestations de Blanqui et de Barbès, condamnés à mort, puis graciés.

Ces accès de fièvre ne laissaient pas la famille indifférente. Chez les Hermès, on était abonné à *La Presse* d'Émile de Girardin, qui venait de lancer le journal à deux sous financé pour la première fois par la publicité. Pour s'attacher ses lecteurs, il avait aussi imaginé la publication d'un roman-feuilleton signé d'un grand nom. Chaque matin, Christine se précipitait ainsi sur le nouvel épisode des *Secrets de la princesse de Cadignan*. Thierry, lui, attendait l'heure du déjeuner pour découvrir le quotidien et cette suite romanesque tandis que Jeannot avait toujours un moment, dans la journée, où il pouvait retrouver l'héroïne du roman de Balzac, croqueuse d'amants et de fortunes.

La Presse, qui se prétendait contre l'anarchie révolutionnaire mais aussi contre le despotisme, correspondait assez bien aux convictions des Hermès et de la frange sociale des commerçants parisiens et artisans aisés, démocrates de cœur mais soucieux de sauvegarder la prospérité de leurs affaires.

Celles de la maison Hermès avançaient, du reste, tranquillement, dans l'orientation choisie par son fondateur. La clientèle huppée, celle de l'avenue du Bois et du Cercle hippique de Boulogne composée d'amateurs de sellerie fine et de beaux cuirs, s'accroissait au fil des mois. Le bouche à oreille remplaçait les belles devantures des quartiers chic et il n'était pas rare de voir plusieurs selles de luxe en cours de confection dans l'atelier de la rue Montmartre. C'était là, évidemment, l'affaire de Thierry et de Jeannot mais Roger Front, l'un des jeunes compagnons, mordait bien à l'hameçon du cousu-sellier.

— Il est doué, le jeune, disait le maître à Jeannot. Et je pense qu'il sera au point lorsque nous aurons besoin de lui.

En dehors des dandys de l'éperon et des mondains de l'attelage, Thierry s'attachait aussi de nouveaux clients, les cavaliers qui montaient en course les chevaux les plus racés et les plus rapides. Les premiers *gentlemen riders* avaient d'abord couru avec leur selle habituelle puis, à l'exemple des Anglais, montaient maintenant des selles plates et plus légères. Thierry, à la demande du comte des Effules, s'était intéressé à la question et avait réussi à proposer aux jockeys amateurs des selles en cuirs fins dont le poids ne dépassait pas 1,5 kg, alors que les sièges équestres normaux atteignaient 9 à 10 kg. Ces selles de course, beaucoup plus rapidement confectionnées, demandaient peu de cuir et rapportaient moins, mais les jockeys amateurs commandaient aussi souvent des brides et du matériel équestre. Les courses se déroulaient au Champ-de-

Mars et à Chantilly, où le premier hippodrome français avait été inauguré cinq ans auparavant.

Parmi ses nouveaux clients, galopeurs impénitents, la maison Hermès comptait un champion qui remportait nombre des épreuves organisées par la Société d'encouragement nouvellement créée et présidée par le vicomte de Lardillère. Il s'agissait du comte de Cambis, petit homme à l'œil perçant et aux cuisses d'acier. Déterminé, il était venu voir Thierry au début de 1840.

— Je cours à Epsom le 25 février, avait-il expliqué, et veux mener à la victoire Beggemann, un magnifique pur-sang que me confie le duc d'Orléans. Ce sera la première fois que le cheval d'une écurie française battra les Anglais dans une grande épreuve. Car je riverai le clou à tous ceux qui les disent invincibles.

— Je ne peux, monsieur le comte, que vous souhaiter bonne chance. Je sais que Son Altesse le duc d'Orléans possède de fameux chevaux dans son écurie.

— C'est vrai, mais pouvez-vous allonger un peu ma selle sur l'encolure ? J'y gagnerai en course, et la monture un certain confort. On ne va évidemment pas se contenter de bricolage. J'ai très vite besoin d'une autre selle pour que je puisse m'entraîner. Combien de temps vous faut-il ?

— Deux jours si je quitte tous les travaux que j'ai en cours et que je m'occupe uniquement de vous.

— C'est bon. Donnez-moi une feuille de papier et un crayon. Je vais vous montrer.

Le comte, sachant ce qu'il voulait, dessina les modifications désirées, remercia Thierry et partit d'un pas allègre vers le boulevard Montmartre après avoir lancé qu'à Paris il se déplaçait à pied tant la circulation en voiture était dangereuse.

C'est cet homme singulier, accroupi, les jambes serrées, sur un pur-sang enflammé, qui vainquit pour la première fois, d'une demi-tête, les cracks de lord Seymour en son domaine d'Epsom.

La selle évidemment n'avait pas gagné, mais Thierry ne manqua pas de faire savoir que le comte de Cambis faisait confiance, pour courir et triompher, à la maison Hermès.

*
* *

Débats politiques enflammés, soulèvements sporadiques, émeutes de quartiers qui tournaient parfois au drame et laissaient sur le pavé quelques dizaines de morts, insurgés ou gardes nationaux, altéraient finalement peu la vie quotidienne. Quand l'agitation chauffait trop du côté du boulevard, on fermait la porte cochère et l'atelier poursuivait paisiblement à doubler de peau dorée la selle de la marquise de Prehaut.

Tout allait donc bien chez les Hermès. Christine avait engagé une petite bonne, une Normande rigolote et active qui la libérait des travaux ménagers et lui permettait de recevoir au magasin, avec la même grâce, les artisans voisins et la fine fleur de l'aristocratie équestre. Elle tenait aussi, bien sûr, les comptes de la maison et dressait sur un registre – relié de maroquin rouge par Jeannot – des bilans aimablement positifs.

Après une période de marasme, les affaires reprenaient chez les Pierrard. Il avait suffi d'un article élogieux dans *La Mode*, le premier journal féminin lancé par le visionnaire Émile de Girardin, pour rendre vie au magasin de la rue Montpensier. La mode se moquait de la politique et Joseph, avec son tact et son langage choisi, ne cessait de faire essayer aux dames du monde ou aux filles légères du Palais-Royal les chapeaux de paille fleuris de la collection de printemps.

Des fleurs, le roi Louis-Philippe faillit bien en avoir sur son cercueil. Une bombe lancée sur le cortège royal par le Corse Fieschi coûta la vie à dix-huit personnes, dont le maréchal Mortier[1]. L'affaire fit grand bruit, mais c'est la famille Bonaparte, quasi oubliée, qui soudain surgit dans les titres de la presse. Le neveu, Louis Napoléon, expulsé de France pour avoir tenté de soulever le 4e régiment d'artillerie à Strasbourg, avait soudain débarqué à Boulogne avec cinquante-six hommes et beaucoup d'argent. Mais on n'achète pas une garnison comme un paquet de *scaferlati* : capturé, le prétendant avait été emprisonné au fort de Ham[2].

Tandis que le neveu faisait des siennes, le sarcophage de Napoléon le Grand, après avoir quitté Sainte-Hélène, voguait vers la France à bord de *La Belle Poule*. La presse, qui avait peu parlé du retour des cendres de l'Empereur, se réveilla quand la frégate fut signalée au large de Cherbourg. Dès lors, aucun détail du voyage impérial ne manqua aux lecteurs de *La Presse*, de *L'Univers* ou du *Siècle*. Ils surent qu'une foule immense avait assisté à l'arrivée du navire au port, que la ferveur populaire s'était manifestée durant le transfert du corps à Rouen puis sur *Dorade 3*, l'une des unités régulières de la flottille du fleuve, habilitée à emprunter les méandres de la Seine et à conduire la dépouille de l'Empereur jusqu'à Paris.

Ainsi, les récits se succédaient, de plus en plus enthousiastes à mesure que *Dorade 3* et la flottille qui l'escortait approchaient du lacet de Poissy, dernier arrêt avant l'arrivée à Courbevoie où le sarcophage devait toucher terre.

Chez les Hermès, on suivait jour après jour l'avancée du voyage funèbre. Thierry, comme la grande

1. Quatre autres attentats ponctueront le règne de Louis-Philippe.
2. Il s'en évadera en 1846.

majorité des Français, était intéressé par l'événement qui rouvrait le livre oublié de sa jeunesse aux pages d'Iéna ou d'Austerlitz. Il prenait plaisir à expliquer à Charles-Émile comment, à peine plus âgé que lui, il guettait dans les gazettes l'avancée de Napoléon sur les chemins de la gloire. Pour l'heure, ils lisaient ensemble dans *L'Univers*, sous la plume d'un rédacteur inspiré :

« La flottille jette les ancres à la hauteur du vieux pont de pierre de Poissy et je me crois, brusquement, contemporain de l'épopée impériale. Sur la rive nord, face à la ville, des grognards, l'uniforme verdi, ont dressé une sorte de camp retranché, un bivouac pour l'Empereur. Le jour disparu, la plupart brandissent des torches, des sentinelles échangent des mots de passe… Vision hallucinante ! Au matin, les clairons des vieilles moustaches nous réveillent et si la volonté de Dieu était de ressusciter à cet instant Napoléon, l'Empereur se croirait à la veille d'une de ses grandes batailles. »

*
* *

Quatre jours plus tard, le 15 décembre 1840, la dépouille impériale protégée par trois cercueils de fer, de plomb et d'acajou entrait dans la capitale. À l'orée de l'avenue de Neuilly, un soleil chétif blondissait la brume glaciale où se laissait deviner le début du cortège. Le froid n'avait pas rebuté la foule qui ne cessera de s'agglutiner le long des trottoirs durant toute la traversée de la capitale.

Charles-Émile avait clamé qu'il voulait assister à ce cortège annoncé dans la presse comme un fantastique défilé militaire, un spectacle nourri d'histoire et de ferveur précédant et suivant le char funèbre. Christine, qui n'avait pas la fibre bonapartiste, se récusa en affirmant que le goût de la parade attirait les gens plus que l'attachement à un Napoléon ressorti de l'oubli comme une marionnette de sa boîte. Thierry lui fit remarquer en riant que comparer Napoléon à une marionnette était exagéré et s'avoua content d'emmener son fils célébrer l'Empereur comme son père, sous-officier aux gardes d'honneur, l'avait fait avec lui quarante ans auparavant. Il aurait bien continué sa péroraison avec le récit du passage de Napoléon à Crefeld, mais il se rappela que Christine l'avait entendu des dizaines de fois et ne manquerait pas de le lui faire remarquer. Il réserva donc sa chronique à Charles-Émile, encore à l'âge où on aime entendre son père répéter les mêmes histoires.

Ce dernier parlait d'aller place des Invalides, où d'immenses tribunes avaient été dressées pour voir les drapeaux saluer le char mortuaire lorsqu'il franchirait la grande grille. Mais comme *La Presse* annonçait qu'il y avait eu cinq cent mille demandes de billets pour cent mille spectateurs admissibles sur l'esplanade, son père préféra jouer la prudence.

— Nous irons aux Champs-Élysées, décida le père. Je connais le coin et même un certain remblai d'où nous aurons une belle vue.

Christine sourit en glissant dans une musette un casse-croûte de grenadier et une bouteille de chocolat bouillant enveloppée dans des chaussettes de laine et de vieux journaux. Et sur le coup de six heures, attendrie, elle regarda partir ses hommes dans le froid de la nuit.

Le terre-plein auquel on accédait par l'arrière était un peu difficile à atteindre mais Thierry n'eut pas trop de peine à hisser le garçon sur l'emplacement encore libre. De là ils dominaient trois rangées de curieux et bénéficiaient d'une pleine vue sur la chaussée déserte entre des trottoirs bondés.

Maintenant, il allait falloir attendre. Deux heures, peut-être plus. Le moment, pour Thierry, de raconter Crefeld, les gardes d'honneur, la Légion d'honneur du grand-père et les alezans de von der Leyen. Au début, il parla pour Charles-Émile, à l'affût des moindres détails, mais, peu à peu, les voisins qui s'ennuyaient se groupèrent autour du récitant qui dut enfler sa voix afin d'être entendu. Comme un bon comédien, aux mots il joignit les gestes et une salve d'applaudissements salua l'exorde sur les chevaux de l'Empereur.

Le reste du chocolat était encore tiède quand le cortège fut annoncé à l'Arc de triomphe. Les Hermès s'en réchauffèrent avant l'arrivée à leur hauteur des premiers détachements de grenadiers en bonnets à poil, des gardes municipaux casqués de cuivre, des lanciers et de leur fanfare.

Aux plumets, aux sabres, aux fusils succédèrent deux berlines noires qui devaient transporter de hauts personnages et un carré de sous-officiers porte-bannières des départements scandant le pas. Ils précédaient, à bonne distance, un chambellan à la livrée de l'Empereur qui tenait, à longue guide, un cheval gris caparaçonné de violet, porteur d'une selle au velours rouge et or.

— C'est la selle de Napoléon le jour de Marengo ! s'écria Charles-Émile, qui avait lu la veille le programme du défilé dans le journal.

Thierry serra la petite main de son fils et annonça :

— Attention, voici les marins de *La Belle Poule*. Ils sont trois cents et le char mortuaire vient tout de suite après.

À l'approche de l'immense pyramide crêpée de violet et soutachée d'abeilles d'or, les cris de « Vive l'Empereur ! » s'étouffèrent, cessèrent presque, retenus dans l'émotion collective. La taille du char, ses ornements, la couronne, le sceptre, et la suite des maréchaux et familiers du héros... Quelle vision ! Charles-Émile confia à son père qu'il découperait tous les détails de cette journée historique dans le journal pour, toute sa vie, en conserver le souvenir.

*

* *

Si les Français s'étaient curieusement retrouvés dans cette grand-messe napoléonienne de quelques jours, cette trêve des politiques en jaquette qui coïncida avec celle des émeutiers en blouses bleues, si l'on respira un peu donc, le naturel revint vite au galop. Les députés recommencèrent à se chamailler, les agitateurs à combattre Thiers comme ils avaient lutté contre le maréchal Soult, Laffitte, Guizot ; les insurrectionnels à élever de temps à autre des barricades aussitôt démolies par les forces de l'ordre.

Reste que la marmite bouillait, mais n'explosait pas. Plutôt que de guetter les nouvelles politiques, les Français attendaient avec impatience la suite du feuilleton de M. de Balzac dans *La Presse*.

Les pauvres se faisaient oublier, les riches et les bourgeois allaient au Théâtre-Français applaudir Mlle Rachel dans la reprise de *Bajazet* avant d'aller souper au Capitole. Chez les Hermès, où l'on n'était ni riche ni pauvre, mais où le « travail de bonne manière », celui des selles et des brides se faisait dans la bonne humeur, la vie s'écoulait tranquille. Comme à Crefeld avec les parents, comme à Aix-la-Chapelle avec Pierrefeu, comme aux Trois-Tanneurs à Pont-Audemer, c'est au repas du soir que tous se retrouvaient dans un nid confortable pour parler du quotidien et évoquer l'avenir.

Charles-Émile, du haut de ses dix ans et à la surprise de ses parents, se montrait intéressé par les manigances de la politique, cette drôle de fièvre qui mettait M. de Girardin en colère dans son quotidien. Il aurait voulu comprendre et posait des questions auxquelles ni ses parents ni Jeannot ne savaient répondre :

— Il y a pourtant, avançait-il, des messieurs intelligents à la Chambre, Lamartine dont on apprend les vers à l'école, Thiers, Guizot, Barbès. Pourquoi se renversent-ils tout le temps ?

Thierry répondait que c'étaient les ministères qu'on renversait et pas les députés eux-mêmes, explication qui laissait le garçon dubitatif et prêt à poser une autre question sur la capture de la smala d'Abd el-Kader, laquelle prenait beaucoup de place dans la presse. Cette victoire du duc d'Aumale dans les sables algériens ne remuant pas l'opinion, Thierry fit remarquer que Charles-Émile était la seule personne de sa connaissance à se demander ce que le fils du roi Louis-Philippe fricoterait chez les Arabes. Christine dit que les militaires, n'ayant plus d'ennemis accessibles en Europe, allaient en chercher plus loin, au fin fond du désert. Jeannot, qui faisait réellement partie de la famille et partageait le souper des Hermès quand il ne sortait pas quelque lorette dans une maison de danse du Palais-Royal, acquiesça et conclut pour tous en assurant qu'il préférait voir les militaires loin de Paris.

*

* *

Tandis que la marque Hermès commençait à être appréciée dans les châteaux, les Pierrard voyaient leurs affaires prospérer. Par une de ces surprises que ménage la mode féminine, l'étranger s'était entiché des chapeaux parisiens et l'on parlait plus l'anglais que le français dans le magasin du Palais-Royal. Madeleine avait dû embaucher trois modistes pour satisfaire sa nouvelle clientèle et Joseph, qui parlait un an auparavant de vendre l'affaire et de se retirer dans sa maison d'Étretat, venait de racheter une fabrique de fleurs artificielles. Avec des fils et gazes de soie importés de l'Inde, la nouvelle maison Royal Flora créait des bouquets. De fines étoffes plissées avec leur tige et quelques filets dorés d'herbes folles garnissaient maintenant les chapeaux de la rue Montpensier ou ceux des belles dames de Londres et Rome.

Pour marquer ce succès qui leur ouvrait la caste des commerçants les plus huppés du Palais-Royal, Madeleine avait voulu changer de voiture, symbole de qualité comme de réussite. Thierry, chargé de l'achat, avait découvert chez un marchand de Neuilly un coupé de ville provenant de la célèbre carrosserie anglaise Robinson & Cook. La voiture, en bon état, nécessitait seulement la réfection d'un volet en acajou à jalousies mobiles et la garniture intérieure de cuir et de moquette. Seul inconvénient, le brougham était à deux chevaux avec cocher, ce qui supposait un entretien coûteux. Mais Joseph, qui venait de se voir décerner le titre de fleuriste en soie de la cour de Naples et se proposait d'ouvrir un atelier à Londres, ne recula devant rien :

— On ne vit qu'une fois ! asséna-t-il. Et je rêve de voir la tête que feront certains quand ils découvriront notre cocher en train déplier le marchepied pour permettre à Mme Pierrard de quitter son coupé. Qui plus est en redressant la tête sous le dernier modèle de sa collection.

Madeleine eut son coupé de ville mais se demanda, après quelques mois, si cette fantaisie était bien raisonnable. D'abord elle se lassa de parader devant ses amies du Palais-Royal ; ensuite, la nouvelle mode des chapeaux – comme le soulignait Mme de Girardin dans l'illustré de son mari – avait tendance à suivre le mouvement des esprits et à participer à l'instabilité des institutions. Aussi, les volumineux chapeaux dits « cabriolets », à fleurs, à colibris, voire à coquillages, genre où excellait la maison Pierrard, cédaient le pas de la mode devant toutes sortes de bonnets auxquels Madeleine, comme ses concurrentes, trouvaient des noms transcendants : « à la paysanne », « à la Charlotte Corday », « à la châtelaine », « à la polka ». Pour sa part, Mme Pierrard lança sur le marché les résilles « à la napolitaine », les pompons « *steeple-chase* » et les turbans blanc et or « à la juive », avec une bride « à la Rachel ». Joseph, de son côté, rentabilisa la voiture en accolant aux portières, les jours de livraison, une couronne dorée surmontée de l'inscription « Pierrard, modiste au Palais-Royal ».

N'auraient été les caricaturistes du *Charivari* et de quelques autres illustrés comiques qui s'acharnaient à assimiler la tête du roi Louis-Philippe à une poire, Paris était morose dans les années 1840. On ne savait trop pourquoi, mais toujours est-il que les dames échangèrent les riantes couleurs de leurs vêtements pour des teintes tristes et sombres. Les tendres nuances lilas, gorge-de-pigeon, première aurore laissèrent la rue au vert russe, cul-de-bouteille, noir Marengo ou pur éthiopien. Les marchands de nouveautés, selon leur coquette habitude, baptisèrent chaque étoffe d'un nom incongru. Le « pou de soie », le « pou de la reine » étaient recherchés par les élégantes qu'on entendait demander dans les boutiques chic deux mètres de soie « merde d'oie », couleur qu'hier encore elles appelaient « écharpe d'Iris ».

Quand la mode ne drapait pas les rues d'un manteau de grisaille, les événements s'en chargeaient. Ce n'est pas tous les jours, en effet, qu'un duc et pair de France transperce son épouse de trente coups de poignard ! Durant une semaine, les journalistes de *La Presse* s'en donnèrent à plume que veux-tu pour écrire le feuilleton du siècle, plus terrifiant que *Les Mystères de Paris* d'Eugène Sue, plus dramatique que les romans de M. de Balzac dont les lecteurs du journal d'Émile de Girardin avaient l'habitude de se délecter.

L'affaire éclata le 18 août 1847 dès la première heure du jour. Le bruit se répandit dans Paris, comme une traînée de barricades, que la duchesse de Choiseul-Praslin, fille du général comte Sébastiani et épouse du duc de Choiseul-Praslin, pair de France, avait été assassinée dans son hôtel du faubourg Saint-Honoré et que, selon toute vraisemblance, l'assassin n'était autre que le duc, son mari.

Les quotidiens réimprimèrent en hâte des éditions spéciales décrivant avec un soin méticuleux le fastueux hôtel des Choiseul-Praslin qui avaient quitté la veille leur château de Vaux-Praslin pour revenir à Paris. Que s'était-il passé au cours de la nuit ? Tout dormait dans l'hôtel quand, à quatre heures du matin, les domestiques avaient été réveillés par des hurlements, un grand bruit de meubles renversés et des tintements de sonnette auxquels personne ne répondait. Ils s'élancèrent vers les appartements et découvrirent le dernier spectacle auquel ils s'attendaient : la duchesse baignait dans son sang et n'avait pas survécu aux innombrables blessures qui apparaissaient sous ses vêtements de nuit.

Soudain, le duc était entré dans la chambre, l'œil hagard, feignant une grande douleur en apercevant le corps de sa femme. Il était effondré dans un fauteuil, son peignoir taché de sang, quand MM. Try et Bruzelin, commissaires de police, arrivèrent pour procéder à une première enquête. Les quelques détails qu'ils laissèrent filtrer, relayés par la presse, causèrent dans toutes les franges de la population une inimaginable réaction. Les journalistes eux-mêmes s'interrogeaient sur l'importance des groupes qui se formaient dans toutes les rues, les boulevards, les passages et où s'échangeaient, dans la fièvre, les dernières nouvelles. Le faubourg Saint-Honoré était noir de monde et des escouades de municipaux et de sergents de ville devaient protéger les jardins de l'« hôtel du massacre », comme Émile de Girardin appelait, dans son quotidien, la résidence du pair de France.

Bien que les lieux du crime fussent interdits à la presse, aucun détail des recherches dirigées maintenant par le procureur général et un juge d'instruction n'était caché à l'opinion. Il faut dire que l'enquête se déroulait dans un effarant désordre. Les voitures déversaient à chaque instant devant le perron ministres, ambassadeurs et autres personnalités que le chancelier de France, président de la Cour des pairs, recevait protocolairement comme il l'aurait fait dans ses salons.

Les médecins venaient de se mettre d'accord sur le nombre de coups portés à la malheureuse victime – trente-deux exactement –, lorsque le duc, auquel personne ne semblait s'intéresser, s'éloigna quelques instants et avala une quantité d'arsenic suffisante pour tuer cinq ou six pairs de sa corpulence. L'agonie se prolongea durant huit jours et, comme sa qualité empêchait une arrestation immédiate, on le garda à vue dans son hôtel jusqu'à ce que la mort s'ensuive.

*

* *

Durant ce prélude à l'enfer, Paris s'engourdit dans une singulière conversation avec lui-même. Sur les boulevards, dans les cercles, à la terrasse de Tortoni ou du Café anglais, on s'abordait, des élégants offraient un rafraîchissement à des gens qu'ils ne connaissaient pas et qu'ils ne reverraient jamais. Le matin où Jeannot avait apporté le journal en montrant le titre aux caractères énormes, bien plus importants que lorsqu'il s'agissait d'un nouveau cabinet ou de quelque barricade surgie dans la nuit, la famille se jeta sur *La Presse* et c'est Charles qui réclama le silence en annonçant :

— Écoutez, je vais faire la lecture, mais fermez la porte.

Descendus des étages, les locataires s'étaient en effet rassemblés dans la cour et faisaient un vacarme du diable en se bousculant pour essayer de déchiffrer le journal que Vladimir, le charpentier, venait d'acheter à un crieur.

Ce genre nouveau de journalisme, nommé « faits divers », intéressait Charles qui, tout en poursuivant son apprentissage familial d'homme du cuir, fréquentait pour la dernière année le collège des Francs-Bourgeois, rue Saint-Antoine. Ce matin-là, au grand dam de sa mère, il dit qu'il n'irait pas en classe afin de humer l'air de Paris à l'heure d'un pareil événement. Mieux, il engagea son père et Jeannot à l'accompagner, ce qu'ils acceptèrent sans se faire prier. Christine, elle, après avoir rouspété pour la forme, haussa les épaules et les laissa partir en philosophant sur ce besoin qu'ont parfois les hommes de quitter leur chez-soi bien tranquille.

— C'est ainsi, ajouta-t-elle en embrassant Charles-Émile, que vous partez à la guerre en chantant. Ce n'est pas parce que cela les amusait que les républicains ont été se battre à Valmy mais parce que, outre leur patriotisme, ils étaient contents de foutre le camp de chez eux ! C'est pareil pour les barricades ! Mais je préfère vous voir aller parler à n'importe qui d'un pair de France assassin que de risquer une balle perdue faubourg Saint-Antoine !

Satisfaite de se reconnaître plus fine psychologue que le père et le fils, elle s'assit derrière le comptoir et ouvrit le registre des commandes spéciales, celles qu'on a plaisir à exécuter et qui rapportent le plus. Elle refit son addition deux fois et esquissa une grimace : les comptes n'étaient pas bons. Depuis un certain temps, des incidents survenaient un peu partout dans la ville, l'insurrection brûlait le bitume des quartiers ouvriers et il se murmurait que les gens riches, les nobles, les grands bourgeois, les mêmes qui achetaient les selles de prix et les brides surpiquées, filaient vers leurs châteaux de province. Ainsi, peu à peu, l'économie de la capitale entrait en léthargie. On n'achetait rien en dehors des denrées de stricte nécessité. Côté mode, les élégantes se contentaient de rafraîchir à l'aide de quelques marguerites leur chapeau de la saison passée. Si bien que les Pierrard se seraient depuis longtemps séparés de leur coupé... s'ils avaient trouvé un acquéreur.

CHAPITRE XIV

Une circonstance banale, que les journalistes baptisèrent l'« affaire des banquets », pourrissait le mois de février 1848. Soutenus par la presse d'opposition, des électeurs et habitants de l'ancien XIIe arrondissement de Paris avaient décidé d'organiser un banquet où étaient conviés les députés libéraux et les chefs de l'opposition. Cela paraissait bien anodin et l'on pouvait compter sur la bonne humeur des agapes populaires pour calmer les réactions trop passionnées. Le ministre de l'Intérieur, lui, vit malice dans ce banquet qu'il frappa d'interdit en se fondant sur une loi de 1790 ! Cette décision, jugée provocatrice, ne coupa pas l'appétit des organisateurs, qui résolurent de passer outre l'arrêté ministériel et de convoquer un grand défilé menant, à travers Paris, les souscripteurs du banquet jusqu'au lieu de réunion. Et de publier dans *La Presse* une note goguenarde propre à agacer le pouvoir.

« La commission d'organisation a pensé que la manifestation devait avoir lieu dans le quartier de la capitale où la largeur des rues et des places permît à la population de s'agglomérer sans qu'il en résultât d'encombrement. Le rassemblement aura donc lieu place de la Madeleine et le cortège, par les Champs-Élysées et la place de la Concorde, gagnera le lieu du banquet. »

— Cela va barder ! dit Charles-Émile en la découvrant dans *La Presse*.

— Ne vous faites donc pas de souci, les apaisa Thierry. Ce n'est pas la première fois que Paris gronde, menace, fait des montagnes de quelques barricades et rentre à la maison en attendant une nouvelle occasion d'aller braver la force gouvernementale. Si cela se trouve, il ne restera plus rien, demain, de ce mouvement.

— Je n'en suis pas si sûr, reprit Jeannot, revenu d'un tour jusqu'au boulevard où il avait assisté à la construction de huit redoutes qui coupaient la chaussée. Un peu plus loin, un carré de quatre barricades enfermait la porte Saint-Denis.

— Mais c'est à côté ! s'inquiéta Christine. Il faut maintenir close la porte cochère !

*
* *

Les événements se déroulent rarement comme on le prévoit. La majorité des Français votait pour appeler au calme, réclamer l'ordre mais voilà Paris qui se dépavait une fois de plus, transformant brutalement un malheureux coup de pistolet parti de nulle part en une nouvelle insurrection. Les drames qui devaient suivre deviendraient historiques sous le nom de « journées de février » et « journées de juin ». Au début de l'été, toutes les barricades et redoutes mises en place s'enflammèrent et l'Assemblée donna les pleins pouvoirs au général Cavaignac pour rétablir l'ordre. Le bilan fut terrible : on compta quatre cents morts chez les insurgés, mille six cents dans les forces de l'ordre dont sept généraux, auxquels il fallait ajouter l'assassinat de Mgr Affre, l'archevêque de Paris.

— Et une fois de plus, les élections condamnent la révolution ! s'exclama Thierry en ouvrant *Le Progrès* du 15 mai. Écoutez les résultats : partis de l'ordre 450 élus, républicains modérés 75, partis de gauche 180.

En effet, c'en était fini de la monarchie de Juillet et du règne de Louis-Philippe, contraint de s'enfuir des Tuileries. Il ne restait à Louis Napoléon Bonaparte, grand vainqueur des élections législatives, qu'à attendre son heure pour devenir président de la IIe République.

*
* *

— Il y a un moment où il faut faire taire ses vieux sentiments républicains et convenir que le pays ne peut vivre dans une insurrection permanente ! s'exclama un soir Thierry au dîner. C'est d'ailleurs bien ce que pense le peuple français. Vous avez vu les chiffres : 5 434 286 voix pour Louis Napoléon contre 1 488 107 à Cavaignac ! Comme nos confrères artistes et artisans de la mode, de la bijouterie, du cuir, nous avons frôlé la ruine. Eh bien ! s'il faut un Napoléon pour nous rendre l'honneur de survivre, va pour Napoléon !

Jeannot, dont les opinions variaient au gré de celles d'Émile de Girardin, applaudit :

— Patron, dit-il, les chevaux ne font pas de politique et Dieu sait s'il va en falloir de ces bonnes bêtes pour relancer les affaires. Et avec elles des guides, des selles, des harnais. Vous allez voir les commandes reprendre à bride abattue ! M'est idée que chez le prince, le duc de Morny et tous leurs officiers chamarrés, on sera friands de cette luxueuse sellerie dont vous êtes le maître incontesté.

— Bravo Jeannot ! s'enflamma Charles-Émile. Si les parents sont d'accord, j'abandonne dès la fin du trimestre mes études aux Francs-Bourgeois – je ne vois pas le fils de Thierry Hermès finir notaire – et je participe, derrière l'établi, au succès de la maison !

— C'est bien, dit le père en échangeant un regard complice avec Christine. Tu aideras Jeannot à faire la première selle de notre grand retour aux affaires dans ce beau cuir anglais qui nous reste de l'héritage Costil. Nous ne la vendrons pas, car elle restera exposée dans le magasin comme le symbole de la qualité Hermès. Mais, avant tout, il faut reconquérir la clientèle !

*

* *

La IIe République, en fait, avait vécu et le prince-président attendait avec une patiente habileté le moment de proclamer cet empire arrêté dans sa pensée et accepté par un peuple comblé de fêtes militaires et de manifestations patriotiques où il se faisait acclamer par des cris de « Vive Napoléon ! » mêlés à ceux de « Vive l'empereur ! »

La famille Hermès ne manqua ni la distribution des aigles à l'armée dans les jardins, ni le banquet du Champ-de-Mars pour lequel M. et Mme Pierrard avaient acheté des places. De leur tribune où des buffets gigantesques étaient dressés, ils voyaient très bien la table du Président, cent couverts servis par une nuée de maîtres d'hôtel qui se suivaient, chargés de gros saumons, de pièces de bœuf, de homards et de foie gras.

— Presque toutes ces bonnes choses viennent de chez mon ami Chevet, le traiteur du Palais-Royal, expliqua Joseph Pierrard. Voilà des jours que ses cheminées fument et signalent, au loin, les fumets, les arômes, les odeurs du prochain empire.

Les fusées du feu d'artifice furent à la hauteur de l'événement. Elles étaient à peine retombées sur un Paris stupéfait que le ministre d'État, M. Trolong, lut au Sénat un message du prince-président dans lequel ce dernier, se fondant sur les manifestations populaires, invitait les sénateurs à modifier la constitution dans le sens du rétablissement de l'Empire.

— Ça y est, cria Jeannot en renversant son bol de café au lait sur le journal qu'il venait d'ouvrir. Napoléon le Petit, comme le surnomme Victor Hugo, sera proclamé empereur après un plébiscite. À voir la foule qui l'acclame, on ne peut douter du résultat !

— Oui, dit Thierry en s'emparant du journal, mais reste à savoir comment réagira l'opposition devant un acte aussi grave. Le peuple est pour le prince, c'est entendu, mais les penseurs, les écrivains, les philosophes, les exilés de Londres, les proscrits de Jersey ne se contenteront pas des diatribes de Proudhon et des pamphlets de Victor Hugo. Une flambée de violence reste toujours à craindre.

Christine, une fois encore, laissa s'exprimer le bon sens :

— Ce ne sont pas les gens de plume, écrivains ou journalistes, qui fomentent les émeutes, mais le peuple du travail. Or, aujourd'hui, il n'y a qu'à voir le quartier : les blouses bleues pensent qu'elles ont plus de chance, après toute cette période de violence et de pauvreté, de saisir un peu de bonheur dans la paix et la prospérité napoléoniennes que dans l'anarchie des barricades.

— Notre métier, en tout cas, a tout à y gagner, ajouta Thierry, scellant par cette phrase le rangement au côté de la bourgeoisie du vieux bonapartiste de Crefeld.

*

* *

Les Hermès avaient raison. Quinze jours plus tard, le vote donna un énorme avantage aux partisans du rétablissement de l'Empire, avec 7 839 552 voix contre 254 255. À Paris, berceau de deux révolutions et d'innombrables émeutes, on compta 208 658 oui et 53 756 non.

Ces nouvelles, la famille les lisait maintenant dans *Le Moniteur*. *La Presse* avait, en effet, cessé de paraître après le coup d'État du 2 décembre 1851, Émile de Girardin, se disant menacé par le nouveau régime, était parti se réfugier en Belgique avec sa femme Delphine et Victor Hugo. Certes, il était rentré deux mois plus tard, mais les Hermès, que ces volte-face agaçaient, s'étaient déjà habitués au *Moniteur*, à ses comptes rendus détaillés de la vie politique et au feuilleton de George Sand, la voisine de Thierry à l'Hôtel de Florence, devenue un écrivain célèbre. Un voisinage qui grandissait le prestige du maître de maison auprès de Charles-Émile, lequel aimait dire : « Mon père a vu Napoléon Ier remettre la Légion d'honneur à mon grand-père et il a connu George Sand. »

Le Moniteur, complètement dévoué au gouvernement, rendait compte de toutes les manifestations officielles avec un luxe de détails qui illustraient la résurrection des us et coutumes de l'ancienne cour. Chambellans, grand écuyer, maîtres de cérémonies, grand veneur, dames d'honneur, personne ne manquait à l'appel d'un cérémonial calqué sur celui du règne de Louis XIV. Les Parisiens qui avaient connu les solennités du premier Empire trouvaient celles-ci bien pâles comparées au faste de la cour du neveu. On n'y trouvait rien à redire chez les Hermès, puisque Thierry clamait :

— Voyez la place considérable que jouent les chevaux dans ces grandes parades officielles. Ces hussards galonnés d'or et leurs admirateurs sont nos clients de demain.

Il est vrai qu'on n'avait pas vu de longtemps autant de cavaliers ni de voitures dans les rues de Paris. Les berlines, les cabriolets et les calèches mis à l'abri pendant la crise réapparaissaient avec le printemps. Le fameux « marronnier du 20 mars », dans les jardins des Tuileries, célèbre pour sa précocité et guetté par toute la presse parisienne, avait déjà des feuilles épanouies quand Napoléon III, devenu empereur par la grâce de Dieu et la volonté nationale, pensa à se marier. Il songea aussi qu'il lui serait difficile de s'allier à une princesse de maison souveraine et s'en tint au choix de son cœur, comme il l'annonça aux grands corps de l'État.

Cette fois, c'est Christine et Nanette, la bonne, qui se jetèrent sur *Le Moniteur* pour suivre par le menu les préparatifs des noces avec Eugénie de Montijo. Tandis que les hommes mettaient la dernière main à la selle de cuir fauve prévue pour servir de modèle tentateur – mais déjà vendue au baron des Tuillères, homme de cheval connu pour ses exploits dans les manèges français et anglais –, Christine et sa servante partirent bras dessus bras dessous, le matin du mariage, vers la place de l'Hôtel-de-Ville afin d'assister au passage du cortège impérial.

La foule, accourue de tous les quartiers de la ville, était tellement dense qu'elles ne purent qu'apercevoir, entre des têtes, la voiture officielle. À vrai dire, elles n'en virent surtout que la couronne impériale la surmontant et les huit chevaux blancs qui la tiraient dans un crépitement de sabots. *Le Moniteur* avait précisé qu'il s'agissait du carrosse ayant servi au sacre de Napoléon Ier et de Joséphine.

Elles rentrèrent épuisées, les pieds douloureux, les oreilles cassées et un peu déçues de n'avoir aperçu que l'ombre de la belle Eugénie de Montijo derrière la vitre d'une portière dorée.

*

* *

En quelques mois, l'atelier de la rue Montmartre avait retrouvé l'activité des meilleures années. Charles, âgé maintenant de vingt-deux ans, se révélait non seulement bon sellier mais aussi habile marchand. Son père, instruit par ses voyages initiatiques, lui avait ouvert les portes d'un artisanat voué à l'excellence. Désormais, c'était lui qui reprenait le flambeau dans un marché prospère et recherchait les nouveaux moyens d'enrichir le blason d'Hermès.

Ainsi pressentit-il tout de suite l'intérêt que présentait l'ouverture à Paris du Tattersall, un établissement public consacré aux transactions entre amateurs de chevaux et de voitures, à l'exemple de celui fondé à Londres par sir Tattersall. C'était aussi un cercle, proche du gouvernement, où les férus de l'équitation se retrouvaient pour parler de races, de manège, de dressage, de sauts d'école ou des cuirs nouveaux tannés en Irlande.

Durant des jours, Charles-Émile délaissa l'établi et s'en alla fureter dans les salons du Tattersall, se mêlant aux conversations, glissant çà et là une remarque de connaisseur sur les mors de bride, les matelassures de selle ou la qualité comparée des cuirs anglais et hongrois. Quand il eut connu la plupart des membres influents du club, il se fit présenter au président, M. d'Embrun, un baron un peu prétentieux qui prêta toutefois l'oreille aux propos du nouveau venu quand celui-ci reprit un mot de M. des Effules, son ami.

— Ah ! vous connaissez le comte des Effules ? Un fameux homme de cheval que nous aimerions recevoir dans notre cercle.

Charles-Émile répondit qu'il se ferait un plaisir d'en informer le comte, lequel se trouvait être l'un des prestigieux clients de son atelier de sellerie et plaça sa requête : l'autorisation d'exposer dans un salon du club la copie de la selle qu'avait admirée l'empereur Napoléon Ier lors de sa visite dans les villes de la rive droite du Rhin. Quinze jours plus tard, la copie du chef-d'œuvre trônait dans le grand salon du Tattersall et les commandes affluèrent rue Montmartre.

Hermès réussit ainsi une jolie cabriole dans le marché du cheval. Pour répondre aux demandes, Thierry embaucha un nouveau compagnon et envisagea de s'installer dans un lieu plus vaste et mieux situé. On en parlait souvent au dîner et il constatait avec plaisir et fierté qu'il avait, en la personne de Charles-Émile, que tout le monde appelait Charles, un bras droit solide, toujours prêt à mettre en valeur ses idées sur l'avenir de la maison.

— C'est tout ce que j'ai appris de mon père et de mes séjours chez les meilleurs selliers que je te lègue, annonça, un soir, solennellement, Thierry. Je n'ai réalisé jusqu'à présent qu'une partie de mon rêve et j'ai besoin de ta jeunesse, de ton enthousiasme pour aller plus loin.

— Me permets-tu, père, de me mettre à prospecter les quartiers où nous pourrions déménager ?

— Tu te mettras en chasse dès que la commande de Tom Bartlett sera achevée. Il nous faut prévoir, en dehors du lieu plus accueillant, un local au moins double du nôtre et, surtout, une très grande cour afin d'entreposer les voitures dont nous assurerons la garniture, les coussins, portières, capotes, tapis... Les gens veulent aujourd'hui des berlines luxueuses, des calèches confortables et si l'on ne manque pas de selliers à Paris, on cherche des bons garnisseurs. Voilà une vraie occasion de diversifier nos talents et d'augmenter notre chiffre d'affaires.

— Mais ici personne ne sait faire cela, intervint Jeannot.

— Moi, si, sourit Thierry. Conseillé par maître Pierrefeu, j'ai autrefois garni de cuir, tapissé de soie et de velours la calèche du bourgmestre d'Aix-la-Chapelle. Il est moins difficile, croyez-moi, de rembourrer des coussins de tilbury que de couper et coudre à deux aiguilles une selle façon Hermès !

CHAPITRE XV

Aux rênes de son cab, Charles – qui avait reçu pour ses vingt ans cette petite voiture capable de se faufiler dans les encombrements – commença à sillonner le quartier des Champs-Élysées, de la Madeleine, de la Concorde. Sans résultat, il visita les notaires, questionna les tenanciers de cafés, fit parler les concierges et se rendit compte que sa tâche serait difficile. Quand il laissait percer son découragement, le père soufflait sur les braises :

— C'est difficile ? Et alors ? J'ai dû, au cours de ma vie, franchir des obstacles autrement périlleux ! Tu n'as pas trouvé ? Tu trouveras ! Je ne veux plus te revoir à l'établi tant que tu n'auras pas déniché le local digne de la maison Hermès. Sans oublier la grande cour. C'est primordial !

Charles tourna encore des jours dans les rues en parlant à Frison, le breton café au lait qui tirait dans ses brancards avec philosophie. Puis il s'éloigna un peu des voies royales pour prospecter le boulevard, pas celui proche de l'atelier mais celui des Italiens, celui des Capucines, ce dernier jusqu'à la Madeleine. Ainsi, il tomba un matin en face des Bains chinois, dans une drôle de rue, toute droite, qui longeait à une largeur d'immeuble le boulevard des Capucines. C'était la rue Basse-du-Rempart, assez étroite, mal pavée, où Frison s'engagea avec réticence.

— Va à ton pas, mon bon ! lui dit Charles. Je ne suis pas pressé et je regarde en passant chaque maison. C'est curieux, il y a de tout dans cette voie, des hôtels particuliers, Odiot l'orfèvre, des couturières, une fabrique de corsets, une chocolaterie... Oh ! On s'arrête, Frison ! Regarde ce que je vois aux numéros 54 et 56 : « Roulin et Yvrande, chevaux. » Et, à côté, « Poulain, loueur de voitures. » Bon ! On entre dans la cour du 54, qui ouvre barrière sur sa voisine, et on va essayer de voir ce que cachent ces enseignes.

Aidé par quelques légers touchers de mors, Frison comprit et s'arrêta dans la cour occupée par une barouche anglaise à huit ressorts, sur laquelle travaillaient deux ouvriers, et d'autres charrettes moins reluisantes.

Le fils Hermès engagea la conversation avec les compagnons occupés à changer la capote de la calèche :

— Pas mal, votre vache vernie, dit-il. Il vous en faut combien pour une capote mobile comme celle-là ?

— Deux mètres. Sans compter les bas-côtés.

— C'est ce que je pensais. Votre capiton en losanges me paraît très réussi.

— Vous êtes du métier, monsieur, pour remarquer tout cela ?

— Presque. Je suis le fils de Thierry Hermès, le sellier de la rue Montmartre.

— On connaît. Vos selles sont renommées.

Après un échange suffisant de banalités, Charles proposa aux deux compères d'aller boire une chopine au bistrot repéré à côté. Ce n'est pas une offre qui se refuse, et en moins de temps qu'il n'en faut pour vider deux carafons, Charles sut tout sur la rue Basse-du-Rempart, ses hôtels particuliers, ses principaux habitants et les ateliers et écuries qui répondaient aux enseignes professionnelles extérieures.

— Il ne reste que quelques chevaux dans les écuries de louage d'Yvrande et de Beruaux. Tous deux sont assez riches pour vivre de leurs rentes et veulent, dit-on, vendre la baraque. Quant à notre patron, M. Brion, il est malade et ne s'occupe plus guère de son affaire de voitures. Nous sommes, mon frère et moi, ses derniers ouvriers et lorsque la calèche anglaise du comte de Fabas, un colonel polonais logé à côté, sera terminée, je crois bien qu'il fermera boutique. Si vous avez besoin de deux bons garnisseurs, pensez aux frères Simon. Mais les voitures, ce n'est pas votre rayon...

— Qui sait ! Mon père cherche à s'agrandir, et il va sans doute entrer en rapport avec ces braves gens fatigués désireux de quitter la rue Basse-du-Rempart. Au fait, savez-vous d'où vient ce nom bizarre ?

— Huvé, le patron du bistrot, peut vous en dire plus que nous mais on dit que c'est parce qu'elle a été ouverte à l'emplacement du fossé de l'ancienne enceinte du roi Louis XIII.

Cela suffisait à Charles. Avant de prendre congé, il demanda à jeter un coup d'œil sur les locaux – des écuries vides assez grandes pour abriter un escadron de cuirassiers – et les ateliers voisins du loueur de voitures, remplis de carcasses de vieux breaks, de roues déjantées et même d'une calèche couverte de toiles d'araignées, qui avait, jadis, dû être pimpante. Tandis qu'il visitait ce bric-à-brac, les idées se bousculaient dans sa tête. Avait-il enfin trouvé le site propice à l'épanouissement de la marque familiale ? Les locaux lui paraissaient immenses et la cour répondait, semblait-il, aux exigences de son père.

Pour la première fois depuis qu'il prospectait le pavé parisien, Charles rentra rue Montmartre le cœur léger. Pour un peu, il aurait fait galoper Frison dans le boulevard encombré.

— Enfin quelque chose à raconter au père ! lança-t-il à son breton en effleurant son oreille de la mèche du fouet, signe de connivence auquel le bon cheval répondait toujours par un hennissement. Il avait compris : ce soir, le maître n'était pas morose.

*

* *

Un an plus tard, en mars 1857, l'atelier prenait comme nouvelle enseigne « Hermès père et fils » pour marquer son emménagement au 56 de la rue Basse-du-Rempart. Les travaux, cette fois confiés à des professionnels, avaient été longs et coûteux. Il avait fallu emprunter. Mais la nouvelle aventure revigorait Thierry et Christine qui, les cinquante ans passés, retrouvaient l'enthousiasme de leur printemps. Il faut dire qu'ils étaient bien aidés par Charles, parfait organisateur. C'est lui qui avait traité avec les entrepreneurs et réglé le transfert des tâches, des meubles et de l'outillage.

Christine restait penchée sur ses registres comptables, tandis que Thierry concentrait ses efforts sur la création du nouveau secteur d'activité, la garniture, l'entretien et la location de voitures. Ayant embauché les deux ouvriers de son prédécesseur, il recherchait ses premiers clients parmi les grands carrossiers et disait :

— En confortant au beau cuir, à l'or, au velours d'Utrecht les plus beaux châssis, nous gagnerons notre réputation de selliers garnisseurs. C'est pourquoi je vais rendre visite aux grands carrossiers, les Kellner, les Mülbacher, les Binder... Ces deux frères, d'origine wurtembergeoise, sont débordés et cherchent des sous-traitants ; on devrait donc pouvoir s'entendre. Je veux que dans un an, sur les Champs-

Élysées, les gens s'écrient en voyant passer un attelage somptueux : « C'est un landau Hermès ! »

La famille était désormais trop prise par les affaires pour s'occuper de politique. Elle constatait seulement que l'autorité succédait à l'anarchie et que c'était bon pour le commerce et l'industrie.

« Avec la machine à vapeur, une ère nouvelle commence », titrait *La Presse*, dont on avait finalement renouvelé l'abonnement. Enthousiasme douché le lendemain par un événement qui sema la panique dans le nord de la capitale : la chaudière à vapeur d'une scierie du quartier de la Villette, qui faisait mouvoir toutes les machines de l'usine, avait explosé, embrasant les réserves de bois mais aussi les entreprises du voisinage dont des chantiers de charbon, des réserves de pétrole ainsi que les six étages de l'immeuble le plus élevé du quartier. Comme il y avait eu des morts, des blessés, les Cassandre dénoncèrent ces machines infernales qui menaçaient des quartiers entiers de Paris. Pour autant, personne ne croyait vraiment qu'on allait réinstaller des manèges de chevaux à la place.

On suivait avec attention, dans les journaux et les rues elles-mêmes, les transformations qu'un préfet entreprenant, le baron Haussmann, habile metteur en œuvre des idées de l'empereur, s'était juré d'apporter à la capitale. Depuis plus d'un an, Paris s'était transformé en un gigantesque chantier. Des vieux quartiers, souvent il est vrai en état de délabrement, disparaissaient. Chaque jour, les quotidiens publiaient des chiffres qui faisaient frémir les vieux Parisiens. Ainsi, pour élargir et prolonger la rue de Rivoli, soixante-sept maisons venaient d'être démolies, beaucoup plus pour percer le boulevard de Strasbourg aidant à rejoindre la gare des Chemins de fer du Nord, davantage encore pour le boulevard de Sébastopol dont l'inauguration, le 5 avril 1859, ne risqua pas d'être oubliée par Charles. C'est ce jour-là, en effet, que Charles-Henri Hermès épousa Aline Lepavec, fille d'un riche joaillier de la galerie Montpensier.

*
* *

L'inauguration de la voie nouvelle suscitait un tel engouement chez les Parisiens que, dès dix heures, tout le centre de la capitale était transformé en un fantastique méli-mélo de chevaux, de carrioles de livraison, de fiacres, de calèches et de cabriolets qui, condamnés à l'immobilité, bouchaient la moindre artère. Charles, parti tôt afin d'aller chercher la mariée au Palais-Royal, se trouva bloqué dans son cab au carrefour du boulevard Saint-Denis, là où la troupe de ligne et la garde faisaient la haie tout au long de l'itinéraire bientôt emprunté par l'empereur, l'impératrice et la cohorte chamarrée des officiels.

Charles, à bout de nerfs, se moquait bien du couple impérial. Il pensait à sa fiancée, à la famille, aux amis qui l'attendaient rue Montpensier et prit la décision qui convenait : sauter de voiture, abandonner Frison attaché à un réverbère et, haut-de-forme à la main, gants beurre frais glissés dans la poche de sa redingote, s'échapper du tumulte pour courir comme un pur-sang emballé vers le Palais-Royal.

Après avoir bousculé les passants, renversé une boîte à ordures et perdu deux fois son chapeau, il arriva enfin, échevelé, devant le magasin de Guillaume Lepavec où Aline pleurait, entourée par toute la noce en train d'attendre près de la berline des Pierrard décorée de lis blancs.

Charles avait connu Aline lors de la réception d'adieu donnée par Joseph et Madeleine Pierrard qui, fortune arrondie par leurs dernières années prospères, vendaient leur maison de mode avant de se retirer dans une propriété tout juste achetée à Nogent, sur les bords de la Marne. Charles – l'espoir de la famille –, qui venait de fêter ses vingt-sept ans, était depuis longtemps pressé par sa mère de se marier, mais lui se disait trop pris par le lancement de la nouvelle entreprise pour songer à fonder une famille.

La rencontre d'Aline, jeune et jolie, précipita les choses. Elle lui plaisait et il n'ignorait pas, non plus, qu'une union avec les Lepavec ferait gravir un échelon aux Hermès dans la hiérarchie du commerce de luxe, milieu assez fermé où les orfèvres Odiot, voisins de la rue Basse-du-Rempart, les Martin, antiquaires à la Madeleine, Worth, le couturier, le joaillier Sandoz, rue Royale, Lahoche, propriétaire de L'Escalier de cristal, tenaient le haut du pavé.

L'apparition de Charles calma les inquiets et sécha les pleurs de la mariée qui, à l'heure prévue, marcha, légère, vers l'autel. Notre-Dame-des-Victoires n'avait rien à voir avec les plâtres neufs de Notre-Dame-de-Bonne-Nouvelle et son curé désagréable. Le brave abbé Reslond n'avait pas tiqué quand le futur époux lui avait expliqué qu'il ne pratiquait pas mais était, par sa famille, de religion réformée.

— Peu importe, avait répondu le prêtre, on inscrira sur l'acte de mariage « de religion non catholique ». Je vais tout de même vous faire visiter mon église qui a la particularité d'être, à Paris, celle qui possède le plus grand nombre d'ex-voto. La plupart de ces « mercis » sont émouvants. Autre détail intéressant : la musique est prisonnière de ces murs vénérables. Songez que Couperin habitait en face et que Mozart a joué sur l'orgue qui vous accueillera au son de *La Marche nuptiale* de Mendelssohn. Son souffle est aujourd'hui un peu nasard, mais aucun facteur ne veut y toucher. Par déférence. Notre église renferme aussi le tombeau de Lully. Que tous ces génies, mon fils, veillent sur votre nouvelle famille.

Après un « lunch », comme le disait Françoise Lepavec en usant d'une expression un peu maniérée et à la mode depuis que la reine Victoria était venue inaugurer l'Exposition universelle de 1854, le dîner de noces se déroula dans le nouvel atelier Hermès, décoré de guirlandes blanches et éclairé de plusieurs centaines de bougies. On dansa tard dans la nuit rue Basse-du-Rempart, longtemps après que les mariés eurent gagné l'Hôtel Westminster, rue de la Paix, où les Pierrard avaient retenu l'appartement nuptial.

*

* *

Entre la joaillerie et la sellerie, l'avenir des jeunes mariés semblait tout tracé sur le chemin du beau. Ils habitaient, rue Basse-du-Rempart, un appartement aménagé au-dessus de celui des parents et la fenêtre de leur chambre donnait – c'était le bonheur d'Aline – sur le boulevard des Capucines, comme celles des autres immeubles et hôtels bâtis à cheval sur les deux voies[1].

Thierry avait réussi son coup. Ses cuirs, leurs coutures sellier, les riches velours venus d'Italie et les brides aux boucles d'argent faisaient merveille sur les châssis des grands carrossiers. De plus en plus nombreux, les amateurs de belles voitures demandaient ainsi qu'elles soient finies dans le goût Hermès. C'était plus cher mais chic, et en tout cas ce qu'il y avait de mieux sur la place de Paris.

---

1. Le 56, rue Basse-du-Rempart, adresse durant vingt ans de « Hermès père et fils », correspondait à l'emplacement actuel des coulisses du théâtre de l'Olympia.

À l'heure où les locomotives à vapeur se mettaient à panacher le ciel, le cheval restait, en ville, le meilleur moyen de bouger et, la bonne marche des affaires aidant, les attelages en tout genre proliféraient sur le pavé et le macadam de la capitale. Les adversaires du baron eux-mêmes reconnaissaient que, sans les audacieuses percées du préfet Haussmann, la circulation dans les rues de Paris aurait été impossible. Cela pour dire, à l'exemple de Thierry, que les Hermès avaient « misé sur le bon cheval ». Leurs selles se voyaient couronnées dans toutes les expositions internationales et des profils de médailles ornaient maintenant les en-têtes de leurs factures. On venait même d'y ajouter une mention flatteuse dont Charles était fier : « Fournisseur des écoles nationales de dressage ».

*

* *

Et Napoléon dans tout cela ? Fier d'un redressement économique dont il ne manquait pas de s'attribuer la responsabilité, il jouait au grand. Le sang des Bonaparte bouillant dans ses veines, il avait de plus en plus envie de faire sortir de leurs garnisons ses fiers généraux et ses troupes requinquées. Une dispute entre le tsar et la Turquie lui donna l'occasion de se lier à l'Angleterre et à la Sardaigne afin d'aller se frotter aux régiments de Nicolas Ier sur les rives de l'Alma et les battre à Sébastopol. Assez de gloire pour satisfaire l'empereur et sa cour. Et aussi donner un nom à un pont et un boulevard.

Napoléon III aurait pu jouir de ce succès et affermir l'empire en le rendant plus libéral, histoire de ramener à lui les Français qui l'avaient jusque-là soutenu de leurs voix et trouvaient maintenant son régime trop autoritaire. C'est en tout cas ainsi qu'on voyait la situation chez les Hermès où Thierry et

Christine, ayant connu tous les soulèvements révolutionnaires du siècle, ne comprenaient plus la politique de l'empereur, en particulier son obstination à vouloir aller se battre au Mexique.

— Si loin de chez nous ! déplorait Charles qui n'avait jamais admis l'envoi de contingents français chargés de renverser le président en place au profit du prince Maximilien d'Autriche[1], dont les Français se moquaient bien.

Les journaux n'étant pas bavards sur cette expédition bizarre, on écouta avec curiosité Thierry annoncer, en revenant le même soir de sa tournée chez les carrossiers :

— J'ai des nouvelles du Mexique ! Je tiens de Jules Binder, qui est bien renseigné puisqu'il a la concession des voitures du duc de Morny, que les Français ont gagné. Maximilien va se faire couronner empereur à Mexico. Il paraît que Morny manigance tout cela dans le cadre de nébuleuses opérations financières !

La fin du feuilleton mexicain, la famille l'apprit, comme tout le monde en ouvrant un matin *Le Petit Journal*, dont le tirage, grâce aux nouvelles machines rotatives, dépassait le nombre fabuleux de trois cent mille exemplaires. Ce quotidien battait nettement *La Presse* et si son contenu paraissait à Charles et à Thierry trop populaire, le nouveau roman-feuilleton *Rocambole*, signé d'un certain Ponson du Terrail, plaisait aux femmes.

C'est Charles, le premier levé, qui découvrit la dépêche titrée « Maximilien, empereur du Mexique, arrêté et fusillé ! » Le malheureux prince, n'étant pas parvenu à s'imposer, avait tout juste régné deux ans et, abandonné par Napoléon, son mauvais génie dans cette entreprise, avait été condamné à mort.

---

1. Frère de l'empereur François-Joseph, archiduc d'Autriche marié à la princesse Charlotte de Belgique.

— Les Français, même les bonapartistes, ne vont pas aimer, commenta Thierry. À moins qu'Émile Ollivier, avec son Tiers parti, ne réussisse à faire évoluer le régime vers un empire libéral !

L'Exposition universelle de 1867 redora un peu le lustre de l'empire en train de craquer. Car jamais une capitale n'avait reçu autant de têtes couronnées. Tout le gotha avait rallié Paris, aux boulevards traversés sans discontinuer par des cortèges somptueux, ceux du vice-roi de Prusse Guillaume Ier comme ceux de l'empereur François-Joseph, du sultan Abdulaziz, d'Ismaïl Pacha, vice-roi d'Égypte, et même du tsar Alexandre II. Les Parisiens adoraient, même ceux qui avaient tâté des barricades.

Le 1er juillet, Thierry et Christine furent invités au palais de l'Industrie à l'occasion de la manifestation la plus prestigieuse de l'Exposition, la remise des récompenses. Ce n'est pas l'Empereur mais le prince Murat qui délivra au sellier Hermès la médaille d'or de première classe, décernée par le jury à une selle de dame en peau de porc anglais et chevreau glacé. Thierry essuya une larme en pensant à son père, tandis que Christine n'avait d'yeux que pour le diadème de l'impératrice et les aiguillettes de diamants pendant à son cou.

On fêta un peu plus tard l'événement par un grand dîner rue Basse-du-Rempart. Ce repas gai, débordant de convivialité, marquait l'ascension d'Hermès dans la lignée des grandes familles du luxe parisien. Charles se fendit d'un discours très applaudi sur l'excellence du travail, les valeurs de l'artisanat gages de richesse nationale, mais sans émettre la moindre parole de politesse, pourtant rituelle dans ce genre de réunion, envers l'empereur. Il n'y avait, ce soir-là chez les Hermès, que des gens contents, satisfaits de leur sort, pourquoi les chagriner en parlant politique ?

Si l'opposition reprenait de l'ascendant dans la vie publique, cela n'inquiétait personne. On riait, au contraire, des attaques portées à l'empire dans un nouvel hebdomadaire satyrique, *La Lanterne*, qui, dès sa fondation, avait remporté un succès prodigieux. Tout le monde lisait, commentait et faisait circuler le fameux pamphlet d'Henri Rochefort[1] débordant d'allusions piquantes et de mordantes épigrammes.

*

* *

Cette poussée républicaine, soigneusement encadrée par le ministère d'Émile Ollivier, n'entravait en rien les affaires. En tout cas, pas celles de la famille Hermès qui n'avait jamais eu autant de chevaux à harnacher, de selles à assembler, de voitures à gainer de cuirs rares, et de cabriolets à louer. Sa seule inquiétude tenait à la menace d'un manque de matière première, ces beaux cuirs qui assuraient le renom de la marque étant de plus en plus difficiles à trouver. Un jour, un événement autrement important mit la maison sens dessus dessous. Aline était enceinte ! Depuis neuf ans qu'ils étaient mariés, Charles et sa femme attendaient cet instant qu'ils n'espéraient plus.

— Quand allez-vous nous donner un descendant ? s'inquiétait parfois sottement Thierry, ajoutant : La lignée Hermès ne peut s'arrêter en plein essor !

Christine et Aline se retenaient de pleurer mais parfois n'y parvenaient pas ; Charles, lui, se levait et quittait la pièce. Son père, honteux de sa balourdise, s'excusait.

C'est dire combien la nouvelle fut accueillie dans la joie. Thierry offrit une bague en diamant à sa

1. Marquis de Rochefort-Luçay, collaborateur du *Figaro*, fondateur de *La Lanterne*, de *La Marseillaise* et de *L'Intransigeant*.

belle-fille que, par délicatesse, il n'alla pas choisir à la bijouterie de la famille Lepavec, mais à L'Escalier de cristal, situé rue Scribe.

La postérité du nom avait tardé, mais la naissance d'Adolphe Hermès se déroula sans incident. C'était un beau bébé dont Thierry, grand-père attendri, caressait les joues du bout de son index, plus habitué à tâter les fleurs de cuir qu'à approcher un bambin. Il lui parlait en tout cas aussi doucement que sa voix fêlée par l'âge le lui permettait :

— Ainsi te voilà, petit Adolphe, qui aura un jour la tâche de continuer à inventer la maison Hermès ! Car ne t'y trompe pas, le nom d'un artisan, fût-il sellier reconnu, est toujours à recréer. Et ton fils te succédera... Le nom d'Hermès sera déjà devenu célèbre, connu dans le monde entier peut-être. Et pourquoi ? Je vais te le dire, petit bonhomme : parce que le père de ton grand-père a trouvé un jour, dans un village allemand des bords du Rhin, une façon nouvelle de coudre les cuirs, le cousu-sellier, la perfection tout simplement.

*

* *

La bonne marche des affaires n'empêchait pas l'empire de perdre chaque jour un peu plus de sa superbe. La saisie du onzième numéro de *La Lanterne* et la condamnation de Rochefort à un an de prison furent mal accueillies par l'opinion. D'autant que, réfugié en Belgique, le polémiste réapparut pour se présenter au Corps législatif. Et fut élu.

— L'empire est malade, asséna Thierry un jour. Avant que ne survienne une crise, je dois aller à Pont-Audemer renouveler nos réserves de peaux.

Ce voyage, il l'effectuait seul, de temps en temps, quand il fallait approvisionner l'atelier et qu'il éprouvait l'envie de retrouver, l'espace de quelques jours, l'atmosphère de sa jeunesse dans la cité aux cent canaux demeurée un grand centre de tannerie et de commerce du cuir. Cette fois, il demanda à Christine de venir avec lui. Pour la forme elle hésita, mais elle était en fait très heureuse de l'accompagner dans cette ville curieuse et accueillante où elle avait donné naissance à Charles.

Charles, trente-deux ans après, fit préparer la plus confortable berline de la maison et choisit, pour l'atteler, deux trotteurs normands sages et résistants. Il fallait un cocher. Thierry, de préférence à l'un des fringants conducteurs du service des locations, demanda à Roger, l'aîné des frères Simon, devenu contremaître des selliers garnisseurs, de le conduire avec Christine jusqu'en Normandie. Tout le monde, rue Basse-du-Rempart, appréciait les Simon qui s'étaient fait une place privilégiée dans la famille. Pour Roger, conduire la voiture de M. Thierry constituait une marque de confiance dont il goûta l'honneur.

Fouette cocher ! Un matin d'avril, la berline passa le porche et emporta Thierry et Christine, serrés l'un contre l'autre, vers la porte de Saint-Cloud et la Normandie.

Sur la route, lorsqu'ils croisèrent une colonne d'artillerie, Thierry bougonna. Il n'aimait pas voir l'armée prendre la direction de Paris.

— Nous n'aurions peut-être pas dû partir, s'inquiéta alors Christine.

— Ne te fais donc pas de souci, la rassura son mari. Les jeunes vont se débrouiller très bien. Et puis, nous ne partons que quelques jours, une semaine tout au plus.

À l'Hôtel du Grand-Cerf de Nonancourt, où le sellier avait ses habitudes, le patron leur expliqua que des dragons étaient passés, durant la nuit, en faisant un bruit d'enfer. L'inquiétude réapparut. Ils dormirent cependant en paix, et lorsqu'ils arrivèrent le surlendemain en vue de Pont-Audemer, la brume musquée des canaux baignait paisiblement les peaux entassées devant les tanneries.

Rien n'avait changé dans la cité du cuir. Si les machines à fouler lançaient un peu plus de fumée, les mêmes cris de femmes montaient du quartier Saint-Aignan. La demeure de Mme de Lestin dressait toujours ses deux tourelles. La comtesse, elle, avait dépassé l'âge de soixante-quinze ans et le portait avec crânerie. Elle reçut les Hermès comme des vieux amis et Thierry retrouva avec émotion la chambre de Corneille. Christine, elle, gagnée par la paix du lieu, avait chassé toute inquiétude de son esprit. Elle bavarda volontiers avec la comtesse, confiant à son époux, quand il revenait de sa chasse aux cuirs précieux :

— Figure-toi qu'il m'arrive, des journées entières, de ne pas penser à l'atelier !

Les Hollandais, successeurs de René Costil, apprirent un soir à Thierry qu'il se passait des choses graves dans la capitale. Fallait-il avoir recours à l'engagement militaire pour réveiller le patriotisme et sauver un pouvoir chancelant ? Tout le monde se posait la question depuis que, s'estimant humiliée par une dépêche falsifiée du chancelier Bismarck publiée à Ems, la France avait déclaré la guerre à la Prusse !

— C'est de la folie ! tonna le sellier en apprenant la grave nouvelle à sa femme. Il nous faut rentrer. Nous ferons étape à Évreux où nous obtiendrons, je pense, des nouvelles plus précises. Si cela ne t'ennuie pas de voyager de nuit, nous partirons tout de suite. Le temps de charger mes achats et les bagages.

Le lendemain au matin, ils s'arrêtaient à Dreux devant l'Hôtel de La Vieille-Gabelle où régnait une vive agitation. Le personnel de l'établissement et quelques voyageurs se pressaient autour d'un personnage vêtu à l'artiste d'un costume de velours beige et coiffé d'un chapeau à larges bords. Les Hermès apprirent alors qu'il ne s'agissait pas d'un peintre, mais de M. Pierre Fenouil, journaliste, éditeur d'une gazette locale et, à l'occasion, correspondant des grands journaux de Paris. De retour de la capitale par la diligence, il narrait d'une voix grave, et emphatique, des faits incroyables prêts à entrer dans l'histoire de France. Il voulut bien répéter son discours à Thierry et à Christine, dont la berline noire arrêtée devant la porte l'impressionnait.

— Tout s'est passé si vite ! On s'endort tranquille et on se réveille en guerre contre la Prusse ! La presse est déchaînée, tout le monde crie : « À la guerre ! Mort à Bismarck ! Au Rhin ! » Personne ne songe que Bazaine et Mac-Mahon ne vont pas vaincre, vite fait, l'armée du Kaiser et de l'infâme chancelier prussien. En tout cas, à Paris, c'est l'état de guerre, les troupes du génie s'emploient à renforcer les fortifications.

— Que pensez-vous, personnellement, de cette déclaration ?

— Je suis journaliste, monsieur, et, contrairement à mes confrères parisiens, j'attendrai les premiers bulletins de victoire pour me réjouir pleinement.

— Mieux vaut ne pas trop espérer ! se désola Thierry. Nous allons nous reposer un peu, puis reprendre la route de Paris.

— Vous faites bien, monsieur. Mettez aussi à l'abri, et le plus tôt possible, votre bel attelage. J'ai appris qu'on commence à réquisitionner les chevaux.

Deux heures plus tard, Roger Simon lançait la cavalerie Hermès vers la capitale, où Émile Ollivier venait de faire voter la guerre contre la Prusse, « d'un cœur léger » selon son expression.

— J'ai hâte d'arriver chez nous, soupira Christine entre deux cahots. Qu'allons-nous devenir s'il n'y a plus de chevaux à Paris ? Que penses-tu ? Mais tu dors, ma parole !

Thierry ne dormait pas. Il réfléchissait.

— Je ne veux pas, ma douce, te bercer de paroles rassurantes. La guerre, c'est vrai, est la pire chose qui pouvait nous arriver. Si on gagne, nous nous remettrons vite en selle. Mais je crains que nous ne soyons pas préparés à affronter l'armée du Kaiser.

— Qu'est-ce qui te rend aussi pessimiste ? La presse ne cesse de louer notre puissance militaire.

— Binder et Mülbacher, qui travaillent pour le gouvernement, m'ont plusieurs fois rapporté que notre armée se révèle très inférieure en nombre à celle des Allemands et que cette faiblesse ne semble en rien inquiéter l'état-major. Ni l'empereur qui, contrairement à son oncle, serait un médiocre stratège. J'espère me tromper, mais la guerre me paraît loin d'être gagnée !

*

* *

Thierry et Christine, qui s'attendaient au pire, ne remarquèrent pas de grands changements en entrant dans la capitale. On pouvait, certes, constater une certaine agitation aux portes mais il y avait encore des chevaux ! Vers le centre, les boulevards se trouvaient comme à l'habitude encombrés et la berline mit du temps pour gagner la rue Basse-du-Rempart qui, elle, était libre. Ils remarquèrent seulement, au 42, des hommes en train de charger des malles dans une grosse voiture arrêtée devant la porte de l'hôtel du comte de Divonne. Au 56, le portail était fermé et Roger dut descendre pour le faire ouvrir. Alerté par le bruit des roues sur les pavés de la cour, l'atelier se précipita.

— Dieu merci, vous êtes rentrés ! s'écria Charles, soulagé. Nous nous sommes fait un sang d'encre, ignorant si vous étiez toujours à Pont-Audemer ou sur la route. Notre crainte était que vous ne puissiez rentrer dans Paris. Êtes-vous au moins au courant de la situation ? La ville est pratiquement en état de siège…

— Holà ! dit Thierry. Nous avons fait un voyage très tranquille et trouvé Paris bourré de voitures, comme d'habitude. Ce qui ne cesse de m'étonner.

Adolphe arriva en courant au même instant. Il sauta au cou de son grand-père puis embrassa Christine avec une telle fougue qu'il faillit la renverser. Tout excité, il se campa devant eux et cria :

— C'est la guerre ! Nous allons battre ces cochons de Prussiens !

Adolphe, âgé de trois ans et demi, était un beau garçon, grand pour son âge, doté de la chevelure frisée et flamboyante de son grand-père avant qu'elle n'ait blanchi. Comme il lui ressemblait beaucoup, cette constatation, qui revenait souvent aux lèvres des gens, faisait la joie de Thierry qui aimait répéter :

— Pour un Hermès, c'est bien un Hermès !

L'état de guerre n'eut pas immédiatement de conséquences marquantes sur la vie des Parisiens. Quant à l'atelier, il avait assez de commandes pour continuer d'occuper la dizaine d'ouvriers qui, sous les ordres de Jeannot, travaillaient le cuir dans l'excellence de l'art.

Seul l'avenir du département des voitures s'était assombri. M. Mülbacher était en effet passé, un matin, voir le sellier. Ils avaient conversé un moment dans le bureau et la gravité de leur visage montra à tout l'atelier que le carrossier, principal client de la maison, apportait de mauvaises nouvelles. Telles que Thierry les transmit aux ouvriers, elles étaient en effet déplorables :

— Les grands carrossiers, dont Mülbacher, annulent leurs ordres et nous allons devoir fermer dès ce soir deux ateliers. Les ouvriers concernés seront évidemment réembauchés dès que la situation le permettra. J'espère que seul ce service sera touché et que nous pourrons continuer à faire vivre notre maison.

À la famille, il fit part des autres propos que Mülbacher lui avait tenus :

— En prenant des rêves pour la réalité, on a parlé de premiers succès de notre armée. En réalité, il s'agissait de fausses nouvelles lancées à la Bourse par des spéculateurs. Les combats seraient au contraire mal engagés. Il faut attendre pour avoir des nouvelles crédibles.

On n'eut pas longtemps à attendre. Dès le début du mois d'août, la presse, dont on était toujours friand chez les Hermès, ne cessa d'annoncer des désastres. Le 4, l'armée de Mac-Mahon était battue à Wissembourg ; le 6, les zouaves et les dragons, malgré une résistance farouche, avaient dû fuir à Reichshoffen devant des ennemis deux fois plus nombreux. L'armée de Bazaine, pas plus heureuse à Gravelines, s'était réfugiée dans Metz où l'empereur lui-même était venu, accompagné de son fils âgé de quatorze ans, prêter main-forte à ses généraux.

L'inquiétude régnait rue Basse-du-Rempart comme dans l'ensemble des quartiers de Paris. Après toutes ces batailles perdues, l'armée de Mac-Mahon et de Napoléon III, reconstituée au camp de Chalons, avait tenté de débloquer Metz. Peine perdue, elle s'était vue rejetée puis encerclée dans Sedan.

*
* *

Thierry travaillait à la cornette les côtés d'un sac de chasse, qui trouverait peut-être un jour son acheteur, quand la nouvelle traversa Paris : l'empereur venait de capituler et d'être fait prisonnier. Lorsque Jeannot l'apprit à l'atelier, le maître poussa un gémissement et laissa sa tête s'effondrer sur l'ouvrage. Le sort de Napoléon III lui importait peu mais fatigué, brisé par cette guerre qui n'en finissait pas d'être perdue, il ne supportait plus de voir son rêve s'évanouir dans le fracas des canons.

Inquiet, Charles se précipita :

— Père, dit-il, ce n'est pas le moment de perdre courage. Nous avons besoin de toi. Si la maison doit s'endormir, elle n'est pas la seule et nous la réveillerons ! Les temps, sans doute, vont être durs. Les Prussiens doivent même à cette heure marcher sur Paris et je ne crois pas que l'armée républicaine ni le nouveau gouvernement de Gambetta puissent résister longtemps à un siège.

— Tu as raison, se reprit Thierry en esquissant un pauvre sourire. Mais, tu vois, je plains et je comprends ceux qui vont jusqu'au bout défendre leurs biens et la patrie. Si j'avais vingt ans de moins, qui sait ce que je ferais...

— Des bêtises, sûrement, coupa Christine. Pour l'instant, tu es le chef de la famille et c'est à elle que tu dois penser.

*
* *

Le 19 septembre, c'était chose faite : les troupes prussiennes avaient déferlé et encerclé la capitale. Le siège de Paris commençait et les journaux, suivant leurs lecteurs, s'intéressèrent tout de suite aux questions d'approvisionnement. *Le Petit Journal*, entre deux articles consacrés à l'armement de la garde nationale, publiait l'état des réserves dont disposait la ville :

« Trois cent cinquante mille quintaux de farine, quatre cent mille quintaux de riz, des tonnes de pommes de terre. Mille bœufs et cinq mille moutons. Les Parisiens ne mourront pas de faim. »

— On ne parle pas des chevaux, remarqua Aline en reposant le quotidien.

— Tu ne penses tout de même pas qu'on nous ferait manger du cheval ? s'offusqua Jeannot, incapable de se remettre du départ de l'écurie de quatre pommelés réquisitionnés par la garde nationale.

Considérés comme utiles à la marche de l'entreprise, les deux beaux noirs sur lesquels les frères Simon veillaient avec amour avaient été sauvés mais Roger ne pouvait s'empêcher de redouter ce qui arriverait lorsque l'avoine et le fourrage viendraient à manquer.

Bientôt les journaux durent abandonner leur optimisme. Ce n'est pas le fourrage, mais tout qui disparut. Et Paris, humilié sous la poigne de fer prussienne, entama vaillamment sa lutte contre la faim et contre un hiver précoce. Les viandes de bœuf et de mouton devinrent souvenirs et une seconde réquisition envoya à l'abattoir, avant qu'ils ne meurent de faim, les derniers chevaux de la capitale. La famille pleura quand elle vit ses deux noirs prendre place dans l'interminable file de bêtes efflanquées avançant à petits pas vers Vaugirard.

À condition d'y mettre le prix, de ne pas avoir peur d'user ses chaussures et de ne pas être exigeant, on pouvait réussir à tromper sa faim dans ce Paris assiégé. Chez Hermès, les frères Simon s'occupaient du ravitaillement. Ils partaient à l'aube et marchaient de longues heures avant de trouver un pain dont la couleur s'assombrissait chaque jour un peu plus tandis que montait le prix de toutes les autres denrées.

Les marchés offraient des éventaires curieux, inimaginables quelques semaines plus tôt. Les deux frères ne s'intéressaient pas aux corbeaux, ni aux rats – pourtant avantageux au prix de 3 francs la pièce. Ils fuyaient aussi tout ce qui était cheval, tranche ou pâté. Sur la demande expresse d'Aline, ils achetèrent cependant une côte saignante destinée au petit Adolphe que sa mère essayait, par tous les moyens, de protéger de la malnutrition. Le garçon, qui crut manger du bœuf, trouva la grillade épatante. Entraînés par Charles tous y goûtèrent, même les frères Simon, et il fut entendu – à la guerre comme à la guerre –, qu'on oserait avaler du cheval, animal sacré de la famille, au moins une fois par semaine. On n'en vint toutefois pas à manger de cet éléphant du Jardin des Plantes, abattu faute de pouvoir être nourri. Dépecé, le pachyderme avait en effet été mis en vente sur quelques marchés. *La Tribune* raconta même qu'à Aligre on s'était battu pour un morceau de trompe. C'était le côté cocasse du siège. Victor Hugo, rentré à Paris dès l'annonce de la destitution de Napoléon III, délivrait ses impressions au *Petit Journal*. Rue Basse-du-Rempart, on découpa en riant le passage où il écrivait : « Mon dîner me tracasse et même me harcèle. J'ai mangé du cheval et je songe à la selle. »

*

* *

Les Allemands, qui ne tenaient pas à engager une bataille de rues, se contentaient de bloquer les entrées de la ville et d'attendre que les Parisiens, affamés, se rendent. À l'intérieur et dans les forts de la périphérie, subsistait une garnison importante qui, soutenue par la population, décida une contre-attaque hasardeuse développée depuis le mont Valérien jusqu'à Nogent. Les gardes nationaux et les sapeurs du génie occupèrent ainsi Neuilly-sur-Marne, Ville-Évrard, Maison-Blanche, Bondy et

Le Bourget. La presse salua ces conquêtes banlieusardes comme des victoires éclatantes mais, en réponse, l'artillerie allemande commença à tonner dans le ciel de la capitale. Les canons de M. Krupp, dont les journaux publiaient la caricature, tirèrent chaque jour des milliers d'obus, d'abord sur les forts puis sur la ville elle-même.

Finies les plaisanteries sur le boisseau d'oignons à 80 francs. Après les angoisses de l'attente, la guerre se trouvait là, au cœur de la ville. On ne voyait pas de casque à pointe au tournant de la rue, mais l'amas des ruines d'une maison touchée par un obus. Les nouvelles tombaient, comme les édifices : la faculté de droit fut atteinte en pleine façade ; l'explosion d'une bombe sur le toit de l'école des frères de la rue de Vaugirard tua cinq enfants ; le Luxembourg, la Sorbonne essuyèrent des tirs de plus en plus destructeurs.

La mort, l'horreur, le deuil s'insinuaient partout. Paris se recroquevillait dans ses logements et ses caves, alors que les obus prussiens pleuvaient au hasard des rues. Au hasard ? Pas sûr. Trois hôpitaux, et l'institution de Sainte-Périne à Auteuil avaient été frappés. Tout le monde pensa alors que les pointeurs situés sur les hauteurs de Meudon choisissaient bien leurs cibles.

Malgré la pénurie, malgré les bombardements, Thierry avait refusé de fermer l'atelier. C'était comme si ce siège inhumain lui avait rendu le goût de lutter :

— Nous avons, expliquait-il, gagné assez d'argent pour pouvoir, aujourd'hui, garder nos plus anciens ouvriers. Et puisqu'il ne faut pas compter sur la moindre commande de selle, de bride et de harnais, nous allons utiliser nos réserves de cuir à confectionner des sacs de chasse et de voyage, des portefeuilles... Pas de l'ordinaire, mais de belles pièces cousues dans les meilleurs cuirs à la façon d'Hermès.

Quand cette guerre désastreuse sera finie, je suis sûr que Charles n'aura pas de mal à vendre ces accessoires de luxe.

Ainsi, entre bombes et privations, vécut la famille durant de longues semaines. Jusqu'au 27 janvier de 1871, la cent trente-cinquième journée du siège, où les Parisiens constatèrent à leur grand étonnement que, depuis une heure du matin, les bombardements avaient cessé. Que signifiait cette accalmie ? Beaucoup se précipitèrent dans les rues pour se renseigner. Les Allemands auraient-ils levé le siège ? Qui pouvait le savoir ?

Sur le coup de midi, une affiche placardée par les employés de l'Hôtel de Ville dissipa le mystère : le gouvernement négociait l'armistice ! Charles, parti aux renseignements avec les frères Simon, découvrit la proclamation signée du général Trochu, de Jules Favre et de Jules Ferry, collée sur un portail du boulevard des Capucines. Ils échangèrent quelques mots avec les badauds qui s'agitaient, chantaient *La Marseillaise* ou s'invectivaient, puis rentrèrent à la maison en courant afin de rapporter aux femmes et à Thierry la stupéfiante nouvelle. Jeannot, Aline, Thierry et même le petit Adolphe, après avoir montré leur stupéfaction, les pressèrent de questions.

— Comment les gens prennent-ils l'affaire ? interrogea Christine.

— Certains s'indignent, parlent de trahison, mais il me semble que la plupart reconnaissent qu'un prolongement de la résistance devenait impossible.

Thierry, qui avait maintenant la larme facile, s'essuya les yeux en disant :

— Il est douloureux de demander grâce à un ennemi qui nous a imposé tant de malheurs et de privations ! Je connais les Parisiens et ne serais pas étonné que certains excités des barricades reprennent possession de la rue. Bien des jours passeront avant que revienne le beau temps de calèches !

Il avait raison. Deux mois de cauchemar succédèrent à la fin des bombardements allemands. La capitale n'était plus encerclée par les troupes prussiennes, mais pratiquement bloquée à l'intérieur de ses fortifications sous l'administration de la Commune insurgée contre le gouvernement issu de l'Assemblée nationale. Cette dernière, du reste, avait quitté le palais Bourbon pour s'établir à Versailles et y réorganiser l'armée régulière. Sa mission : entrer dans la cité et déloger les insurgés de leurs barricades et de l'Hôtel de Ville. Deux républiques, deux armées françaises opposées – l'une, celle de Thiers et des Versaillais, l'autre, la garde nationale devenue celle des Fédérés –, la lutte fratricide ne pouvait que se terminer dans le sang. Adolphe apprendrait deux ans plus tard à l'école des Francs-Bourgeois que cette fin tragique avait, dans l'histoire de France, pris le nom de « semaine sanglante ».

Dès la fin des bombardements prussiens et, alors que c'était encore possible, Charles avait contraint ses parents, sa femme et leur fils à partir se réfugier dans un village voisin de Mantes, où les frères Simon possédaient de la famille. Comme eux, près de deux cent mille Parisiens nobles, bourgeois et même ouvriers, disposant d'un point d'ancrage hors des fortifications, avaient eu la chance de pouvoir quitter Paris pour échapper aux affres d'un second siège.

*
* *

Quand, dans les premiers jours de juin, la famille put rejoindre la rue Basse-du-Rempart, elle découvrit au long du chemin une ville saccagée.

— Mon Dieu, murmura Thierry, quelle misère ! Dans quel état allons nous trouver l'atelier ? Pourvu qu'il ne soit rien arrivé à Charles et à ceux qui ont gardé la maison !

Il ne leur était rien arrivé ; encore que vivre terrés dans une cité en convulsion, en proie aux bombardements, aux incendies, aux prises d'otages et aux exécutions, n'eût rien de réjouissant. On pleura beaucoup lorsque la voiture de Rémy, le cousin des frères Simon, s'arrêta dans la cour. Ce n'était pas une berline capitonnée Hermès, mais un char à bancs grinçant tiré par un percheron plus habitué aux labours qu'aux pavés parisiens. Mais c'était le char de la paix, des retrouvailles, du bonheur, peut-être.

On fit fête au cousin et Christine, riant pour la première fois depuis longtemps, dit à Aline qu'il fallait voir à la cuisine s'il y avait de quoi préparer le dîner.

— Pas grand-chose, répliqua Charles. On se nourrit de mauvais pain, de lard et de jambon quand il y en a. Mais, tu vois, c'était quand même mieux que durant le premier siège.

— Alors, ce soir, nous allons réussir un vrai festin ! Viens, Aline, filons chez Pierrot, le bistrot. C'est un homme de ressources. Il nous a souvent tirés d'embarras durant le siège et a sûrement quelques victuailles en réserve. Nous prendrons aussi du vin car je suis certaine que les hommes ont vidé la cave durant notre absence.

Elles revinrent avec deux belles poulardes de Houdan ayant passé les lignes dans la musette d'un brigadier, que Pierrot gardait pour le déjeuner familial du dimanche. Il s'en était dessaisi volontiers, estimant que le retour de M. Thierry rue Basse-du-Rempart constituait un événement quasi historique qu'il convenait de fêter dignement.

En attendant que les femmes eussent dressé la table et paré les volailles avant de les mettre au four, Thierry emmena Charles dans le coin de l'atelier où il aimait se reposer ou lire, calé dans son fauteuil Voltaire. Un peu harassé par le voyage, il allongea ses jambes.

— Sens-tu cette odeur suave du cuir qui flotte sur l'atelier ? demanda-t-il. Je l'ai respirée toute ma vie et ne m'en lasse pas. Mais raconte-moi un peu cette Commune dont on parle à la campagne comme d'un enfer.

— Un enfer, oui, commencé par un élan patriotique du peuple de Paris, poursuivi dans un désordre militaire et idéologique, achevé dans la folie criminelle des incendies, des prises d'otages, des assassinats. Et l'héroïsme sans espoir des derniers communards suivi d'une impitoyable répression. Mais je t'ai gardé les journaux, tu pourras juger toi-même.

Après avoir feuilleté quelques pages, le sellier invita son fils à poursuivre.

— La presse anticommunarde a naturellement été interdite, reprit Charles en posant la pile de journaux sur un établi. En dehors de la reparution, ces derniers jours, du *Moniteur*, de *La Liberté*, du *Journal des débats*, tu vas trouver quelques-unes des innombrables feuilles créées durant ces trois mois cauchemardesques. Le journal le plus lu a été *Le Père Duchesne*, l'histoire racontée au jour le jour par les insurgés. Mais jette d'abord un coup d'œil sur les journaux de cette dernière semaine. Ils font le triste bilan de la guerre civile.

Thierry connaissait le terrible tribut imposé par les Allemands, les cinq milliards et l'abandon de l'Alsace-Lorraine mais il découvrit, stupéfait, le désastre causé par la lutte entre les gouvernementaux et les Fédérés. Il souffrit d'apprendre que le palais des Tuileries, l'Hôtel de Ville, le palais de justice, la Cour des comptes, le palais de la Légion d'honneur, le Palais-Royal avaient été incendiés au pétrole, que la rue Royale était entièrement démolie et que le Louvre et la Sainte-Chapelle avaient échappé aux flammes par miracle. Les tirs de l'artillerie versaillaise avaient sans doute une part de responsabilité dans certaines destructions, surtout dans l'ouest, mais les incendies des palais nationaux étaient bien le fait des Fédérés acculés à la défaite durant la semaine sanglante.

La mine défaite, les yeux humides, il se pencha vers son fils :

— Le monument, cela se reconstruit, pas les vies ! Et cette expérience de pouvoir révolutionnaire prolétarien en a coûté tellement ! Massacres d'otages, assassinats… Et la répression, impitoyable ! De part et d'autre, et jusqu'aux ultimes combats du Père-Lachaise, des hommes sincères, des brutes et, surtout, beaucoup d'innocents sont tombés. J'ai lu qu'il y avait plus de trente mille prisonniers qu'on a commencé de juger. C'est affreux ! Tu vois, mon Charles, le festin du retour que préparent les femmes aura un goût amer !

— Mais non, père, maman a raison. Il faut célébrer notre chance d'être sortis vivants de cette tuerie. Et vite faire de nouveaux projets afin de poursuivre ton œuvre de travail et de probité. Laissons les politiques exécuter leur triste besogne et reprenons l'outil !

Sans être très gai, le dîner fut chaleureux. Et intéressant. Christine et Aline avaient, en revenant des courses, rencontré un voisin, M. Dujardin, avec qui la famille entretenait d'excellentes relations. Il tenait, au 62, un atelier de reliure et, poète reconnu, fréquentait la plupart des écrivains de l'époque, dont beaucoup étaient ses clients. Il venait souvent travailler ses plus belles reliures à l'atelier avec Thierry et Charles, flattés d'approcher le monde intellectuel.

Christine, heureuse de revoir celui qu'elle appelait le « lettré du Rempart », avait convié le vieux célibataire à se joindre à la famille pour le dîner. N'ayant pas bougé du quartier pendant les deux sièges, ses confidences ne pouvaient qu'être captivantes.

— Les auteurs célèbres ont-ils partagé les idées de la Commune ? s'enquit Thierry durant le repas. George Sand, gauchiste résolue que j'ai croisée dans ma jeunesse, a dû s'engager ?

— Retirée à Nohant, elle a commencé par un enthousiaste salut à la République proclamée à Paris. Mais, je l'ai su par Catulle Mendès, elle n'a pas tardé à déchanter. Elle lui a écrit – à un mot près, les termes sont exacts : « L'horrible aventure continue. Ils rançonnent, ils arrêtent, ils jugent. Ils ont pris toutes les mairies, ils pillent les munitions et les vivres. »

— Quelle violence ! s'offusqua Aline.

— Oui, et George Sand n'est pas la seule, enchaîna Dujardin. On peut dire que tous les écrivains et intellectuels qui comptent en France ont manifesté leur hostilité contre la Commune et ses acteurs. Émile Zola, dans ses articles du *Sémaphore de Marseille*, a parlé de cauchemar et de bestialité. Comme Alphonse Daudet, qui a traité les hommes de la Commune de piliers de cafés, de pions ratés, de déclassés. Et Anatole France, ce jeune plein de talent qui passe souvent chez moi, voit en eux un comité d'assassins, un gouvernement du crime et de la démence. Pareil pour Flaubert, Théophile Gautier, Leconte de Lisle et nos deux grands penseurs, Taine et Renan.

— Et Victor Hugo ? demanda Charles.

— Sa réaction a été plus mesurée. Au début, il a écrit de Bruxelles où il s'était réfugié : « Cette Commune est aussi idiote que l'Assemblée de Versailles est féroce. » Et un peu plus tard : « Fait monstrueux, ils ont mis le feu à Paris[1] ! »

Le dîner du retour s'acheva tard dans la nuit. Aline et Christine auraient bien voulu parler de l'avenir, mais la blessure était trop récente. Il ne fut question, dans la fumée de pipes et les vapeurs du calvados apporté par Louis Dujardin, que de la Commune et de sa triste histoire.

---

1. Le cœur du patriarche s'émouvra plus tard devant la répression. Il appuiera de tout son poids les demandes d'une amnistie qui ne sera complète qu'en 1880.

Chapitre XVI

Cinq années avaient passé. Adolphe, comme autrefois son père, était un bon élève de l'école des Francs-Bourgeois mais, contrairement à lui, ne manifestait pas un goût particulier pour le point à deux aiguilles, le fameux cousu-sellier, succès de la maison Hermès. Il s'intéressait davantage à Amédée Bollée, fils d'un fondeur de cloches du Mans qui avait construit une voiture à vapeur, la « Mancelle », et dont *La Tribune* relatait le récent exploit : un trajet entre Le Mans et Paris à tombereau ouvert. Il restait aussi plongé des heures dans le *Grand Larousse* que la famille achetait en fascicules et faisait relier par Dujardin au fur et à mesure de sa rédaction par l'instituteur Pierre Larousse, mort le jour de la parution du dernier tome, le quinzième.

Adolphe s'occupait aussi de son petit frère, Aline ayant répondu à l'élan de renouveau qui soulevait le pays en donnant le jour à Émile, un beau bébé remuant dont le grand-père affirma, en caressant ses petits doigts :

— Ce sera un homme d'action. S'il s'entend bien avec son frère, ils réussiront ensemble de belles choses !

En attendant, sous le regard intéressé du patriarche, Charles, secondé par Jeannot et les frères Simon, réveillait « la firme » comme il aimait nommer en souriant l'établissement familial.

L'enseigne, sur la rue, annonçait maintenant, en belles lettres modernes, « Hermès père et fils » ; la porte cochère avait été repeinte et la grande cour pavée de neuf afin d'accueillir confortablement les chevaux et les équipages qui, comme au bon vieux temps, recommençaient à encombrer les rues de Paris.

À la demande de Thierry, fatigué, il avait été décidé de ne pas rouvrir le service de location, qui nécessitait une écurie importante et un nombreux personnel mais de continuer à assurer l'entretien des voitures du voisinage. Tout le monde, en effet, rachetait des chevaux pour atteler aux landaus, berlines ou carrioles ressortis des hangars. Beaucoup de clients donnaient aussi un coup de neuf à leurs voitures si bien que les frères Simon, aidés dorénavant de quatre mécaniciens garnisseurs, peinaient à satisfaire cette clientèle pressée de reprendre les guides.

Les Hermès – ils en étaient fiers – avaient réussi à maintenir en état l'atelier durant la période des troubles. Et tous les compagnons attachés à la maison depuis de longues années avaient conservé leur poste et leur salaire.

— C'est normal, avait dit Charles. Notre capital, plus que quelques billets confiés à la banque, ce sont les ouvriers formés à nos méthodes, à notre politique de la qualité.

Thierry et Charles avaient vu loin en utilisant, durant les heures tragiques, ce potentiel de talent pour coudre façon sellier des pièces de maroquinerie exceptionnelles. La paix revenue, sacs, portefeuilles et ceintures poinçonnés d'un « H » trouvèrent leurs acheteurs en quelques semaines dans les magasins de luxe. Privés longtemps du nécessaire et plus encore du superflu, les gens riches – ou simplement aisés – rêvaient de goûter sans attendre aux plaisirs de la vie et Hermès, en attendant de vendre des selles sculptées dans le plus beau cuir de Tartarie, ne laissa pas passer l'occasion d'ajouter la maroquinerie à ses activités.

*
* *

En politique, la grande majorité des Parisiens, heureuse d'avoir retrouvé la paix, laissait les monarchistes et les républicains s'affronter sans excès dans les élections. La France, redevenue une république depuis 1871, avait même un président, le maréchal de Mac-Mahon. Il ne lui manquait que les assises de lois constitutionnelles. Ce fut chose votée le 16 juillet 1875. À une voix de majorité, suffisante pour que soit proclamée officiellement la IIIe République !

Rue Basse-du-Rempart, on salua l'événement. Thierry demanda que l'on décore l'enseigne de deux faisceaux de drapeaux tricolores et qu'on ouvre le portail à ceux qui voudraient venir trinquer à la République. C'était, parmi d'autres, un signe du retour de la bonne humeur, de la vie en couleur que peignaient ces jeunes artistes qu'un journaliste avait baptisés « impressionnistes », de la musique joyeuse que composait Offenbach au deuxième étage de son appartement de la rue Basse-du-Rempart.

Sous l'œil attendri de Christine, Thierry vieillissait doucement. À plus de soixante-quinze ans, la tête était bonne mais les jambes souffraient. Son pas se faisait plus lourd quand il descendait à l'atelier où les journaux du matin l'attendaient près du fauteuil. « C'est mon observatoire », affirmait-il. De sa place, en effet, il découvrait tout l'atelier et regardait travailler « les Hermès », comme, dans le quartier et le métier, on appelait les ouvriers arborant avec fierté une lettre H soutachée de soie orange sur le cuir de leur tablier. Orange, une teinte choisie par les garçons Adolphe et Émile. Qui aurait pensé qu'elle serait encore, à l'aube du XXIe siècle, la couleur fétiche de la marque devenue mondiale ?

Thierry, ne s'étant pourtant jamais plaint de sa vie, lâchait maintenant, par moments, des remarques sur sa santé qui inquiétaient la famille.

— Je me rassis comme un vieux cuir, commenta-t-il un jour. Je ne peux plus voir au fond le jeune Denis, formé chez nous, monter un harnais mais, plus près, je distingue encore heureusement Jeannot fignoler l'une des selles de haute lignée que les amateurs recommencent à nous commander. En le regardant, je pense à la selle du général prussien, la première que j'ai entièrement faite de ma main. Et à M. de Lardillère aussi ! À propos, a-t-on eu des nouvelles du vicomte ? Mais comme c'est loin tout cela…

Les jours où il se sentait bien, il demandait qu'on lui passe son tablier et qu'on le conduise jusqu'à son établi, autel sacré de la sellerie où personne, pas même son fils, ne s'installait depuis qu'il avait cessé de travailler. Là, il regardait ses outils, tranchoirs, alênes, aiguilles soigneusement alignés.

Et puis, un matin, en arrivant, Charles remarqua le fauteuil vide et les journaux rangés dans leurs plis. Il bondit dans l'escalier et trouva le père allongé dans son lit, Christine à son côté qui lui humectait les lèvres d'eau de mélisse.

— Le père n'a pu se lever ce matin, murmura-t-elle, il ne va pas. Envoie quelqu'un prévenir le Dr Roux.

À la vue de Charles, Thierry se souleva et tendit une main tremblante.

— Je ne sais pas, fils, si un médecin peut encore m'être d'un grand secours. Va chercher Jeannot et aide-moi à descendre. Si j'ai encore quelques instants à passer sur cette terre, je veux que ce soit dans l'atelier, au milieu de tous les miens. Que les ouvriers ne posent pas pour autant l'outil ! Il me serait doux de m'endormir dans le chuintement de la lisette, de l'alêne et des coups alertes du maillet. Si Dieu m'a assez vu sur cette terre, c'est un fier moyen de lui rendre grâce après soixante-dix-sept années d'honnête service.

Un silence douloureux s'ensuivit.

— Je n'ai pas tellement vu le pasteur ces derniers temps, continua le sellier devant Christine en larmes, mais je ne suis pas contre sa venue. S'il ne m'aide pas, il vous aidera, vous qui restez. Maintenant, menez-moi dans l'atelier jusqu'à mon observatoire et faites venir les enfants. Je veux qu'ils entendent ce que j'ai encore à te dire, ma Christine.

Sa voix baissait à chaque mot et c'est à peine si on l'entendit ajouter :

— Et à toi Aline, admirable mère de ces garçons en qui reposent mes derniers espoirs.

« Thierry Hermès, sellier » – le seul titre qu'il revendiquât – ne put hélas rien dire à personne. Ni aux siens, ni au médecin, ni au pasteur arrivés trop tard. Il mourut dans les bras de Charles et de Jeannot tandis qu'ils le portaient. En pleurant, ils le déposèrent avec infiniment de douceur dans son fauteuil. Sans qu'un mot ne fût prononcé, un silence de cathédrale, profond, interminable figea l'atelier. Jusqu'à ce que Charles annonçât d'une voix brisée :

— Mes amis, le maître est mort.

La stupeur, quelques cris, des larmes sur les visages hébétés... Lentement, le monde d'Hermès se leva et, en se tenant par la main, vint entourer le corps du maître fondateur.

*

* *

Charles, depuis un moment déjà, tenait les rênes en laissant à Thierry le rôle du sage, porteur de la philosophie de la maison. Il n'éprouva donc, à la mort du père, aucune difficulté à assumer officiellement le titre de patron. Il était alors près d'atteindre la cinquantaine. Son fils Adolphe, à vingt et un ans, devenait tout naturellement son second. De retour d'Angleterre, où il avait appris la langue, travaillé chez un drapier puis chez Norfolk, le marchand de cuir, c'était un garçon sérieux, manquant peut-être de fantaisie mais bon administrateur. Émile, le petit frère, préparait, à quinze ans, le baccalauréat au lycée Charlemagne. Les études l'assommaient plutôt mais, comme il était intelligent, il réussissait à se maintenir parmi les meilleurs de sa classe. Plein d'ambition, il ne rêvait que de voyages, échafaudait des projets, affirmait que le chemin de fer et l'électricité allaient bouleverser le monde et que l'ère du cheval touchait à sa fin. Ces propos faisaient hausser les épaules au frère et réfléchir Charles qui pensait que le cadet, peut-être en avance sur son temps, serait celui qui mènerait la maison sur les chemins de la modernité.

En attendant, la famille Hermès bénéficiait du climat de paix, de prospérité et de progrès qui succédait aux années terribles. Elle avait repris sa place dans la bourgeoisie artisanale du luxe où Charles et Aline fréquentaient les bijoutiers, les antiquaires, les gens de la mode tournés vers la qualité. Dans cette famille de l'extrême élégance, Hermès figurait toujours au rang de sellier. Les premières automobiles à vapeur Amédée-Bollée pouvaient bien montrer le bout de leur nez sur les boulevards et le chemin de fer remplacer presque partout les diligences, les riches équipages et les fringants cavaliers continuaient, entre les charrettes et les chariots de livraisons, à tenir le haut du pavé parisien. Curieusement, Hermès n'avait jamais vendu autant de selles de luxe et de harnais cloutés d'or ! Réveillé des ténèbres, le prestige de la marque touchait maintenant l'étranger. Plusieurs rois, dont le tsar de Russie, avaient chargé leurs ambassades de commander des jeux de brides et, pour la tsarine, la fameuse selle pour dames obtenant un grand prix à toutes les expositions. Quant aux particuliers, ils n'hésitaient plus à franchir le portail de la rue Basse-du-Rempart et constituaient une bonne partie de la clientèle.

La rue Basse-du-Rempart, justement, devenait un grand souci. Comme bien d'autres voies parisiennes disparues dans le maelström haussmannien, sa suppression venait d'être programmée au profit de l'élargissement des grands boulevards.

Hermès indemnisé, certes, mais expulsé d'une adresse qui commençait à être connue et appréciée ! À un moment où les commandes affluaient, il s'agissait d'une catastrophe. Comme Thierry avait naguère chargé Charles de trouver un atelier digne de la maison, Charles demanda à Adolphe de découvrir le nouveau quartier général. Pourtant, c'est lui qui, au cours d'une promenade, remarqua au coin du faubourg Saint-Honoré et de la rue Boissy-d'Anglas un magasin poussiéreux et fermé, à l'enseigne d'une ancienne « épicerie fine et coloniale » comme l'indiquaient les lettres à moitié effacées de la devanture. Collé sur la porte, un écriteau informait : « Immeuble et boutique à vendre ou à louer ».

Le sang de Charles ne fit qu'un tour. Stratégiquement, le lieu était parfait. S'installer à proximité des hôtels et des écuries des grandes familles parisiennes – les Voguë, les Pereire, les Rothschild, les Potocki –, à deux pas de l'Élysée et du faubourg Saint-Honoré, avait été, depuis Crefeld, le but de Thierry.

— Père, dit-il tout haut, tu es mort trop tôt pour voir ton rêve réalisé mais je te jure que le nom de « Hermès, sellier » brillera dans les beaux quartiers !

Une dame qui passait le prit pour un déséquilibré et haussa les épaules. Charles, ayant surpris son regard, sourit en relevant sur son carnet gainé de maroquin l'adresse du notaire et décida de s'y rendre sans attendre.

Ses pensées se bousculaient. Acheter, c'était trop tôt, mais louer c'était possible, le montant du dédommagement de l'État servant à payer les travaux. Tandis qu'il marchait, les vitrines d'acajou et les lettres de l'enseigne brillaient déjà devant ses yeux…

Deux semaines plus tard, Charles-Émile Hermès, né le 15 mars 1831 à Pont-Audemer, époux d'Aline Lepavec, signait chez Me Alexis Bonnard, notaire rue La Boétie, un bail de quinze ans avec priorité d'achat. Il savait que cette opération, dictée par la nécessité, constituait un acte important, un pari osé sur l'avenir mais il ne pouvait penser qu'il s'agissait d'une véritable révolution dans l'histoire de la maison. Encore moins que, cent trente ans plus tard, « Hermès, sellier », maître mondial du commerce de luxe et de la mode, aurait toujours son vaisseau amiral ancré au 24, faubourg Saint-Honoré.

*
* *

Contrairement à Thierry, qui avait peiné toute sa vie à sortir le nom d'Hermès de l'anonymat, à Charles qui l'avait aidé, dans l'odeur de la poudre, à s'implanter à Paris, Adolphe et Émile arrivaient dans la vie active au moment où les nuages s'estompaient pour ouvrir le ciel à une prospérité oubliée. Malgré les soubresauts du boulangisme, des attentats anarchistes et de l'activité royaliste, la IIIe République apportait aux Français un régime modéré qui, pour la première fois depuis 1789, semblait s'imposer dans la durée.

Charles, encouragé par cette évolution favorable, n'attendit pas un instant pour entreprendre la transformation de l'épicerie exotique en sellerie de haut rang. Après le dîner, le conseil de famille – dont naturellement Jeannot et les frères Simon faisaient partie – se réunissait autour de la table réservée habituellement à la présentation des peaux. Jusque tard dans la soirée, on discutait ferme d'escaliers, de dressoirs de présentation et de l'atelier prévu au premier étage, le second étant réservé au logement de la fratrie. Dans la brume des pipes, Aline, qui ne fumait que des longues cigarettes russes – c'était son côté snob –, dessinait sur de grandes feuilles de papier, tandis qu'Adolphe modérait de ses remarques raisonnables les idées enthousiastes de son frère et que les Simon regrettaient que l'écurie à louer rue Boissy-d'Anglas fût trop petite pour espérer y loger plus de trois chevaux et une berline légère. Charles calmait tout son monde en projetant posément l'avenir de la maison :

— Il faut se faire à l'idée que nous allons être obligés de nous restreindre. L'atelier, même en occupant tout l'étage, va se trouver réduit d'un bon tiers. Nous devrons donc abandonner notre compétence dans les travaux d'entretien. Fini le tout-venant de voisinage. On ne jouera, chez Hermès, que la carte de l'excellence, nos selles seront les plus chères mais les plus belles, nos harnachements cousu-sellier du premier au dernier point et nous imposerons notre marque aux accessoires de voyage.

— Et pourquoi pas à l'habillement tout cuir des belles automobiles qui vont bientôt filer sur les routes à plus de cinquante à l'heure ? proposa Émile.

— Ce jour viendra sûrement mais, en attendant, le cheval reste plus que jamais notre capital. Les bourgeois fortunés et les gens d'affaires qui laissaient autrefois cette passion aux nobles raffolent aujourd'hui des sports équestres. Les cercles refusent des membres et les manèges prospèrent en province comme à Paris. Cela pose de « faire du cheval », et nous devons profiter de cet engouement.

*

* *

Tandis que, faubourg Saint-Honoré, un architecte dirigeait les travaux de rénovation, la maison « Hermès père et fils » vivait ses derniers jours rue Basse-du-Rempart. À la clientèle presque exclusivement masculine s'ajoutait maintenant celle des dames du monde qui, de plus en plus nombreuses, s'adonnaient au sport hippique. Certaines commençaient à monter à cheval comme les hommes mais la plupart demeuraient fidèles à la selle de dame qui autorisait d'éclatants effets de jupes en éventail. Hermès, depuis longtemps spécialiste de ces sièges féminins, n'arrivait pas à satisfaire les commandes des amazones aux maris assez fortunés pour leur offrir un bijou de cuir plus cher qu'un collier d'or.

Enfin, un matin d'octobre, l'odeur des peintures à peine dissipée, le déménagement commença. Il dura trois mois, le temps nécessaire pour transférer petit à petit le magasin, les ateliers et les fournitures sans trop désorienter la clientèle. C'est, à quelques jours près, la date où la maison « Hermès père et fils » reçut l'autorisation ministérielle de faire figurer sous son nom la prestigieuse attestation de « Fournisseur des écoles de dressage de France ».

Les deux frères étaient de caractère différent mais de talents complémentaires. Ils formaient une paire efficace à laquelle Charles lâchait peu à peu la bride dans cette Belle Époque où Hermès s'emballait en tête du peloton du luxe parisien.

Dans la famille, Émile voyait plus loin que les autres. Les commandes venues des ambassades, les visites des princes et de leur cour lorsqu'ils étaient de passage, l'engageaient à croire que le futur de la maison se dessinait au-delà des frontières. Il voulait voyager, montrer à l'étranger ce qui se faisait de mieux à Paris, c'est-à-dire chez Hermès.

Ainsi avait-il projeté une tournée devant le mener jusqu'à Moscou. Il accompagnerait le fils Mülbacher, le grand carrossier associé depuis longtemps au développement d'Hermès, en partance pour la Russie. Un peu plus âgé qu'Émile, il était déjà introduit à la cour du tsar et proposait de le présenter aux grands personnages de l'État. Si son père encourageait cette initiative, son frère Adolphe se montrait réticent et sa mère résolument contre.

— Vingt et un ans, disait-elle, c'est trop jeune pour courir le monde et aller dans un pays au climat épouvantable. Regarde Napoléon, Moscou ne lui a pas réussi !

Le rire l'emporta et Aline finit par donner son accord à la condition qu'il se commandât sans attendre un manteau gros drap doublé de vison.

Le voyage d'Émile à Moscou restera gravé dans la mémoire familiale. Il faut dire qu'à l'époque il s'agissait d'une véritable aventure. D'abord le train jusqu'à Berlin, puis la Russie, des jours et des nuits passés dans des wagons de bois grinçants, des haltes forcées aux postes de douane, des vérifications incessantes d'identité... Les Parisiens arrivèrent sous la neige, épuisés, en gare de Moscou.

L'accueil qu'ils reçurent, à l'ambassade de France où ils logèrent, puis chez les princes possesseurs de riches écuries, leur fit oublier les affres des nuits en chemin de fer. Mülbacher enregistra l'achat de six voitures, dont une calèche à l'anglaise capitonnée de peau et de satin par Hermès, et de trois berlines de voyage également équipées par le sellier du faubourg Saint-Honoré. Quant à Émile, qui avait emporté une valise pleine d'échantillons de cuirs, de photographies de selles et de harnais – bref, de quoi éveiller le désir du cavalier le plus comblé –, il remplit son carnet des commandes des écuries impériales, des grands-ducs, des riches boyards ainsi que des cours allemande et roumaine visitées sur le chemin du retour.

Le voyage avait duré trois mois mais ce grand succès aida Émile à confirmer sa personnalité au sein du trio familial armé pour atteindre brillamment l'année phare, 1900. Ce millésime du centenaire, on l'attendait avec le sourire au Faubourg. Parce que les affaires n'avaient jamais aussi bien marché, sûrement, mais aussi parce qu'il inaugurait une Exposition universelle que le monde entier attendait et où la maison attesterait une fois encore de son inimitable savoir-faire. Et puis Émile, qui s'était fiancé en 1899, allait se marier à l'aube du nouveau siècle. Il avait trente ans, elle en avait vingt-cinq. Elle s'appelait Julie Hollande, était fille d'un importateur de bois exotiques du faubourg Saint-Antoine. Les familles se connaissaient bien. Elles appartenaient à la même bourgeoisie boutiquière et industrielle attachée au renom de la qualité artistique de Paris. La haute cheminée de brique du chantier Hollande symbolisait en effet, avec son panache blanc, la noblesse du bois, le magasin Hermès dans le quartier des grandes écuries celui du cuir.

Tandis que son mari prenait peu à peu les rênes de la maison – devant son frère désireux de s'éloigner des affaires – et organisait, voyageait, inventait, ancrait le nom d'Hermès dans la société internationale, Julie mettait au monde et élevait trois fillettes dont, plus tard, les maris Robert Dumas, Francis

Puech et Jean-René Guerrand assureraient l'essor irrésistible d'Hermès.

Après la parenthèse de la Grande Guerre, M. Émile – désormais seul maître d'Hermès – avait devant lui plus de trente années pour faire rêver sa clientèle et enchanter le gotha.

Trois générations avaient forgé la légende. Les suivantes, en respectant scrupuleusement les règles familiales dictées un siècle plus tôt par Thierry, le patriarche, ne cesseront de développer, du cuir à la soie, de l'étrier au parfum, de l'agenda au bagage de maharadjah, les richesses du messager de l'Olympe.

Le roman historique des fondateurs, avec ses rais de lumière, ses ombres, ses passerelles imaginaires, s'arrête là où commence le temps des médias et du réel.

Fin

[illegible] [illegible] [illegible] [illegible] [illegible]
[illegible] [illegible]

Après [illegible] [illegible] [illegible] [illegible] [illegible]
M. [illegible] [illegible] [illegible]
[illegible] [illegible] [illegible] [illegible] [illegible]
[illegible] [illegible] [illegible] [illegible]

[illegible] [illegible] [illegible] [illegible] [illegible]
[illegible] [illegible] [illegible] [illegible]
[illegible] [illegible] [illegible] [illegible] [illegible]
[illegible] [illegible] [illegible] [illegible] [illegible]
[illegible] de [illegible] [illegible] [illegible] [illegible]
[illegible] [illegible] [illegible] [illegible] [illegible]
[illegible]

[illegible] [illegible] [illegible] [illegible] [illegible]
[illegible] [illegible] [illegible] [illegible] [illegible]
[illegible] [illegible] [illegible] [illegible] [illegible]
[illegible]

Remerciements

À Patrick et Jérôme Guerrand qui m'ont encouragé à tenter cette entreprise romanesque.

À Alexis Lavis, prospecteur du temps passé.

Et à mon coach éditorial, le subtil Thierry Billard sans lequel ce livre n'aurait pas existé.

9984

Composition
NORD COMPO

Achevé d'imprimer en Slovaquie
par NOVOPRINT
le 14 mai 2012.
Dépôt légal mai 2012.
EAN 9782290036327
L21EPLN001044N001

ÉDITIONS J'AI LU
87, quai Panhard-et-Levassor, 75013 Paris

Diffusion France et étranger : Flammarion